KB075027

오늘, 가족이 되었습니다

오늘, 가족이 되었습니다

사쿠라이 미나 지음

현승희 옮김

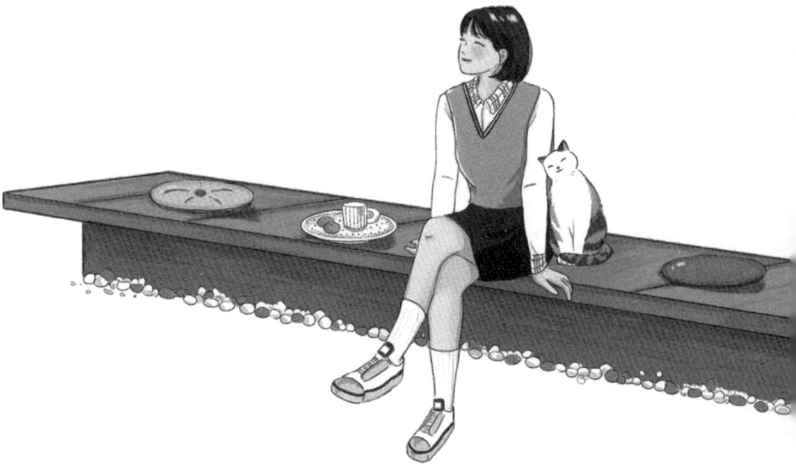

빈페이지

일러두기
1. 모든 각주는 옮긴이 주입니다.
2. 내용 특성상 일본어 표현을 일부 살렸습니다.

차례

제1장

고양이 상속

1

남에게 기대 따위는 하는 게 아니다.

열일곱 살인 하나시로 가에는 초등학교 5학년 때인 열 살 무렵에 그 사실을 실감했다. 지금 생각해도 참 귀염성 없는 애였다 싶은데, 기대하면 안 될 남 가운데 최고 인물이 친아빠라는 사실이 없는 귀염성을 더욱 떨어뜨렸다. 그리고 지금, 아빠는 기대하면 안 되는 사람이 아닌 전혀 믿을 수 없는 사람이 되었다. 왜냐하면 열쇠로 잠근 학생용 책상 맨 위 서랍에 넣어둔 현금이 봉투째 사라졌기 때문이다.

"방심했네…."

열쇠는 가에에게 있었지만 서랍은 열려 있었다. 가에가 아르바이트 간 사이에 벌인 짓일 터였다. 8월의 무더위 때문에 평소에는 약하게 느껴지던 에어컨 바람이 식은땀을 강타했다. 방충망에 매달린 매미 소리가 창문 너머로 시끄럽게 들려올 정도였는데도 살짝 오한이 들었다.

열쇠 구멍은 흠집투성이였다. 책상 위에 모양이 바뀌어 쓸 수 없게 된 채 놓여 있는 클럽이 범행도구인 듯했다.

집 안이 어질러진 흔적도 없었고 당연히 현관은 잠겨 있었다. 가에가 아르바이트에서 돌아왔을 때도 잠겨 있었으니 아빠가 범인인 것이 틀림없었다.

"도박이야, 경마야, 여자야…? 아, 또 수상한 투자 이야기일 가능성도 있겠네."

이유가 뭐든 간에 가에는 이제 놀랍지도 않았다. 오히려 아빠 짓이 아니라면 놀랄지도 모른다.

구제 불능 어른 순위가 있다면 가에의 아빠는 분명 상위를 차지할 것이다. 압도적 1위에 빛날지도 모르고.

"어떡하지…"

아빠에게는 기대도 믿음도 없지만 도움이 안 된 책상 열쇠가 원망스러웠다. 하지만 그보다 자신이 더 원망스러웠다. 열쇠가 아니라 현금을 들고 다녔어야 했다고 뒤늦게 생각했다.

여태껏 책갈피나 옷가지 사이 또는 양념통에도 숨겨봤지만, 아빠는 번번이 찾아내 들고 가버렸다. 그래서 뻔하긴 해도 열쇠가 달린 서랍장에 넣어두었는데, 이 역시 안이하게 생각했던 모양이다.

가에는 빛바랜 다다미에 주저앉아 집 안을 둘러보았다.

애당초 3평, 2평 반짜리 방 두 개뿐인 연립주택에서 숨길 곳이야 뻔했다. 붙박이장도 하나뿐이었다. 현관과 이어진 좁은 부엌의 싱크대 밑에 수납공간이 있긴 하지만 얼마 들어가지도 않았다.

기둥 못에 걸린 둥근 플라스틱 시계가 오후 4시를 가리켰다. 어떤 가게의 개업 기념으로 받은 시계는 8년이 지났는데도 아직 돌아갔다. 좋은 말로 하면 수수하지만 멋이라고는 전혀 없어서 살풍경한 집이 더욱 스산해 보였다.

"생활은 어쩐다…."

엊그제 아르바이트비가 입금된 통장에는 12만 엔 정도가 있었다. 거기에서 2만 엔을 꺼냈다. 통장도 같이 사라졌다. 평소 같으면 현금은 되도록 집에 두고 다니지 않았지만, 오늘은 착불로 산 전자레인지가 오는 날인데다가 요 한 달 동안 아빠가 집에 오지 않았기에 마음을 놓고 있었다.

딩동.

약속한 시간대에 벨이 울렸다. 택배기사가 시간을 잘 지키는 모양이라고 생각했다.

기사님께 사과드리는 수밖에 없다고 생각한 가에는 현관문 너머로 확인차 말을 건넸다.

"누구세요?"

벨은 있지만 인터폰이 없어서 확인하려면 이 방법밖에 없었다.

"뒷집 마쓰나가인데, 지금 시간 좀 있니?"

"앗… 네."

대답은 했지만 현관문을 열기가 망설여졌다. 마쓰나가가 이 집에 올 이유는 듣지 않아도 뻔했기 때문이다.

그렇다고 인제 와서 없는 척할 수도 없어서 가에는 현관문을 열었다.

바람이 약한 에어컨도 바깥 공기보다는 나았던 모양인지 문을 열자마자 후끈한 공기가 현관으로 흘러들어왔다.

"안녕하세요."

"저녁때인데 아버지는 계시니?"

계단을 올라오느라 숨이 턱에 찬 마쓰나가의 관자놀이에서 땀이 흘러내렸다.

"아뇨, 지금은…."

마쓰나가는 한 뼘짜리 좁은 현관에 서 있는 가에 너머로 집 안을 힐끔거렸다. 안에 아무도 없는 건 보면 대번에 안다. 숨을 곳이 없다는 사실은 집주인인 마쓰나가가 가장 잘 알 테니 말이다.

"그렇네. 오전에 들어오는 걸 보긴 봤는데 이 시간까지 있을 리가 없겠지."

알면서 왜 지금 왔냐고 물을 필요도 없었다. 아빠와 직접 얘기하고 싶지 않았겠지.

마쓰나가는 뿌리 부분이 5센티 정도 희끗희끗해진 머리를 잘 빗지도 않고 뒤로 질끈 묶은 채였다. 화장도 안 해서 실제로는 60대 초반이지만 일흔 언저리라고 해도 믿을 것 같았다.

"저기, 아빠 말인데. 여기서 잘 안 지내지? 오늘도 거의 한 달 만에 온 거 아니니?"

"…네."

"여기 이사 온 지 일 년 반쯤 됐는데, 집에 거의 안 들어오시지?"

"네."

알면 묻지 말라고. 그런 생각을 하며 대답했다.

"새삼스러운 소리긴 한데 이 집 계약자는 아빠시거든."

"아빠가 없으면 제가 여기 못 있나요?"

"미성년자잖니. 그야 고등학생 중에도 자취하는 애들이 있긴 하지만, 너희 집은 상황이 다르잖니. 통학 시간이 길다든가, 부 활동이 있다든가 하는 게 아니니."

마쓰나가는 볼에 손을 대고 일부러 한숨을 내뱉었다.

"가에네가 여기 이사 왔을 때부터 계속 신경이 쓰였어. 아빠가 좀체 보이지를 않아서."

신경 써달라고 부탁한 기억은 없지만 말대꾸하기도 귀찮아 입을 꾹 다물었다.

"엄마가 돌아가셨다고 들어서 너그럽게 넘기긴 했는데…. 가에도 이제 고등학생이니 좀 더 빠릿빠릿하게 행동해줬으면 해. 그 뭐냐, 쓰레기도 분리 안 하고 배출하지? 밤늦게까지 불이 켜져 있을 때도 있고. 시끄럽게 굴지는 않아서 그러려니 하지만."

그런 세입자는 나 말고도 있지 않으냐고 따지기보다는 그저 빨리 대화를 끝내고 싶었다.

"저기… 무슨 일로…."

마쓰나가는 과장된 몸짓으로 손뼉을 짝 쳤다.

"어머, 내가 아직 말을 안 했나? 월세 때문에. 지금이야 은행에서 자동이체가 되니까 수금하러 다니는 일이 별로 없는데, 가끔 밀리는 사람들이 있어. 그때는 직접 찾아가서 얘기하거든."

가에는 불안해졌다. 아니, 절망했다.

그러나 마쓰나가가 온 이유는 이미 명백했다. 가능하면 달음박질로 도망치고 싶었다. 하지만 그런다고 상황이 나아지진 않는다.

"저어…. 아빠가 대체 몇 달 치나 밀렸나요?"

"아닌데."

"월세 독촉하러 오신 거 아니에요?"

"아니, 밀린 게 몇 달 치 정도가 아니라고. 벌써 일 년이나 못 받았어. 당연히 나도 아버지가 오셨을 때 얘기했지. 아까도 말했잖니? 계약자는 아버지라고. 그렇지만 이제 더는 기다려줄 수 없네."

"정말 죄송합니다. 저기… 1년 치를 한꺼번에 갚는 건 힘들지만 어제 아르바이트비…"

가에는 말을 잇지 못했다. 인출한 아르바이트비는 2만 엔. 따라서 통장에는 10만 엔이 남아 있을 터였지만 아빠가 통장을 가져가 버렸다. 출금 카드는 가에가 가지고 있지만 잔고가 그대로 남아 있을 것 같지 않았다.

분위기로 대강 사태를 파악했을까. 아니면 그 아버지라면 자식 돈을 훔쳐 가고도 남을 사람이라고 생각했을까. 마쓰나가는 가에를 안됐다는 듯이 쳐다보았다.

"가에가 준다면야 고맙겠지만 아버지한테 받을게. 지금 사는 주소도 물어봤고."

아르바이트비를 친아빠에게 도둑맞은 가에의 마음이 조금 누그러졌다.

"마쓰나가 아주머니…"

"됐어. 그보다 가에한테 부탁할 게 있는데."

"혹시 공용 계단 청소 말씀이실까요? 아니면 쓰레기장 청소일까요?"

평소에는 마쓰나가가 하는 일을 이제는 가에에게 하라는 말일까.

귀찮긴 하지만 쫓겨나는 것보다는 나았다.

"응, 그래 주면 고맙지. 하지만 무리는 말고."

"그렇지만 이대로는… 그… 아빠가 언제 갚으실지…."

"맞아. 그래서 말인데, 나가줬으면 해."

"…네? 어… 음…."

"네 말대로 아버지가 언제 집세를 내줄지 모르잖니? 이대로 쭉 살면 앞으로 받을 돈도 못 받을지 모르잖아. 나도 공짜로 계속 집을 빌려줄 수 없는 노릇이고. 물론 퇴실 관련한 세세한 일들은 네가 생각할 것 없어. 다만 계속 있게 하기엔 좀 곤란하단다. 무슨 말인지 알겠니?"

"저기… 하지만 전 달리 갈 곳이 아무 데도…."

"아버지한테 가면 되지. 거기엔 새엄마도 계시지 않나? 너 하나쯤이야 어떻게든 건사해주지 않겠니?"

"어떻게든… 이라뇨…."

"아니 왜, 아버지가 재혼했으니 새엄마 계실 거 아니야."

마쓰나가의 눈이 활처럼 휘었다. 가에는 그제야 마쓰나가가 무슨 말을 하려고 했는지 깨달았다.

아까부터 이상했다. 왜 아빠가 있을 때 밀린 집세 이야기를 하지 않았는지.

가에의 아버지가 집세를 일 년이나 안 냈다는 말은 사실일 것이다. 그리고 독촉한들 쉽게 받아내기는 어렵다. 그렇다면 이미 못 받은 돈은 단념할지언정 이 이상 미납액을 늘리지 않는 편이 손해가 적겠다고 판단했을 수 있다.

그리고 쫓아내려면 거의 집에 없는 데다가 능글거리는 아빠보다 가에가 더 말하기 쉽겠다고 생각했음이 분명하다.

가에는 고개를 숙인 채 대답했다.

"거긴 제 집이 아니에요."

"하지만 아버지는 재혼한 분 집에 계시지? 그럼 아버지랑 같이 있고 싶다고 하면 되지. 나도 걱정돼서 그래. 가아~끔 아버지가 오신다고는 해도 거의 혼자 사는 거나 다름없잖니. 아직 고등학생인데."

아까는 벌써 고등학생이랬으면서 지금은 아직 고등학생이라고 했다. 집주인에게 고등학생은 참 편리한 존재였다.

"혼자서도 괜찮아요. 그보다 여기 있게 해주세요. 진짜로 갈 곳이 없어요."

"그럼 집세를 내렴. 한꺼번에 다 내라고는 안 할 테니 적어도 반년 치만 줘. 그래도 반년 치가 남는 셈이지만."

"그건…."

"물론 나머지도 다음 달엔 다 내고."

"다음 달에 전부 다요? 무리예요."

마쓰나가의 입에서 한숨이 새어 나왔다.

하지만 가에도 난처하긴 마찬가지였다. 어디에, 누구한테 상의해야 할지도 막막했다.

이대로는 노숙자가 되고 만다. 어떻게 하든 그것만큼은 피하고 싶었다.

마쓰나가는 몸 앞쪽으로 팔짱을 낀 채 미간을 찌푸렸다.

"네가 내긴 힘들지? 그러니까 미안하지만 일주일 내로 나가주지 않으런? 큰 짐은 착불로 아버지 댁으로 보낼 테니까 넌 필요한 짐만 챙겨가면 돼."

"아빠 있는 곳엔 못 가요!"

"그러면…."

"우리 집으로 와요."

마쓰나가의 말이 아니었다. 다른 여자의 목소리가 조금 떨어진 곳에서 들려왔다.

가에와 마쓰나가가 소리가 난 쪽으로 고개를 돌리자 40대 중반쯤 된 여성이 서 있었다. 차분한 색깔의 양복을 입었지만 치마 밑부분이 퍼져 있어서 그런지 전체적으로 부드러운 인상이었다. 그러나 하나로 질끈 묶어 넘긴 긴 머리와 화장기가 거의 없는 얼굴은 입은 옷과 어울리지 않았다. 마른 체형에 스타일은 나쁘지 않았으나 예쁘다거나 귀엽기보다는 성실해 보이는 첫인상이었다.

여자는 구두 소리를 내며 가에와 마쓰나가에게로 다가왔다.

"곤노 다마키라고 합니다."

마쓰나가가 의아하다는 듯 물었다.

"가에랑 무슨 사이시죠?"

"친척입니다."

마쓰나가는 가에에게 그러냐고 묻는 듯한 시선을 보냈다.

그러나 가에는 곤노라고 이름을 밝힌 여자에 대한 기억이 없었다. 처음 보는 얼굴이었다.

다마키는 작은 가방에서 흰 봉투를 꺼내서 가에에게 건넸다.

받는 사람 쪽에 주소는 없었지만 '하나시로 가에'라고 적혀 있었다. 뒷면의 보낸 사람 이름을 보니 앞면과 똑같은 반듯한 글씨로 '유미하마 마사코'라는 이름이 있었다.

"마사코 씨, 아시죠?"

"…네."

네라고 대답은 했지만 처음에 이름을 봤을 때 가에는 이름의 주인을 떠올리지 못했다. 그러나 '유미하마'라는 성은 기억에 있었다. 가에의 엄마가 결혼하기 전 쓰던 성씨였기 때문이다.

"할머니가 보내신 편지인가요?"

다마키가 고개를 끄덕였다.

"생전에 준비하신 편지입니다. 간단하게 상황이 설명되어 있을 거예요."

생전에라는 말을 속으로 두 번 곱씹고 나서야 가에는 그 의미를 깨달았다.

"돌아가셨어요?"

"5월 말에요."

"두 달도 전이잖아요? 왜 이제…."

"이전에 살던 곳에서 1년 반쯤 전에 이 연립으로 이사 왔죠? 그때 이전 신고를 안 한 모양이라 가에 씨가 있는 곳을 알아내는 데 다소 시간이 걸렸어요."

"아아…."

아빠는 어차피 같은 구인데 귀찮다며 모르쇠였다. 하지만 진짜 이유는 전에 살던 곳에서도 집세가 밀려 오밤중에 도망쳤기 때문이다.

"저기… 할머니 연세가 어떻게 되셨나요?"

"예순여덟이셨어요."

"예순여덟…."

가에는 저도 모르게 할머니의 연세를 중얼거렸다. 기억 속 할머니의 나이와 일치하지 않았기 때문이다.

그러나 이내 그럴 수도 있겠다 싶었다.

가에가 마지막으로 할머니를 뵌 것은 십 년도 더 전의 일이다. 당시 할머니는 오십 대 후반이었으니 어린아이였을 때의 기억과 차이가 있어도 이상할 게 없었다.

가에에게는 다정한 할머니였던 것 같지만 그 기억마저도 미심쩍었다. 애당초 거의 만난 적도 없고, 엄마가 돌아가신 후로는 한 번도 연락이 없어서 거의 잊고 살았다.

"그렇군요…. 할머니가 돌아가셨군요. 병환이셨나요?"

"신장암이셨어요. 가능한 치료는 다 했는데 늦게 발견해서…."

구체적인 병명을 들은 탓일까. 갑자기 할머니의 죽음이 현실로 다가와 애달픈 마음이 피어올랐다.

"그래서 갑작스레 죄송하지만 가에 씨가 좀 와주셨으면 해서 모시러 왔습니다."

"니이가타에 있는 할머니 댁에요? 왜죠?"

"유언장을 공개하는 데 참석해달라고 부탁드리고 싶어서입니다."

"유언장이요…?"

"네, 원래는 아사미 씨가 오셔야 하겠지만 안타깝게도 돌아가셔서 가에 씨가 어머니 대신 참석해주셨으면 합니다."

"그 말인즉, 대습상속이라는 거죠?"

그때까지 다마키와 가에의 대화를 잠자코 듣고 있던 마쓰나가가 갑자기 끼어들었다. 묻고 싶은 게 많아 입이 근질거린다는 듯한 태도로 눈을 빛냈다.

마쓰나가의 질문에 다마키가 대답했다.

"네, 상속인이 여럿이라 가에 씨 혼자 상속받는 건 아닙니다만."

"일부러 여기까지 왔다는 건 받을 게 제법 있다는 뜻 아닌가요? 그럼 밀린 집세를 받을 수 있으려나?"

"그건 조금 전에 가에 씨의 아버지에게 청구하겠다고 하지 않으셨나요?"

다마키의 목소리가 조금 날카로워졌다. 다마키는 아버지가 집세를 내지 않아 쫓겨나게 생긴 가에의 상황을 듣고 있었던 듯했다.

"그렇긴 한데. 하지만 만약 바로 다 준다면야 여기 더 있어도 되고. 너도 그게 좋지 않겠니?"

마쓰나가에게 팔을 꽉 붙잡힌 가에는 얼굴을 파르르 떨었다.

가에로서는 여기 있고 싶다기보다는 갈 곳이 없다는 게 정확한 표현이었다.

다마키가 마쓰나가의 손을 붙잡더니 가에에게서 떨어뜨렸다.

"가에 씨가 상속을 받으려면 일단 저택으로 오셔야 합니다. 그게 유산상속 조건 중 하나예요."

"안 가면 상속을 못 받나요?"

"조건이 몇 개 있는데 그중 하나입니다. 물론 상속을 포기할 수도 있습니다. 다만, 포기할 경우는 상속 사실을 알게 된 날로부터 3개월 이내라는 규정도 있습니다. 시간 문제가 있지요. 그 전에 조건만이라도 확인해보는 게 좋지 않을까 하는 게 제 생각입니다."

"그건… 그렇네요. 그보다…"

제게 남긴 것이 무엇일지 가에는 궁금했다.

현금일까. 아니면 추억의 물건일까.

다마키가 상속인이 여러 명이라고 했으니 그렇게 값나가
는 건 아닐지도 몰랐다.

다만, 가에의 기억 속 마사코 할머니 댁은 정원도 넓어서
그야말로 '저택'이라 하기에 손색이 없는 건물이었다. 그리
자주 가지는 않았지만, 평소에는 좁은 연립에서 아래층 사
람이 내는 소리를 신경 쓰며 집 안을 걸어 다니던 것과 비교
되던 그때의 해방감은 결코 잊을 수 없다. 어린 가에가 셀
수도 없을 만큼 수없이 깔려 있던 다다미. 뛰어도 벽이 한참
이나 멀리 있던 방. 큰 소리를 내도 옆집을 신경 쓸 필요가
없는 넓은 정원.

좁디좁은 연립으로 돌아오면 꿈에서 깨어나 아침을 맞은
느낌이었다.

"제가 상속받는 게 뭔가요?"

"고양이입니다."

"…고양이요? 동물… 고양이 맞나요?"

"네. 냐옹 하고 우는 고양이입니다."

웃음기 없는 얼굴로 다마키는 냐옹 소리를 냈다. 농담이
아니구나 싶었다.

"여기서는 설명하기도 어려우니 일단 같이 가시지요. 애당
초 그러려고 온 거라서요."

그날 바로 출발하자는 다마키의 말에 가에는 짐을 꾸리기 시작했다. 바로 쓸 물건은 가방에 챙겨 넣고 나머지는 박스에 채웠다. 박스 꾸러미는 며칠 후 마쓰나가가 발송해주기로 했다. 아빠 물건이나 가재도구도 마쓰나가에게 맡기기로 했다. 마쓰나가가 이런저런 처리를 맡아준 까닭은 아마도 현금이 들어 있으리라고 짐작되는 봉투를 다마키가 마쓰나가에게 건넸기 때문일 것이다.

집에서 가까운 역으로 가기 전에 아르바이트하던 곳에 들러 한동안 일을 쉬겠다고 전한 후 가에는 다마키와 지하철을 갈아타고 도쿄역으로 향했다. 도쿄에서 니이가타까지는 신칸센으로 2시간 정도 걸렸다. 바로 옆자리에 앉았지만 다마키는 앉기 무섭게 잠들어버려 이야기를 나눌 수 없었다. 더위에 왔다 갔다 하느라 지친 모양이었다.

가에는 도쿄역에서 다마키가 사준 도시락을 먹으며 다마키의 옆얼굴을 보았다. 다마키는 돌아가신 마사코 할머니와 육촌지간이라고 했다.

마사코 할머니는 예순여덟이었다. 다마키와는 스무 살 넘게 차이 난다. 부모님끼리 사촌지간이니 불가능한 이야기도 아니지만, 아무리 친척이라 해도 나이 차를 생각하면 그다지 왕래가 잦은 사이도 아니었을 듯싶었다.

사실 가에는 사촌조차 만나본 적이 없어서 뭐가 일반적인지 잘 몰랐지만.

마사코 할머니의 편지에는 다마키의 말대로 정말 간단한 설명, 상속을 위해 니이가타에 있는 집으로 와주길 바란다는 내용, 곤란한 일이 있으면 다마키와 상의하라는 내용 그리고 다른 상속인들과 잘 지내달라는 내용이 또박또박 간결하게 쓰여 있었다.

종착역인 니이가타에 도착한 신칸센의 문이 열리자 후텁지근한 공기가 온몸을 감쌌다. 다마키는 니이가타 도착 10분 전에 눈을 떴지만 성큼성큼 택시정류장으로 향했다.

시간은 벌써 밤 11시가 지나 있었지만 기다리지 않고 바로 택시를 탈 수 있었다.

"이 노선은 벌써 막차가 떠났어요. 도쿄랑은 다르죠?"

"글쎄요…. 니이가타도 꽤 덥네요."

"눈의 고장이라 많이들 오해하시는데, 여름엔 똑같이 덥답니다."

뒷좌석에 나란히 앉은 다마키가 비교적 자주 듣는 말이라며 웃었다.

"짐은 가방 하나로 괜찮아요?"

"갈아입을 옷이랑 충전기만 있으면…."

지금 가에의 가방에는 엄마의 추억이 담긴 앨범, 교과서와 노트. 그 외에는 충전기와 이틀 치 갈아입을 옷가지만 들어 있었다.

　짐은 상관없었다. 그저 편도 표로 온 데다가 돌아갈 곳이 없어졌다는 사실이 불안할 뿐이었다. 좁고 낡은 데다 바람이 세게 부는 날에는 창문과 현관은 물론 건물 전체가 흔들리는 연립이었을지언정 가에가 있을 곳은 그곳뿐이었으니까.

　"고양이 말인데요…. 동물을 상속한다니, 그게 가능한 일인가요?"

　"가능, 불가능을 따진다면 가능합니다. 표현이 적절하지 않을 수도 있지만 법률상 동물은 '물건'으로 취급받아요. 윤리적 문제는 접어두세요."

　"동물이 물건…."

　"법률상 그렇습니다. 애당초 물건이라고 생각하지 않았기에 마사코 씨가 '리넨'을 가에 씨에게 물려주려고 생각하셨겠지만요."

　"리넨? 음, 그러니까…."

　"고양이 이름입니다."

　"아직 살아 있군요. 그럼 나이가 꽤…."

　"맞습니다. 지금 열세 살이라 사람으로 치면 마사코 씨랑 비슷한 나이일 거예요. 그래서 그런지 마사코 씨는 마지막까지 리넨을 마음에 걸려 했어요. 당신이 돌아가신 뒤 혼자 남겨지는 것만은 못 보겠다며."

"하지만 다마키 씨는 할머니랑 같이 사셨잖아요? 그럼 다마키 씨가 리넨을 맡으시는 게 자연스럽지 않나요? 그러면 환경도 바뀌지 않을 테고."

"주택은 다른 사람이 상속할 예정이라 결국 환경은 바뀝니다. 게다가 유언은 마사코 씨의 뜻이에요. 제가 결정할 사안이 아닙니다."

"그런가요." 가에가 대답했다.

딱 선을 그어 말하는 데에는 더이상 할 말이 없었다.

"다 왔습니다."

다마키가 택시비를 계산하는 사이 가에는 저택 문 앞에서 옛일을 떠올렸다.

여기에 왔던 기억이 희미하게 있었다. 저택을 빙 둘러싼 담. 문 앞에 서면 도로에서 집 전체가 보이지 않을 정도였다.

다마키의 뒤를 따라 문 안으로 들어서자 시야가 넓어졌다. 주택가라 가로등은 별로 없었다. 정원이 어떤 상태인지 어두워서 잘 보이지 않았지만, 옛날에도 문에서 현관까지 걸어갔던 것 같긴 했다.

긴 경사면을 걸어 현관에 도착한 다마키는 열쇠로 문을 열었다.

"여러분, 기다리셨습니다."

"…여러분?"

"가에 씨 외의 상속인입니다."

이전에 왔을 때와는 내부 분위기가 사뭇 다른 느낌이 들었다.

"꽤 오래된 집이라 몇 번 공사를 했답니다. 십여 년 전에 현관문 주변도 손을 봤지요."

역시 내 기억이 맞았어. 가에는 생각했다.

널찍한 현관은 홀까지 합하면 가에가 살던 집이 들어가고도 남을 듯했다.

들어가자마자 바로 오른쪽 방으로 안내되었다. 집은 전체적으로 전통적이었지만 그 방만큼은 문도 서양식이었다. 커다란 나무 테이블에는 두 여성이 앉아 있었다.

다마키의 안내에 가에도 두 사람과 테이블을 사이에 둔 채 마주 보고 앉았다. 한 명은 가에를 노려보듯 쳐다보았고 다른 한 명은 가에 쪽으로 눈길도 주지 않고 창밖을 바라보았다. 느낌이 별로였다.

"연락은 드렸습니다만, 도쿄에서 늦게 출발해 예정보다 늦어졌습니다. 일단 차를 준비하지요."

그 말과 함께 다마키는 방을 나섰다. 소개도 없이 남겨진 가에는 불편한 공기 속에서 의자에 앉아 테이블의 나뭇결을 물끄러미 바라보았다.

쉽지 않은 곳에 와버렸구나 싶었다.

집주인에게 퇴거를 통보받은 차에 와버리긴 했지만, 가에의 머릿속엔 앞으로의 일에 대한 걱정만이 가득했다.

"너, 아사미 딸이니?"

옛날 만화영화에서 본 요괴 눈처럼 생긴 나뭇결은 계속 쳐다보니 마치 매직아이처럼 눈앞에 떠오르는 듯했다.

"듣고 있니? 아사미 딸 맞지? 아니야? 사람이 묻는데 가만있지 말고 대답이라도 좀 하지 그래?"

건너편에 있던 여자가 가에 바로 곁에 다가와 땍땍거렸다.

"저…요?"

"달리 또 누가 있니?"

가에는 여자의 얼굴을 말끄러미 바라보았다.

화장은 진하게 했지만 눈가 주름은 감출 수 없었다. 어깨를 조금 넘는 긴 머리카락은 끝부분이 퍼석해 보였다. 화려한 옷이 명품이란 것쯤은 가에도 알 수 있었다. 다마키보다 조금 더 나이가 있어 보였다.

"이름은?"

"하나시로 가에예요."

"그래. 아사미가 결혼하고 하나시로가 됐지."

"엄마를 아세요?"

"그야 알지. 난 이 집 딸이니까."

"연이 끊기긴 했지만."

그때까지 줄곧 창밖을 보던 여자가 입을 열었다.

아직 얼굴은 보이지 않았다. 하얀색 플레어 슬리브 블라우스에 발목까지 오는 검은 치마가 몸 전체를 폭 감싸고 있었다. 등까지 닿을 듯한 긴 머리는 샴푸 광고에서 볼 법한 윤기가 흘렀다. 뒷모습과 목소리에서 거리감이 느껴졌다.

여자가 몸을 틀었고 가에와 눈이 마주쳤다.

가에는 어라? 싶었다.

머리가 긴 여성이었지만 코와 턱 라인이 둥근 느낌 없이 중성적인 생김새였으며 목에는 울대뼈가 솟아 있었다.

처음에 말을 건 여자가 가에의 어깨를 끌어안았다.

"처음에 묻는 게 나아. 나중에는 물어보기도 힘들어지잖아. 치마 입고 가발 쓸 거면 하이넥을 입지 그랬니?"

"목을 가리면 더우니까."

"하지만 그거 때문에 여장이 완벽하질 않잖아."

"여장 아니야."

"어딜 봐도 여장 맞구먼. 고타로."

"아니, 히마리."

가에는 머릿속에 쏟아지는 많은 정보를 도저히 따라갈 수 없었다.

한 가지, 여자가 아닌 남자라고 생각하니 마음속 거리감이 가셨다.

"그렇지만 밖에서는 멀쩡한 꼴로 다니잖아. 가발도 안 쓰고 양복에 넥타이 차림으로."

"여자도 양복은 입어."

"네네. 아무렴요. 정말이지 옛날부터 귀여운 맛이라곤 없었다니까."

"그건 피차 마찬가지지."

"또 억지 부린다!"

"그것도 피차 마찬가지."

"아, 진짜. 다마키 씨는 차 준비를 언제까지 하는 거야? 빨리 이야기를 마무리하고 싶은데."

여자는 가에를 두고 방을 나섰다. 문 쪽을 바라보는 가에에게 고타로라 불린 사람이 말을 건넸다.

"유미하마 리사코."

"네?"

"지금 나간 여자 말이야. 이미 쉰이 다 됐어…라고 말하면 화내겠지. 마흔여덟인데 예의가 없지? 나이만 들고 철은 안 들었나 봐."

그렇네요 하고 동의하기는 좀 그랬다.

"저기…. 그쪽은 뭐라고 불러야…."

"뭐든 괜찮아. 히마리든 고타로든. 밖에서는 고타로로 통하는 데다가 누나도 고타로라고 불렀으니까. 뭐, 누나는 이 모습을 본 적은 없지만."

"누나라뇨?"

"하나시로 아사미."

"엄마요? 어, 어어… 그럼, 그러면… 남동생… 여동생?"

엄마에게 형제가 있다는 말은 들은 적이 없었다.

"그렇게 깊이 생각할 것 없어. 너희 엄마랑 같이 살았을 때는 남자였고 딱히 호적까지 바꾸지는 않았으니까. 그러니까 너한테는 삼촌이지. 이모도 괜찮고."

고민 끝에 가에는 '고타로 삼촌'이라고 불렀다. 엄마가 고타로라고 불렀을 걸 생각하니 아주 조금이지만 거리가 줄어드는 기분이 들었기 때문이다.

어느 쪽이든 괜찮다던 고타로는 살짝 마음이 불편해 보였다. 아무래도 히마리라고 부르는 게 나았을 뻔했다.

가에의 엄마인 하나시로 아사미는 거의 가출하듯 결혼했다. 지금에 와서는 가에도 할머니가 결혼을 반대한 이유를 상상할 수 있었지만, 어리고 사랑에 눈이 멀었던 엄마는 부모의 말을 무시한 채 결혼했으리라.

그 때문인지 가에는 태어나고 시간이 좀 흐른 뒤 할머니 댁에 왔고, 그나마 몇 번 되지도 않았다. 왜 그런 아빠랑 결혼하려고 부모를 버렸나 싶지만, 그 질문을 받아줄 사람은 이미 이 세상에 없었다.

남매 사이라는 걸 알아서 그런지 몰라도 여장을 한 고타로는 엄마와 어딘가 닮은 것 같기도 했다.

"뭘 빤히 보니?"

가에는 엄마의 흔적을 찾으려 했을 뿐이지만 고타로는 여장한 모습을 무례하게 쳐다본다고 느낀 모양이었다.

갑자기 문이 열렸다. 리사코가 방으로 들어서며 말했다.

"아, 진짜. 빨리 좀 끝내자."

뒤에서 다마키가 쟁반을 들고 들어왔다. 척 보기에도 비싸 보이는 티 세트에 담긴 홍차에서 과일향이 맴돌았다.

"시간이 꽤 늦긴 했지만, 소개하죠."

리사코는 의자에 앉기 무섭게 컵을 입에 가져갔다.

"이미 대충 알아. 아사미 딸이잖아? 상속인이 죽으면 그 자식이 대신한다는 것쯤은 안다고."

마사코 할머니의 유산은 법률에 따라 기본적으로는 배우자와 자녀에게 상속된다. 그러나 할머니의 남편은 9년 전에 이미 돌아가신지라 이번 경우에는 자녀가 상속 대상이 된다. 그러나 마사코의 자녀인 아사미, 즉 가에의 엄마는 7년 전에 병으로 세상을 떠났다. 그 때문에 상속권은 그 자녀인 가에에게 넘어갔다.

이를 대습상속이라고 한다고 다마키가 설명해주었다. 리사코도 그에 관해서는 들은 듯 불만스러운 표정을 짓긴 했지만 이해하는 눈치였다.

"그런데 애가 유산상속을 받을 수 있나?"

"권리만 놓고 보면 태아에게도 상속 권리가 있습니다."

"아직 태어나지도 않았는데?"

"물론 권리가 인정되는 건 태어난 후의 이야기입니다."

"하지만 갓난쟁이가 유산상속이 뭔지 어떻게 알겠어?"

"가에 씨는 이미 고등학교 3학년이라 충분히 이해할 나이니까 걱정할 필요 없습니다."

다마키는 리사코를 견제하듯 딱 잘라 말했다.

"그보다 앞날을 위해 여러분을 소개하지요. 조금 전까지
저랑 말한 분이 유미하마 리사코 씨. 마사코 씨 남편의 자제
분입니다."

"네?"

"마사코 씨도 남편분도 둘 다 재혼이셨거든요."

"어…."

리사코가 답답하다는 듯 끼어들었다.

"재혼하면서 데려온 아이라고. 우리 엄마가 돌아가신 뒤
너희 할머니랑 재혼한 거야. 그러니까 나랑 그 사람은 피가
안 섞인 셈이지. 이해됐어?"

"아, 네…. 대충."

"생각이란 걸 하긴 하니?"

리사코와 말을 섞은 지 십여 분밖에 되지 않았지만, 이미
상당히 예의가 없는 사람이라는 사실은 알 수 있었다. 알아
도 화가 났다.

다마키가 잽싸게 거의 빈 리사코의 찻잔에 차를 따랐다.

"그리고 이쪽은 유미하마…."

"이미 고타로라고 했어요."

"…그 얘기는 둘이 알아서 하시죠. 그럼 이미 알고 있겠지
만, 고타로 씨도 아사미 씨도 마사코 씨 전남편의 자녀이기

때문에 이 집의 가장이었던 재혼 상대, 리사코 씨의 아버지와는 혈연관계가 아닙니다."

가에는 알고 있음을 어필하려고 크게 고개를 끄덕였다.

다마키는 고타로와 리사코 쪽으로 몸을 돌렸다.

"가에 씨는 마사코 씨의 딸인 아사미 씨의 자녀입니다. 아사미 씨는 7년 전에 이미 돌아가셨으므로 가에 씨를 모셨습니다."

"그런 건 다 알고 있으니까 빨리빨리 할 말 좀 하지? 이 애가 오기 전까지는 개봉하지 않겠다고 해서 그 양반이 돌아가시고 석 달 가까이 기다리게 하더니, 오늘도 시간이 이게 뭐냐고."

"알겠습니다. 그럼 지금부터 마사코 씨의 유언장을 읽겠습니다."

가에는 오늘 처음 만난 다마키에게 느닷없이 할머니의 죽음을 통보받고, 집에서 쫓겨나 갑작스레 니이가타까지 왔다. 리사코도 고타로도 초면인 데다가 이 집에 도착한 지 아직 30분도 채 되지 않았다.

그러나 리사코는 오른쪽 검지로 테이블을 탁탁탁 두들기며 더는 못 기다리겠다는 듯한 태도를 보였다. 고타로는 표정 변화 하나 없이 입을 일자로 다문 채였다.

다마키가 흰 봉투에서 접힌 종이를 꺼내어 펼쳤다. '유언장'이라고 입을 뗀 후 한 번 크게 심호흡을 했다.

"유언자 유미하마 마사코는 이 유언장으로 다음과 같이 유언한다.

하나, 하나시로 가에에게 현금 천오백오만 엔을 상속한다. 상속금은 일괄이 아닌 진로 결정 후 매달 일정 금액을 건네는 형식으로 한다.

이어 덧붙인 사항입니다.

가에가 어릴 적 리넨과 놀던 모습을 생생히 기억합니다. 가능하면 내가 마지막까지 리넨을 돌보고 싶었으나, 먼저 떠나게 됐습니다. 하여 가에에게 리넨을 부탁하고 싶습니다. 리넨을 돌보는 데 드는 비용 그리고 앞으로 생활하는 데 불안한 점이 있을 때는 다마키와 상의하세요.

가에 씨에게 남긴 유언은 이상입니다."

다마키는 종이를 테이블에 잠시 내려놓고 컵을 입에 가져갔다.

리사코가 숨 돌릴 새도 없이 끼어들었다.

"가에한테 천오백만이나 준다고?"

"마사코 씨의 유산을 생각하면 큰 금액은 아닙니다."

"하지만 아직 애잖아."

"아까도 말씀드렸다시피 가에 씨는 아사미 씨의 대리인입니다. 그래서 법정상속으로 따지면 가에 씨가 받을 금액은 더 커집니다."

그래도 괜찮겠습니까? 다마키는 리사코에게 그렇게 묻고

있었다.

　고액의 상속을 기대했던 리사코는 입술을 살짝 삐죽이며 불만을 드러냈지만, 그 이상 입을 열지 않았다.

　"이어서 리사코 씨에 대한 유언입니다."

　리사코는 조마조마한지 고개를 까닥였다.

　다마키가 읊은 내용은 다음과 같았다.

　"둘, 유미하마 리사코에게 아래 부동산 중 유언자가 소유한 몫을 상속한다.

① 토지

• 주소　　　니이가타현 니이가타시 중앙구 ○○

• 지번　　　○○번○

• 지목　　　택지

• 지적　　　996.65제곱미터

② 건물

• 주소　　　니이가타현 니이가타시 중앙구 ○○, ○○번○

• 가옥번호　○○번○

• 종류　　　주거

• 구조　　　목조 기와지붕 2층

• 바닥 면적　1층 부분 232제곱미터, 2층 부분 71제곱미터

또한 오랫동안 등기가 이루어지지 않았으므로 상속인 유미하마 리사코를 필두로 다른 열여섯 명과 유산분할 협의를 하여 절차를 밟을 것."

"뭐? 무슨 말이야?"

리사코의 의문 어린 소리에도 다마키는 전혀 아랑곳하지 않았다.

"그에 대한 설명은 나중에 드리겠습니다. 다음으로 고타로 씨에게 남긴 유언장을 읽겠습니다."

"셋, 유미하마 고타로에게 다음의 유산을 상속한다.

유언자의 저택에 있는 3.5캐럿 다이아몬드 반지."

"이상입니다."

방 안이 순간 조용해졌다.

"어…?!"

가장 먼저 입을 뗀 사람은 고타로였다. 그러나 충격이 꽤 컸는지 눈만 깜빡이며 말을 잇지 못했다. 리사코가 재빨리 질문했다.

"고타로는 그게 다야? 가에보다도 적잖아? 팔면 얼마 나오는데?"

"3.5캐럿 다이아몬드의 감정가는 약 천만 엔입니다."

정확하게는 천만을 조금 넘을 거라고 했다.

"알이 큰 다이아 중에선 등급이 매우 높은 보석이라 천만 은 무조건 받을 수 있다고 들었습니다."

가에는 3.5캐럿 다이아몬드가 얼마나 큰지 상상도 할 수 없었다. 하지만 궁금하기는 했다.

"어떤 반지인가요?"

다마키가 봉투에서 사진과 감정서를 꺼내 테이블에 올려놓았다.

"이것입니다."

"와…."

상자에 들어 있는 반지는 비교할 물건이 없어서인지 보석 크기가 가늠되지 않았다. 게다가 반짝거려서 아름답기는 했지만 그래 봐야 사진이었다.

다이아몬드의 등급표가 적힌 감정서에는 커팅, 캐럿, 컬러, 투명도 등 보석 정보가 적혀 있었으나 그걸 봐도 가격이 얼마나 되는지 가에가 알 턱이 없었다.

리사코는 감정서를 눈높이까지 바싹 올려 살펴보았다.

"이거 할아버지가 샀던 거잖아? 언젠간 내가 받겠거니 했는데."

"유언장을 작성하신 분은 마사코 씨라서요."

"딱히 바꿔 달란 말은 안 했어."

리사코가 반지를 요구하지 않는 까닭은 토지 가옥이 훨씬 더 비싸기 때문이리라.

고타로는 여전히 표정이 없었다. 그러나 가에에게는 다이아몬드의 사진을 본 고타로가 일부러 표정을 유지하려 하는 것처럼 보였다.

"고타로는 그걸로 돼?"

"…되고 말고가 어딨어. 유언장 번복은 기본적으로 무리잖아."

리사코와 고타로의 대화에 다마키가 끼어들었다.

"고타로 씨는 상속받는 몫에 불만이 있으시다면 유류분 청구를 진행할 수 있습니다. 그럼 지금보다는 더 받을 수 있겠지요."

"아… 유류분."

고타로는 유류분이라는 말을 듣자마자 바로 이해한 모양이었지만 가에는 어리둥절했다.

"유류분은 마사코 씨가 고타로 씨에게 최저치로 남겨주어야만 하는 유산을 뜻합니다. 분명 값비싼 반지지만, 본디 고타로 씨가 받아야 할 유산과 비교하면 적기 때문에 액수에 불만이 있으면 고타로 씨는 더 받을 권리가 있다는 말입니다. 그렇다고는 해도 두 배는 안 될 것 같지만… 진행하시겠습니까?"

가에에게 설명하던 다마키의 마지막 말은 고타로에게로 향했다.

고타로는 작게 고개를 저었다.

"바로 대답하긴 힘들어요. 아직 유산을 받을 수 있을지도 모르고."

"물론 시간을 갖고 생각해도 됩니다. 다만…."

"상속을 포기할 경우는 기일이 머지않았다 이 말이죠?"

'네'라는 다마키의 대답에 리사코는 '뭐?' 하며 새된 목소리로 의문을 표했다.

"포기는 빚이 더 많을 때 아니면 보통 안 하잖아?"

의자에서 몸을 일으킨 리사코가 다마키 옆에 섰다.

"그보다 유언장을 보여줘. 내용이 더 있지?"

리사코는 다마키의 손에서 뺏다시피 유언장을 낚아챘다.

"어디, 곤노 다마키는… 유언집행자로서 모든 유산이 상속되는 걸 마지막까지 지켜볼 것. 해당 기간의 생활비로 월 십만 엔 그리고 모든 절차가 끝난 후 사례금으로 백만 엔… 이 금액이 맞아?"

"맞습니다."

"하지만 아까부터 상속 이야기를 이끌고 있잖아. 사실은 어디에 숨겨놓은 거 아니야?"

"이 유언장은 공증 사무소에서 작성되었습니다. 부정은 있을 수 없어요."

"그럼 생전에 받았어? 설마 금액이 제일 많다거나?"

다마키의 안색이 싹 변했다. 누가 봐도 흔들리는 모양새였다.

"…안 받았습니다."

거짓말이라는 느낌이 들었지만 증거는 아무 데도 없었다.

리사코는 아직 이해하지 못했다는 듯 다시 진짜냐고 물었다.

"그보다."

고타로가 리사코의 말을 가로막았다.

"아까 그 외의 열여섯 명에 대해 물어보는 편이 낫지 않겠어?"

"아, 맞다! 열여섯 명은 무슨 얘기야? 다마키 씨, 설명 좀."

"그건 유언장에도 적혀 있듯이, 대대로 토지 가옥의 등기를 치지 않았으므로 상속인이 기하급수적으로 불어나 현재 리사코 씨를 포함해 열일곱 명이 있다는 말입니다."

"잠깐, 무슨 뜻이야?!"

고타로가 히죽거렸다. 다마키가 유언장을 읽어줄 때 앞으로 리사코에게 펼쳐질 고생길을 눈치챘을 터였다.

"한 명 한 명에게 상속 포기 동의를 받아야 한다니 힘들겠다. 게다가 리사코 말고 다른 상속인이 포기하지 않으면 독차지할 수도 없다는 얘기잖아?"

"누구 마음대로! 왜 나만 이렇게 성가셔? 모두의 동의를 받아야 한다니 품이 보통 드는 게 아니잖아!"

"그렇네. 외국에 있기라도 하면 큰일이겠다. 뭐, 지금까지는 마사코 씨가 고정자산세를 모두 냈지만 다른 사람이 상속해서 등기를 치면 세금을 내야 하니까 그런 단점을 말해 주면 포기하지 않을까? 그렇게 큰돈이 아니어도 매년 내야 하고, 자기 명의로 한들 소유자 모두가 동의하지 않으면 토지를 마음대로 할 수도 없는 노릇이니 구슬릴 방법은 있잖아."

말만 들으면 위로하는 모양새였지만, 고타로는 누가 봐도 재미있어 죽겠다는 목소리와 표정으로 말했다.

다마키가 테이블 위에 던져진 유언장을 접으며 말했다.

"토지 가옥의 평가액은 6천만 엔 정도였습니다. 모든 분이 포기한다면 리사코 씨가 상속받을 몫은 가에 씨나 고타로 씨와 비교해 훨씬 더 큰 금액입니다. 그리고 이 토지 건은 생전 아버님의 뜻이기도 합니다."

"아버지?"

"네. 최종적으로 집과 토지를 상속하는 사람은 리사코이길 바란다는 뜻을 밝히셨기 때문에 리사코 씨의 아버지와 아사미 씨, 고타로 씨는 양자 결연을 하지 않았습니다. 이 때문에 아버님이 돌아가신 후 일단은 마사코 씨가 상속을… 실제로 등기를 치지는 않았습니다만… 마사코 씨의 관리하에 두었죠."

가에는 다마키가 하는 말을 전혀 이해하지 못했다.

고타로 쪽을 돌아보다 눈이 마주쳤다.

"무슨 말인지 모르겠니?"

"…네."

"이 집의 주인이었던 리사코 씨의 아버지는 남에게 물려주기 싫었을 거야. 나랑 너희 엄마는 다른 사람의 자식이니까. 재혼을 했다고 해도 집을 넘겨줄 만큼의 애정은 없었다는 거지."

가에는 만난 적도 없지만 피가 섞이지 않은 할아버지를 생각해도 그런가 하는 생각밖에 들지 않았다.

그러나 고타로는 어떨까. 본심은 복잡하지 않을까. 고타로의 표정에서 그런 마음은 읽어낼 수 없었다.

분위기가 이렇게 되리라는 것을 예상했는지 다마키는 차분했다.

"일단 고타로 씨는 상속을 그냥 할지, 어쩔 건지 생각할 것. 리사코 씨는 절차대로 진행할 것. 이렇게 정리됩니다만 괜찮으십니까?"

"괜찮고 자시고 간에 안 하면 이 집이랑 땅을 못 받잖아?"

"네. 그리고 지금부터가 중요합니다만, 앞으로 모든 상속이 끝날 때까지 모두 이 집에서 살아주셨으면 합니다."

가장 먼저 고타로가 의문을 제기했다.

"나도 리사코도 시내에 사는데 일부러?"

"아까는 읽지 않았습니다만, 그것도 여기 덧붙이는 사항에 적혀 있습니다."

다마키가 다시 유언장을 펼쳐 그 부분을 가리켰다. 모두 얼굴을 맞대고 들여다보았다.

"거짓말!"

리사코가 외쳤다.

"그렇게 생각하고 싶은데… 떡하니 적혀 있네."

고타로의 말마따나 유언장에는 '상속이 끝날 때까지 모두
이 집에서 살 것'이라고 쓰여 있었다.

리사코도 고타로도 불만을 드러냈지만, 다마키는 담담히
말을 이었다.

"원칙적으로 마사코 씨가 돌아가신 다음 10개월 이내에
상속세를 내야 합니다. 기간 내에 내지 않으면 체납세가 발
생하니 늦어도 내년 3월 말까지 모든 절차를 끝내야만 합니
다."

리사코가 당황해했다.

"그런 얘기는 돌아가셨다는 연락을 줄 때 했어야지!"

"저기, 다마키 씨. 머리로 생각 못 하고 몸이 먼저 움직이는
사람한테는 자~알, 알기 쉽게 설명 안 해주면 모른다니까
요. 그렇다 해도 그 사람이 돌아가신 지 벌써 석 달 가까이
지났으니 리사코 씨는 상속 절차를 기한 내에 끝내려면 좀
서둘러야겠네."

고타로가 무거운 한숨을 내뱉었다.

"그렇네요. 그리고 이게 가장 성가신 부분인데 리사코 씨
이외의 토지 가옥 상속인 가운데 마사코 씨가 생전에 일찌감

치 상속 포기를 받아낸 사람들도 있지만, 협상이 진행되지 않았거나 소재가 불분명한 사람도 있습니다."

"뭐?"

리사코의 얼굴이 순식간에 시뻘게졌다.

"탐정도 아니고 어떻게 찾으라고!"

"그걸 생각하는 것까지 리사코 씨가 해야 할 일이라고 마사코 씨가 말했습니다."

"싫다, 진짜. 나 그런 거 하기 싫어."

"그럼 포기하시겠습니까? 이 집과 토지의 상속인 모두에게서 포기를 받아내면 6천만 엔 상당의 유산을 받게 되는데요."

리사코는 불만스러워하면서도 입을 꾹 닫았다.

고타로가 고민에 빠진 듯한 표정을 지었다.

"상속이 끝날 때까지 여기 있으라니 가에는 고등학생이잖아? 여름방학도 금방 끝날 텐데 여기서 학교에 다니는 건 힘들지 않나."

"학교는 괜찮아요. 통신제 학교라서요. 여기에 협력학교도 있고 스쿨링은 거의 다 끝났어요. 아르바이트는 그만두겠다고 연락할게요."

"그렇구나…. 하지만 부모님은? 아버지는 뭐라셔?"

가에는 도움을 요청하듯 다마키를 바라보았다. 다마키가 거들었다.

"시간도 늦었으니 그 이야기는 천천히."

벌써 날짜가 바뀌어 있었다.

고타로도 다마키가 알고 있으면 됐다고 여긴 듯 등받이에 몸을 기대며 크게 한숨을 내쉬었다.

"일이 성가셔졌네. 일단 내 부모니까 여기 오긴 했는데, 난 집을 나온 몸인데다가 사실은 돌아오고 싶지 않았어. 그야 천만 엔은 감사하긴 하지만 리사코 씨처럼 코가 석 자인 것도 아니고."

고타로는 불만을 터뜨리며 리사코와 가에를 번갈아 쳐다보았다.

"저기, 다마키 씨. 내가 상속을 포기하면 어떻게 되죠?"

"고타로 씨뿐만 아니라 여러분께는 모두 상속을 포기할 권리가 있습니다. 다만 누군가 한 사람이라도 포기하면… 모든 유산은 자선단체에 기증됩니다."

"뭐? 거짓말이지?"

리사코가 제일 먼저 불만을 말했다.

다마키는 이런 상황을 진작 예상한 듯 표정 하나 바뀌지 않았다.

"사실입니다. 여러분이 다 유언을 따르지 않으면 모두 자선단체에 기증하겠다는 조건이 있습니다."

리사코가 다마키에게 다가왔다.

"그렇게 되면 유류분은?"

"청구할 권리는 있지만 리사코 씨는 토지 가옥의 총액보다 훨씬 더 금액이 낮아지겠죠."

리사코는 억울하다는 듯 얼굴을 찡그렸다.

"당신은 그래도 괜찮아? 우리 중 누구 하나라도 상속을 포기하면 당신도 돈을 못 받는데?"

"저는 원래 받을 생각이 없던 돈인지라 상관없습니다."

"그 말인즉, 역시 벌써 뭔가 받았단 소리 아냐?"

리사코는 사나운 눈빛으로 다마키를 몰아붙였다.

다마키의 눈동자가 어렴풋이 좌우로 움직였다. 그러나 겉으로 드러난 동요는 그게 다였다.

고타로가 차디찬 시선으로 다이아몬드 사진을 보았다.

"그 양반이 할 법한 소리네."

"뭐가?"

리사코가 물었다.

"우릴 난처하게 만들고 싶다고 해야 하나, 본인이 옳다고 생각하는 쪽으로 끌고 가려고 한다고 해야 하나… 자기 뜻대로 되지 않았던 자식들에 대한 복수라거나?"

"그러네. 아니, 애당초 왜 상속이 끝날 때까지 여기 살아야 하냐고. 가에는 둘째치고 나랑 고타로는 왔다 갔다 할 수 있는데."

이해를 못 하겠다는 듯한 리사코의 반응에 다마키는 고개를 절레절레 흔들었다.

가에에겐 이제 여기밖에 살 곳이 없다. 새집을 빌릴 돈도 없다. 아빠랑 같이 살 바에야 생전처음 보는 사람들과 함께 있는 게 훨씬 더 낫겠다 싶었다.

"저는… 고양이… 좋아해서…."

"알겠습니다. 고타로 씨는 어떻게 하시겠어요?"

"아까도 말했지만 당장 결정하긴 힘들고. 일단은 빨리 집을 정리하고 여기로 이사 와서 곰곰이 생각해볼 수밖에 없을 듯하네."

"뭐…."

고타로의 말에 리사코가 불만을 표했다.

"여기 살면 집세가 안 들잖아?"

불만을 삼킨 양 리사코는 입을 굳게 다물었다.

저마다 다른 생각 속에서 일단은 상속을 위해 움직이기로 했다.

방으로 안내받기 전 가에는 거실에 있는 마사코의 불단에 인사를 올렸다. 영정 속 마사코는 입가에 미소를 띠었지만 맑게 갠 겨울 아침 같은 분위기를 풍겼다.

"할머니 얼굴이 이러셨던가요?"

"이런 얼굴이라면?"

다마키도 함께 인사를 올리고 있었다. 선향이 방 안 가득 맴돌았다.

"뭔가… 예전이랑 다른 것 같아서요."

"다른 사람 같나요?"

"할머니는 맞는데."

앞머리를 깔끔하게 올린 짧은 머리는 선이 예리한 할머니와 무척 잘 어울렸다. 상반신만 찍혀 있었지만 등을 꼿꼿이 편 모습도 할머니답다고 생각했다.

만나지 않았던 시간만큼 나이를 먹는 것은 당연하다. 가에가 주저하는 부분은 외모의 변화가 아니었다. 가에의 기억 속 할머니는 다정한 분이셨는데, 미소 지은 사진에서는 어쩐지 엄격함이 풍겼다.

"무섭나요?"

다마키의 솔직한 질문에 가에는 대답하지 못했다. 하지만 침묵은 곧 긍정이기도 했다.

"가에 씨가 그렇게 느낀다면 그것도 정답 중 하나일지 모릅니다."

"다마키 씨가 보기에는 어떤 분 같으셨어요?"

"아주 따뜻한 분이었어요."

정말일까?

감정적인 리사코의 말이라면 순순히 받아들일 수도 있었겠지만, 다마키는 뭐가 본심인지 도무지 알 수 없었다.

"여기 있는 동안 마사코 씨가 어떤 분이었는지 가에 씨 나름대로 찾아보면 어떨까요?"

본인은 이미 없는데 그게 가능한 일인가? 그러나 할 수 있다면 해보고 싶었다.

"그럼 시간도 늦었으니 오늘은 이만 쉬어요. 방으로 안내하지요."

가에가 배정받은 방은 2층의 전통식 방으로, 출입문은 열쇠로 잠글 수 있었다. 옆은 리사코의 방이고 그 안쪽이 고타로의 방이라고 다마키가 설명했다.

"2층엔 방이 총 네 개 있어요. 하나는 비어 있으니 혹시 방을 바꾸고 싶으면 얘기해요. 화장실이랑 세면대는 2층에도 있지만 목욕탕은 1층에만 있어요. 웬만한 곳은 대개 안쪽에서 잠글 수 있어요. 그리고 수건이나 기타 생필품은 옷장 안에 얼추 넣어두었어요. 혹시 부족한 게 있다면 말해주세요."

다마키의 설명대로 옷장 안에는 수건과 폼클렌징, 머리빗, 생리용품 등이 준비되어 있었다. 이날을 위해 일부러 준비한 건가 싶었다.

방도 복도도 먼지 한 톨 없이 살뜰히 청소되어 있었다.

"그리고 이걸."

다마키가 갈색 봉투를 내밀었다.

"뭔가요?"

"수중에 돈이 없으면 좀 그렇겠다 싶어서요."

봉투 안에 현금이 들은 모양이다.

"하지만 아직 저는…"

"상속 절차에 참여한 시점부터 생활비를 제공하라고 했어요. 설령 뭔가 사정이 생겨 상속이 되지 않아도 이 돈은 돌려줄 필요가 없으니 안심하세요. 이건 마사코 씨가 생전에 준비한 거랍니다."

하지만… 이라는 말을 다시 내뱉으려 했으나 지금 가에겐 이 돈을 받는 것 외의 선택지가 없었다.

"고맙습니다."

"그럼 무슨 일이 있으면 또 얘기해요. 내 방은 1층 욕실 옆 방이니까."

"…네. 아까부터 궁금했는데 리넨은 지금 어디 있나요?"

이미 오밤중이라 집 안은 내일 둘러보기로 했다. 그 때문에 가에는 현관과 응접실 그리고 화장실과 욕실 등 필요한 곳밖에 보지 못했다. 그 어디에도 리넨은 없었다.

"집 안을 자유롭게 돌아다니는데, 마사코 씨가 쓰던 방에서 가장 오랜 시간을 보낸답니다."

"그럼 저도 할머니 방에 있는 게 낫지 않을까요…."

"그건 천천히 생각해봅시다. 최종적으로 이 집은 리사코 씨가 상속받을 예정이니 다른 곳에 익숙해질 필요도 있고요. 뭐, 장소는 어떻게든 되겠지만…."

"뭐 걱정이라도 있으세요?"

"리넨은 사람을 가린다고 해야 하나 좀체 잘 따르지 않아요. 마사코 씨가 입원했을 때부터 매일 사료를 주었는데 아직도 저를 경계해요."

가에는 불안해졌다.

"제가 맡아도 될까요?"

"제가 뭘 어떻게 하기에는… 가에 씨에게 맡기라고 정한 사람은 마사코 씨니까요."

누가 리넨을 상속하든지 상관없었을까.

그러나 돌봐줄 사람을 유언으로 정해둘 만큼 아끼던 고양이를 누구에게 맡기든 상관없다고 생각할 리가 없었다.

"일단 오늘은 피곤할 테니 푹 쉬세요."

다마키는 그렇게 말하며 방문을 닫았다. 가에는 입구에 서서 방을 바라보았다.

청소가 되어 있었지만 역시 세월이 느껴지는 집이었다. 기둥에 난 흠집, 천장의 희끄무레한 얼룩. 가구를 옮긴 다다미에는 햇볕에 눋은 자국도 있었다. 가구에서는 새 나무 냄새가 났지만, 방은 누군가가 예전에 사용한 듯했다.

혹시 가에의 엄마였을까.

한동안 방 안을 살폈지만 추정할 만한 물건은 아무것도 없었다.

"…자자."

롤러코스터처럼 흥분되는 하루였지만 생각보다 더 피곤했는지 가에는 금방 잠에 빠졌다.

눈꺼풀 위로 느껴지는 햇살과 문 너머에서 들려오는 소리
가 가에를 깨웠다.

노크인 줄 알았으나 뭔가 조금 달랐다.

가에는 목덜미에 흐르는 땀을 닦으며 방문을 열었다.

"어라?"

방밖에는 아무도 없었다. 문을 닫고 침대에 앉았다. 멍하
니 있자니 다시 문을 두드리는 소리가 들렸다. 이번엔 틀림
없는 노크였다.

"아직 자니?"

문밖에는 바람에 나부끼는 얇은 소재의 롱스커트를 입은
고타로가 있었다.

"벌써 점심시간이야."

"네?"

"어제 그런 일이 있었는데 잘도 늦잠을 자는구나."

"죄송해요…."

"딱히 나한테 사과할 일은 아니지만."

생각보다 사죄의 말이 먼저 나가는 건 버릇이었다. 그래
야 일이 원만하게 흘러가니까. 하지만 고타로에게는 통하지
않아 보였다.

기둥에 걸린 시계로 확인한 시간은 정오가 가까워지고 있

었다.

"이제 곧 점심 먹는대."

"데리러 와주신 거예요?"

"아무리 있어도 안 일어나길래 죽었나 싶어서 보러 왔어."

다정한 건지 아닌지 영 모르겠다.

"아까 이 방 앞에 누가 있었나요?"

"글쎄? 난 방금 막 왔고, 리사코는 아직 자고, 다마키 씨는 점심 준비하느라 부엌에 있으니까…."

고타로가 씩 웃으며 가에에게 얼굴을 바짝 댔다.

"데리러 온 거 아닐까?"

"누가요?"

고타로는 계속 히죽이며 천장 위를 가리켰지만 무슨 뜻인지 짐작이 가지 않았다.

"쥐요?"

"쥐는 고양이가 잡아주겠지."

"그럼… 어? 아, 유령….."

가에의 표정이 굳었다. 농담치고는 질이 나빴다.

"할머니는 그런 짓 안 하세요."

"왜 그렇게 생각해?"

고타로는 좀 전까지 지었던 심술궂은 미소를 거두고 진지한 표정으로 말했다.

"너한테 재산을 남겨줘서? 하지만 그건 그냥 네 권리잖

아. 내 순서 때 유류분 얘기가 나오긴 했지만 그 권리는 너한테도 있어. 앞으로 귀찮아질 수도 있으니 처음부터 줘버리는 게 낫겠다고 생각한 거 아니겠어?"

고타로의 말에도 일리가 있어 보였다.

하지만 가에는 어제부터 그 외에도 이유가 있지 않을까 싶었다. 할머니에게 소중한 리넨을 가에에게 남겼으니까.

"뭐, 네 할머니는 누나를 아꼈으니 실패한 딸 대신 다시 키워보고 싶었을지도. 유산이 매달 일정 금액이라는 말은 네가 취직하기보다는 진학할 거라고 예상했기 때문이겠지. 그런 뜻도 있지 않겠어?"

"할머니가 엄마를 아끼셨다고요?"

고타로는 몰랐냐는 듯한 표정을 지었다.

"그야 당연하지. 고등학교에 들어갈 때까지는 자랑스러운 딸이었으니까. 그러던 게 변변찮은 남자… 실례."

"아뇨."

아빠를 욕해도 상관없었다. 가에는 세상 그 누구보다 아빠를 변변찮게 여겼으니까.

"사랑에 미쳐 대학도 안 가고 야반도주나 다름없이 집을 뛰쳐나갔으니. 네가 태어난 후로 가끔 연락을 한 모양이지만."

"어린이집 무렵까지…."

마지막으로 할머니를 본 곳은 엄마의 장례식장이 아니었

다. 그 전에 교류가 끊겼다.

아직 학교도 가기 전이었던 가에는 어른들의 사정을 이해할 수 없었지만, 지금은 대강 상상이 간다. 아빠가 돈이라도 뜯으러 왔겠지.

"할머니는 엄마 장례식에도 안 오셨죠…."

"그건 나도 똑같이 잘못했어. 애당초 나는 누나가 죽었다는 사실을 일 년도 더 지나서 알게 됐지만."

고타로가 미안하다는 듯 고개를 숙였다.

가에는 고타로의 존재조차 몰랐다. 엄마는 결혼하기 전 이야기를 거의 하지 않았고 할머니도 말해준 적이 없었다.

그 이유가 고타로의 여장과 관련이 있을까.

"왜?"

"할머니는 어떤 분이셨어요? 전 기억이 별로 없어서."

고타로는 영화의 한 장면처럼 가볍게 어깨를 움츠렸다.

"그 얘기를 하자면 점심이 다 식을 거야."

얼버무린다는 느낌을 받았지만, 하기 싫은 이야기가 있다는 사실은 유언장이 공개된 어젯밤 어렴풋이 짐작했다.

"뭐, 차림새가 이러니까. 부모랑 일이 많았지."

그답지 않은 모호한 대답을 들은 가에는 앞으로 고타로가 아닌 히마리라고 부르자고 생각했다.

부엌과 식당은 분리되지 않아 탁 트인 느낌이 들었다. 부엌 쪽은 4년 전에 리폼했다고 한다.

식탁에 놓인 요리에 가에의 눈이 동그래졌다. SNS에서 본 카페 런치 같은 원 플레이팅 요리였다.

"멋지다…."

다마키는 수줍은 듯한 미소를 지었다.

"별거 아니에요. 닭고기는 빵가루를 묻혀 튀긴 게 다고, 샐러드도 채소를 씻어서 자르기만 한 거라. 키시*는 어제 남은 거고요."

다마키는 겸손하게 말했지만, 음식 담음새도 예쁜 것이 꼭 파는 음식 같았다. 게다가 치킨가스도 빵가루가 고왔고 소스도 시중에서 파는 것과 색이 달랐다.

"못 먹는 음식이 있으면 알려주세요."

가에가 멍하니 접시를 바라봐서일까, 다마키가 배려의 말을 건넸다.

치킨가스를 한 입 베어 물었다. 튀김옷에서 치즈와 허브 같은 향신료가 느껴졌다.

"맛있어요."

다마키가 빙그레 웃었다.

"그거 다행이네요."

점심은 굶거나 컵라면 또는 빵으로 때우던 가에에게는 너

---

* 파이의 일종

무 호사스러웠다. 저녁도 아르바이트하던 가게에서 폐기하는 도시락을 받으면 다행이고, 못 받을 때는 맨밥에다 낫토만 먹었다. 모자라면 과자로 배고픔을 달랬다. 도시락을 매일 주셨으면 좋겠다고 사장님께 말해보았지만, 본사에서 식품은 폐기하라고 했다며 거절당했다. 그래도 가끔 재고량이 많으면 몰래 가져가도 좋다고 했다. 외식도 패스트푸드나 라면집 정도는 갈 수 있었지만, 카페는 하루 식비를 넘기기 때문에 사람들이 올린 인스타 사진을 보는 게 다였다.

키시는 생지에서 버터향이 났다. 필링도 달걀과 생크림의 진한 맛이 입안 가득 퍼졌다.

"오늘은 시간이 별로 없어서 수프는 없어요. 미안합니다."

평소에는 어떻길래 하는 생각을 하며 가에는 또 키시를 입에 넣었다.

"저기… 다른 사람들은요?"

식탁에는 다마키와 가에뿐이었다.

"히마리 씨도 아침 식사 시간엔 자느라고 브런치 시간에 먹었어요. 리사코 씨는 아직 자고 있고요."

그렇다면 히마리는 식사를 끝내고 가에를 깨우러 온 셈이었다.

가에도 좀 더 자고 싶었지만, 외식 말고는 누가 해준 따뜻한 요리를 벌써 몇 년이나 먹어본 적이 없어서 일어나길 잘했다 싶었다. 게다가 그 두 사람과 얼굴을 마주하는 일 없이 식사하는 쪽이 더 마음 편했다.

"모두 활동 시간이 달라서 같이 밥을 먹기는 어려울 듯해요. 어떻게 좀 맞춰보고는 싶은데, 히마리 씨가 하는 일은 귀가 시간이 늦어서 저녁은 힘들 것 같고."

대체 무슨 일을 하길래.

"저기… 히마리 씨는…."

슬리퍼를 찍찍 끄는 소리가 다가왔다. 다마키가 의자에서 일어섰다.

"어머, 리사코 씨. 일어났어요?"

벌써 오후 한 시가 다 되어가는데, 리사코도 무슨 일을 하는지 궁금했다.

하지만 무엇보다 궁금한 건 마사코가 남긴 넷이서 살라는 말이었다.

점심 식사를 마친 가에는 집 안을 걸어 다녔다.

마사코의 방에 있을 줄 알았던 리넨의 모습은 어디에도 없었다. 다마키는 은행에 갔고, 히마리도 리사코도 어느샌가 집을 나서고 없었다.

아무도 없는 집은 한층 더 넓어 보였다.

"리넨, 대답 좀…. 아니, 사람도 아니고 무리겠지."

삼십 분 가까이 집 안을 뒤지고 다니자니 푸념이 흘러나왔다.

아무리 집이 넓다고 해도 목욕탕이나 부엌까지 포함해 십

분이면 모든 방을 확인할 수 있다. 무엇보다 리사코와 히마리의 방은 바깥에서도 열쇠로 잠글 수 있게 되어 있어 그 두 방에는 들어가 보지 않았다. 이미 세 바퀴 정도 집 안을 둘러보았는데도 아직 리넨을 찾지 못했다.

"진짜로 집에 있긴 하나…?"

다마키의 말에 따르면 밖에서 키우지는 않는다고 했다. 게다가 나이도 있어서 창문을 열어도 집 안에서 나가지 않는다고 했다.

그런데도 안 보였다.

집 안을 꼬박 세 바퀴 둘러본 가에는 부엌에 가 냉장고 문을 열었다.

3도어 냉장고는 그리 크지 않았고 좀 오래된 모델이었다. 안에는 수많은 식재료가 꽉 차 있었지만 깨끗하게 정리 정돈이 되어 있었다.

여태까지 마사코와 다마키 둘이서 살았으니 큰 냉장고는 필요가 없었겠지.

보리차가 든 페트병을 넣을 때 냉장고 안쪽에 있는 병에 시선이 멎었다. '리넨'이라고 적인 스티커가 붙어 있었기 때문이다.

"먹이…?"

손을 뻗어 보니 병 안에는 옅은 초록빛을 띤 페이스트가 들어 있었다. 건더기도 보였지만 원래 형태는 거의 찾을 수 없었다. 평소 리넨은 고양이 사료를 먹을 터였다. 다마키가 그렇게 말했으니까.

뚜껑을 열어 안을 볼까도 싶었지만, 주인이 없을 때 집을 뒤지는 것만 같아 병을 도로 냉장고에 넣었다.

보리차를 마시고 다시 리넨의 이름을 부르며 온 집 안을 찾아다녔다. 하지만 대답하는 소리는 아무리 불러도 들리지 않았다.

삼십 분 정도 지났을 무렵 리사코가 돌아왔다. 밖은 아직 더운 듯 땀에 젖은 옷이 등에 찰싹 달라붙어 있었다. 마흔여덟이라는 나이를 알고 나자 리사코가 한층 더 젊게 느껴졌다.

시선이 마주치자마자 리사코는 가에를 노려보았다.

"언제 나갈래?"

"네?"

"빨리 절차를 다 끝내고 이 집도 바로 팔 거니까 나갈 준비를 해둬. 지금 근처 부동산에서 이 집의 매매가를 확인하고 왔는데, 어쩌면 6천만 엔보다 더 될지도 모르겠대. 마침 이 부근에 이쯤 되는 택지를 찾는 사람이 있다더라고. 이런 건 타이밍도 있으니까 사겠다는 사람이 있을 때 빨리 진행하고 싶거든."

"하지만 저는 갈 곳이…."

"부모님은?"

"좀…."

가에가 말을 흐리자 리사코는 흠 하며 씩 웃었다.

"부모 복이 없는 경우가 있지. 나도 그 사람이 온 후로 이 집에 있기 껄끄러워졌으니 말이야."

그 사람이란 마사코 할머니겠지. 어젯밤부터 리사코는 마사코 할머니를 계속 '그 사람'이라고 불렀다.

나이로 추측했을 때, 리사코의 아버지와 마사코 할머니는 리사코가 스물이 넘었을 무렵 재혼했을 것이다. 그렇다면 나이가 어린 아이들처럼 마사코를 진짜 엄마라고 여기기는 어려웠을 터였다. 어젯밤의 태도로 봤을 때는 오히려 재산이 많은 아버지에게 접근한 여자라고 생각했을지도 모르겠다고 가에는 느꼈다.

"사정이야 어쨌건, 넌 언제든 나갈 수 있게 고양이랑 친해지렴."

"그거 말인데요, 리넨이 어딨는지 아세요?"

"글쎄다? 먹이로 꼬드기면 나오지 않겠니?"

"그런…."

엉성한 방법으로요?라고 했지만 지금으로서는 가에도 그 정도 아이디어가 전부였다. 일단 리넨에 관해서는 리사코가 도움이 되지 않는다는 사실만은 분명했다.

리사코는 부엌으로 가서 아까 가에가 집어 들었던 보리차 페트병을 꺼냈다. 컵에 따라 단숨에 들이켜고는 그대로 부엌을 나서려 했다. 페트병 뚜껑은 열어둔 채 냉장고에 다시 넣지도, 컵을 씻지도 않았다.

"저기… 이거."

이미 반쯤은 부엌에서 나선 채 뒤를 돌아본 리사코의 얼굴에 시끄럽다고 쓰여 있었다.

"네가 정리 좀 해놔."

"네?"

"이 집에 살게 해주었으니 그 정도는 해."

기세에 눌린 가에는 순순히 페트병을 냉장고에 넣고 컵을 씻었다.

"리사코 씨는 계속 이 집에 사셨던 건 아니죠?"

"갑자기 뭐야? 그래서 뭐, 이 집을 상속받을 권리가 없다는 말이라도 하고 싶은 거니?"

"그게 아니라… 저기… 할머니는 어떤 분이셨나요?"

"그건 왜 물어보는데."

"왜냐고 하시면…. 그냥 제가 마지막으로 뵈었을 때는 어린이집에 다니던 나이라 기억이 흐릿해서요. 모처럼 여기까지 왔으니 여러모로 알고 싶달까…."

리사코는 가에의 질문을 무시하고 성큼성큼 복도를 걸어갔다.

가에는 리사코의 뒤를 따라갔다.

"가르쳐주실 수 없을까요?"

"죽은 사람에 대해 알아서 뭣 하게."

"그건…."

가에는 말을 잇지 못했다.

사실은 다른 이유가 있었다. 하지만 말하면 안 될 것만 같은 기분이 들었다.

"거리감이 느껴져서요. 영정이랑 제 기억 속 할머니가요."

"영정은 잘 찍혔다 싶은 걸 가지고 보정을 하잖아."

"그건 그렇지만…."

거리감을 말로 표현하기는 어렵다. 적어도 가에는 마사코에게 엄한 소리를 들은 기억이 없다. 하지만 그냥 어려서 잊어버렸는지, 진짜로 들은 적이 없는지까지는 알 수 없었다.

그러나 엄격함만 느껴지는 할머니의 사진은 도저히 기억 속 할머니와 일치하지 않았다.

"알고 싶어요. 리사코 씨가 본 할머니는 어떤 분이셨나요?"

가에가 팔을 붙잡고 물어보자 리사코는 성가시다는 듯 뿌리치면서도 발걸음을 멈췄다.

"아, 진짜. 알았어! 그 사람은 잔소리가 많았고, 생활은 규칙적이었고, 돈도 있으면서 별로 쓰지도 않았어. 구멍 난 양말을 기워 신었고 빈 상자 같은 것도 수선해서 수납 상자로 쓰곤 했어. 이제 됐니?"

"…진짜요?"

"뭐 하러 거짓말을 하겠니? 망가졌으면 새로 사면 될 것을, 쓸 수 있는 건 그냥 썼어. 친환경이라고 하면 친환경적이겠지만, 같이 있으면 숨이 턱턱 막혔어. 청렴하고 바른 사람이라."

"청렴하고 바른 사람?"

리사코는 비아냥거리는 미소를 지으며 가에를 향해 몸을 돌렸다.

"그래, 청렴하고 바르게 사는 게 그 사람의 좌우명이었어. 청렴하고 바르게라니, 참 훌륭한 가치지만 남한테 그걸 강요하니까 내가 같이 못 있겠더라고. 뭐, 아버지랑 재혼했을 때 나는 이미 같이 살 나이도 아니긴 했고."

리사코는 그렇게 말하고 계단을 올라갔다.

그때까지 움직이던 공기가 순식간에 멈춘 듯 복도가 조용해졌다.

긴 복도를 바라보던 가에의 머릿속에 머리가 짧은 여중생의 모습이 떠올랐다.

영정의 모습과 리사코에게서 들은 말이 겹쳤다.

가에는 제 기억이 조금 틀렸을지도 모르겠다 싶었다.

다시 마사코의 방을 들여다보니 리넨이 침대 위에 있었다.

다마키의 말에 따르면 할머니 방은 예전 그대로 두었다고 했으니 리넨도 이곳을 아늑하게 여길 것이다.

네 평 정도 되는 전통식 방에 간호용 침대가 놓여 있었다. 숨을 거둔 곳은 병원이었으나 거의 마지막까지 집에서 지내셨다고 했다.

옷장은 원래 이 집에 있었는지, 아니면 할머니가 이사 올 때부터 있었는지는 모르겠지만 적어도 상당한 세월이 묻어 있었다.

할머니의 방만 고양이가 드나들 수 있게 작은 출입구가 달려 있었다. 리넨 전용 문이라 리넨은 집 안을 자유롭게 돌아다녔으리라.

리넨은 흰색, 갈색, 짙은 갈색이 있는 삼색 고양이였다.

"나 참, 누군 온 집 안을 다 찾아다녔는데."

가에의 목소리를 들었는지 리넨이 가늘게 눈을 떴다.

…난 찾아다녀 달라고 부탁한 적 없어.

그런 생각이라도 했는지 금세 도로 눈을 감고 잠들어 버렸다.

"저기, 좀 놀지 않을래?"

리넨은 반응하지 않았다. 너 같은 애랑은 안 놀아줘 하는지도 몰랐다.

이곳은 리넨의 세력이 미치는 구역이었다. 쫓겨나지 않으면 다행이다 싶으면서도 이대로는 영영 거리감을 좁힐 수 없을 것 같았다.

가에는 발소리가 나지 않게 조심하면서 한 발 한 발 리넨과 거리를 좁혔다. 마음의 거리가 멀다면 물리적 거리를 줄이면 된다는 거친 방법이었다.

"좀 안아볼게."

침대까지 1미터 정도 남았을 때 바닥이 삐걱댔다.

리넨이 퍼뜩 눈을 떴다.

여태까지 잘만 잤으면서 통통 가벼운 발놀림으로 장롱 위로 올라가 버렸다.

"나이는 할머니라며 팔팔하네."

장롱은 가에의 키보다 높았다. 키가 155센티인 가에가 손을 뻗어도 제일 위까지는 닿지 않았다.

"좀 내려와 줘~."

리넨은 가에의 외침에도 얼굴조차 내밀어주지 않았다. 보이는 것이라고는 작게 흔들리는 꼬리 끝부분이 다였다.

"아아…."

이래서야 둘이 친해질 날이 오기는 하려나. 친해지지 못해도 돌봐줄 수는 있겠지만, 이대로는 방에서 데리고 나올 수조차 없었다.

"할머니가 왜 너를 내게 남기셨는지, 넌 그 이유를 아니?"

그에 대해서는 대답해줄 수 없다고 생각했는지 리넨은 대꾸하지 않았다.

가에가 니이가타에 온 지 2주가 지났다.

다마키는 덤덤히 매일 집안일을 했다. 가에는 도와달라고 할 때나 거들 뿐 특별히 할 일이 없었다. 리넨은 여전히 상대도 해주지 않았다.

히마리는 거의 매일 오후가 되면 집을 나섰다가 한밤중에 돌아왔다. 딱 한 번, 무슨 일을 하냐는 가에의 질문에 히마리는 '밤에 하는 일. 몰라?'라고 대답했다. 밤에 하는 일이라는 말을 듣고 떠오른 이미지는 클럽이나 바 같은 곳이었지만 그런 것치고는 집에 온 히마리에게서 술 냄새가 난 적은 한 번도 없었다. 게다가 직장가에서 볼 법한 양복 차림으로 출근했다.

리사코도 매일같이 정오를 넘겨서야 외출했다. 나가는 시간은 딱히 정해져 있지 않은 듯 그때그때 일어나는 시간에 따라 달라 보였다. 일을 하는 것 같지는 않아 보였지만 그렇다고 상속 절차를 진행하는 것 같지도 않았다.

날이 갈수록 짜증이 늘어 가에뿐 아니라 집안 사람들에게 화풀이를 해대는 통에 집안 분위기는 살얼음판 같았다.

"가에, 리넨하고는 친해졌어? 이러다 내가 아니라 고양이한테 쫓겨나는 거 아냐?"

"고타로, 넌 나갈 때도 치마 입니?"

"다마키 씨. 그 사람 재산. 어디 숨겨뒀지?"

처음 만났을 때부터 말을 막 하긴 했지만 지금은 그냥 거침없이 나오는 대로 말을 내뱉었다. 게다가 일상생활도 제멋대로라 자기가 하고 싶은 대로 하며 지냈다.

비 오는 날에 자기 우산이 안 보인다며 현관에서 고래고래 멱을 따더니 다마키의 우산을 멋대로 가져갔다. 게다가 외출 중에 날씨가 개는 바람에 어딘가에 깜빡 두고 왔다고 했다. 들렀다던 가게에 전화해 물어보았지만 없었던 모양인지 다마키는 어깨를 축 늘어뜨렸다.

"그 우산은 마사코 씨의 유품이에요…."

2천 엔 정도 하는 우산이었다. 다마키도 자기 우산이 있었지만 마지막에 입원했을 때 물려받은 우산은 마사코 할머니와 다마키 씨의 추억이 어린 물건 같았다.

그 이야기를 들은 리사코는 미안하다고 사과했지만 말뿐인 사과였다.

나이 먹을 만큼 먹은 어른아이 같다고 가에는 생각했다. 히마리도 같은 생각을 한 듯했다.

"저기, 애가 그랬으면 애니까 그렇다 쳐. 나이로는 이제 고령자에 가깝잖아? 설마 벌써 치매야?"

히마리는 조금 전까지 리사코가 있던 부엌을 가리켰다. 아무도 없는 부엌에 불이 훤히 켜져 있었다.

"꺼."

"네가 봤으니까 좀 꺼줘."

"아이도 자기 일은 스스로 한다고."

"난 바빠."

"오~ 그래, 바쁘구나."

히마리는 리사코가 외출하는 이유를 아는지 의미심장한 미소를 띠었다.

리사코가 여태껏 어떻게 지냈는지는 잘 모른다. 물어봐도 가르쳐주지 않았다. 히마리의 추측은 이랬다.

"일을 한 적은 있는 것 같지만 노는 데 쓰는 돈은 부모한테 뜯어냈을 거야. 그걸 얘기 안 하는 까닭은 유산상속 때 생전 증여로 들어가 유산이 줄어드는 게 싫어서이지 않을까?"

그 자리에 있던 다마키가 아니라고 얘기하지 않은 걸 보면 아마 틀린 추측은 아닌 듯했다.

다마키는 일찍 잠자리에 들기 때문에 양복 입은 '고타로'가 집에 오는 시간에 깨어 있는 사람은 리사코와 가에뿐이었다. 저녁은 따로 먹는 통에 집 안에서도 얼굴을 마주할 일은 거의 없지만 이날은 우연히 리사코를 부엌에서 마주쳤다.

"가에 너, 공부 잘하니?"

리사코는 캔맥주를 들고 있었다.

"가, 갑자기 왜요?"

"아까 인터넷 뉴스에서 초등학생이 영어 검정시험 1급에 붙었다는 기사를 봤어. 고3은 어떤지 궁금해서. 전에 퀴즈 방송 봤을 때 초등학교 5학년 문제도 틀렸었지?"

며칠 전 가에가 저녁을 먹으며 부엌 텔레비전을 볼 때 마침 리사코가 집에 왔다. 그때 가에가 퀴즈의 답을 틀렸던 걸 기억하는 모양이었다.

"리사코 씨도 그다음 문제를…."

"난 괜찮아. 이제 학생이 아니니까. 하지만 넌 고3이잖아? 유산 받아도 대학 갈 수 있겠어?"

반론할 수 없는 공격에 가에는 입을 다물었다.

"통신제 고등학교라니, 무슨 공부를 하는 거람."

"한마디로 말하긴 힘들지만 기초적인 학습."

때마침 돌아온 '고타로'가 느닷없이 대화에 끼어들었다.

"맞지?"

히마리는 확신에 찬 표정으로 가에에게 물었다.

"그럴 거예요."

냉장고 안을 살펴보던 히마리는 결국 아무것도 꺼내지 않은 채 문을 닫았다.

"왜 지금 학교를 택했어?"

"일해야 했고, 공부하고 싶었던 것도 아니라서요."

히마리는 아! 하고 이해했다는 듯한 표정을 지었다. 다마키에게서 대강 사정을 들은 것이리라.

"리사코 씨랑 같은 의도로 묻는 건 아닌데, 상속받으면 어떡할 거야?"

"어떡할까요?"

"자기 일인데 남 일처럼 말하네."

"그야… 졸업하면 아르바이트를 늘리려고 했거든요."

진학 비용을 아빠가 내주리라고는 생각도 하지 않았다. 그렇다고 취직 활동을 할 기력도 없었다. 이대로 아르바이트를 계속하겠거니 싶었다.

그러던 때 집에서 쫓겨났고 유산상속 이야기가 나왔다.

먼저 질문하던 리사코는 흥미를 잃었는지 부엌을 나서려했다.

"잠깐. 이거 정리하고 가."

히마리는 견과류가 든 봉지를 가리켰다.

"아, 맞다. 먹으려고 했는데 역시 안 먹을래. 넣어놔 줘."

"직접 넣어. 방금 꺼낸 걸 깜빡하다니…."

"아, 진짜! 알았어, 알았다고! 그렇게 사람을 또 노인네 취급하려고!"

"알아서 착착 정리하면 누가 뭐라 그래?"

투덜거리면서도 리사코는 견과류 봉지를 찬장에 넣었다.

"이럴 때 보면 역시나 그 사람 자식 맞는다니까."

순간 히마리의 표정이 험악해졌다.

"방금 뭐라 그랬어?"

험상궂은 표정을 한 히마리와 대조적으로 리사코의 표정

은 조롱으로 가득했다.

"말해줘? 엄마를 싫어하는 모양인데, 역시 피는 물보다 진하다. 이 소리야."

"저기!"

히마리는 남자치고 작은 키였지만 그래도 리사코보다는 컸다.

히마리는 리사코를 내려다보는 모양새로 다가섰다. 그러나 리사코는 눈 하나 깜빡하지 않았다. 여유만만한 태도로 시끄럽다는 듯 한쪽 귀를 막았다.

"그렇게 소리 지를 건 없잖아? 사실을 말한 건데."

"아니라고!"

"아니기는. 마사코 어머님과 고타로 넌 많이 닮았어."

히마리는 두 손을 꽉 잡았는데, 맞잡은 손이 떨렸다. 분노를 가라앉히려는 듯 눈은 한 점을 응시했다.

분노가 사그라든 것 같지는 않았지만 더 덤벼들지는 않았다.

리사코는 바이바이 하고 손을 팔랑이며 자기 방으로 돌아갔다.

"저어…."

가에를 거부하듯 히마리는 아무 말 없이 부엌을 나섰다.

홀로 남겨진 가에는 조용해진 부엌에 오도카니 서 있었다.

5

9월의 끝자락이 되자 가을바람이 느껴졌다.

도쿄에서 이사 온 지도 벌써 한 달이 넘었다. 달라진 것이라고는 따뜻한 아침 식사 정도로, 리넨과의 거리는 그대로였다. 슬슬 마음속에 초조함이 솟구쳤다.

구름으로 뒤덮인 하늘에서 곧 비가 쏟아질 것만 같았다.

애당초 할머니가 키우던 식물이었지만 돕는 와중에 가드닝이 취미가 된 다마키는 자주 정원에 나섰다. 도로에서 보면 전통 담장과 대문 때문에 마당도 분재 등이 있겠거니 싶었지만 실제로는 아기자기한 꽃과 허브가 알록달록 수놓아져 있었다.

도와줬으면 좋겠다는 다마키의 말에 가에는 잡초를 뽑는 중이었다.

"그러고 보니… 냉장고 안의 리넨이라고 적힌 병에는 뭐가 들었나요? 어느샌가 사라져 버렸는데."

"연두색 페이스트 말인가요?"

"네. 그거 리넨이 먹는 사료예요?"

"사료였다고 하는 편이 더 정확하겠네요. 추억이 가득해서 쉬이 버릴 수가 없었거든요. 가에 씨가 이 집에 왔을 때는 이미 유통기한이 한참 지난 상태였어요."

"엇, 의외네요."

부엌살림을 도맡아 하고 있는 다마키는 식재료를 낭비하지 않았다. 커다란 양배추를 사와도 딱딱한 심 부분까지 잘게 썰어 국물에 넣는 식으로 남김없이 사용했다.

그런 다마키가 식재료를 낭비하다니.

"그건 제가 아니라 마사코 씨가 리넨을 위해 만든 거예요. 내용물은 믹서기로 간 삶은 완두콩이에요."

"그래서 색이 그랬군요."

"전에는 많이 만들어서 리넨한테 주거나, 저랑 마사코 씨가 완두콩 수프로 만들어 먹거나, 떡에 발라먹기도 했어요. 그런데 마지막 페이스트를 만들 무렵엔 아직 완두콩이 날 시기도 아니었고 마사코 씨의 상태도 상당히 나빠져서 조금밖에 못 만들었지요. 그래서 아끼느라 못 먹는 사이에 마사코 씨가 돌아가셔서… 아깝게 썩혔지요."

"그랬군요…."

"마사코 씨가 건강했다면 절대로 그냥 썩히지 않았을 텐데 말이에요."

다마키는 아직 할머니와 함께한 시간이 끝나지 않은 모양이었다.

"저랑 마사코 씨가 둘이 살았을 때는 집이 조용했는데, 여러분이 모인 후로 떠들썩해졌어요. 특히 이번엔 한층 더 말이에요."

"이번이요? 아… 일어나 계셨어요? 시끄럽게 굴어서 죄송해요…."

　다마키가 말한 이번은 전날 오밤중에 일어난 리사코와 히마리의 다툼일 것이다. 떨어져 있다고는 해도 다마키의 방은 1층이다.

　"그냥 제 잠귀가 밝아서 그래요."

　"하지만…."

　"가에 씨가 사과할 건 없어요. 그 둘의 관계를 생각하면 뭔가 앙금이 있을 수도 있고, 그 원인인 마사코 씨는 이제 없으니까요."

　"하지만 다마키 씨는 마사코 할머니 편이시죠?"

　"편이요?"

　쭈그리고 앉아 있던 다마키는 몸을 일으켜 허리를 폈다. 치마의 주름인지 얼룩인지가 신경 쓰이는지 허리 부근을 몇 번 탈탈 털었다. 같은 자세였던 가에도 등을 폈다.

　"가에 씨 눈에는 제가 마사코 씨 편으로 보이나요?"

　"아니세요?"

　"편…이라고 하면 조금 다른 느낌이 드네요. 저는 친인척이라 해도 상당히 먼 관계라서."

　"하지만 함께 사셨잖아요."

　"8년 정도예요. 거둬주셨죠. 제가 이혼하고 갈 곳이 없었거든요."

　"아…."

쓸데없는 말을 하게 했다고 여긴 가에는 '죄송합니다' 하고 곧바로 머리를 숙여 사과했다.

하지만 다마키는 신경 쓰는 내색 없이 부드럽게 고개를 저었다.

"마사코 씨한테는 저도 리넨도 똑같았을 거예요. 그거 아세요? 리넨도 아기 때 마사코 씨가 주워왔어요."

"그랬어요?"

"마사코 씨는 그냥 둘 수 없다 싶으면 도와주지 않고는 못 배겨요. 분명히 그게 그분의 올바른 삶의 방식이었을 거예요."

"올바른 삶의 방식…."

올바른 삶의 방식이란 뭘까.

여태껏 가에는 그저 흘러가는 대로 하루하루를 보냈다. 목표 같은 것도 없었다. 지금도 유산을 받으며 '한동안 아르바이트를 하지 않아도 살 수 있겠다' 하는 정도의 생각밖에 없었다.

"…어려울 것 같네요. 그렇게 할 수 있다면 좋겠지만요."

"올바름은 다양하니까요."

좋다고 단언하지 않은 다마키에게서 거리감이 느껴졌다. 그렇다면 나쁘다에는 뭐가 있을까.

그러나 아무리 기다려도 다마키는 아무 말 없이 다시 무릎을 굽히고 풀을 뽑았다. 가에도 작업을 다시 시작했다.

잡초는 여름에도 시들지 않고 가을이 되어 비가 계속 와도 더욱 생명력이 강해지는 듯했다.

"이 보라색 꽃은 이름이 뭐예요?"

"콜키쿰이에요."

가에는 꽃보다도 땅에서 뻗어 나온 줄기에 눈이 더 갔다. 높이는 10센티미터 정도였고 땅에서 뻗어 나온 줄기에 밝은 보라색 꽃을 피웠다.

"이쪽 허브는 먹을 수 있는 건가요?"

"네. 오레가노랑 세이지니까 요리에 쓰고 싶으면 마음껏 쓰세요."

"전 요리를 거의 해본 적이 없어서…."

다마키가 해준 요리는 일식, 양식, 중식 등 레퍼토리가 다양했다. 학창 시절에 레스토랑에서 아르바이트한 가에의 경험으로 보면 꽤 수준이 있었다.

"그럼 오늘은 함께 만들까요? 카레에 넣으면 살짝 본격적인 향이 풍겨요."

좀 귀찮은 감도 있었지만 아무것도 하지 않고 얹혀살기도 민망했다. 게다가 여기에서는 아르바이트도 안 해서 가끔 교과서를 펴는 것 말고는 할 일이 없었다.

"이쪽 애들을 따면 되나요?"

"네. 어느샌가 불어나기도 했고, 남으면 말려서 다른 요리에 쓰면 되니까 많이 따주세요."

가에는 알겠다고 대답한 후 초록 잎사귀에 손을 뻗었다.

흙은 초등학교 때 화단에 물 주기 당번 이후 처음 만지는 것이었다. 가에는 차례차례 잎을 땄다.

"아, 가에 씨. 다른 잎을 잘못 따면 안 돼요. 개중에는 독이 있는 것도 있거든요."

"네?"

가에가 황급히 잎사귀에서 손을 떼자 다마키는 쿡쿡 웃었다.

"괜찮아요. 여기 난 애들 가운데 만져서 독이 오르는 애들은 없으니까요."

"뭐예요⋯."

가에는 안심하며 다시 손을 뻗었다.

잠시 후 정원의 잡초는 완전히 자취를 감추었고, 아름다운 꽃이 바람에 흔들렸다.

6

리사코의 상속 절차는 속도가 나지 않았다. 멀리 사는 사람이나 연락이 닿지 않는 사람, 개중에는 승낙하지 않는 사람도 있어 애를 먹었다. 게다가 아무리 찾아도 소재를 전혀 알 수 없는 사람도 있었다.

리사코를 보면 6천만 엔이라는 거금을 차지하기란 힘든 일이구나 싶었지만, 가에도 순조롭다고는 할 수 없었다.

"저기, 리넨. 나랑 조금은 친하게 지내도 되지 않겠니?"

매일 리넨의 밥을 챙겨주고 낮에도 마사코 할머니의 방에서 지냈다. 화장실 청소도 해주었고 리넨이 일어날 때는 말을 걸기도 했다.

그러나 다가가려 하면 '하악!' 하고 위협했고, 고양이 전용 장난감을 마련해도 거들떠보지 않았다. 먹이로 낚으려 해도 가에가 먹이 근처에 있으면 다가오지 않았다.

"거리가 멀어…."

물리적으로도 정신적으로도.

"얘, 리넨. 좀 놀아주라…."

완전히 가에가 '놀아달라'는 처지가 됐지만 열 번 정도 부탁하면 다가올 때도 있었기 때문에 지금은 어떻게 해서든 곁에 와주는 걸 우선시했다.

"있지, 리넨. 내 방에 안 올래?"

다가오던 리넨의 발이 멈췄다. 외면당했다.

"뭐 하고 싶은 말 있으면 해줘."

ㅡ나가.

그렇게 말한 것 같았지만 말이 통하지 않으니 그냥 무시했다.

"리사코 씨의 일이 끝날 때까지 내가 리넨이랑 친해지지 않으면 난처해져."

리넨은 가에를 한 번 쳐다본 뒤 마사코 할머니의 침대에 데구루루 몸을 누였다.

그런 사정이야 내 알 바 아니야 하는 듯했다.

"할머니랑은 뭐 하고 지냈어?"

리넨의 앞발이 움찔 움직였다.

"마사코 할머니 말이야."

드러누워 있던 리넨이 고개를 들었다.

"우리 할머니가 마사코 할머니란 거 알지?"

리넨은 냐옹 하고 답하지는 않았지만, 이번엔 외면하지 않은 채 가에를 바라보았다.

"저기…. 우리 옛날부터 알고 지냈잖아. 조금은 상대해주지 않을래?"

리넨은 반응하지 않았다. 역시 잊어버린 걸까.

"그럼 할머니에 대해 가르쳐줘. 히마리 씨도 리사코 씨도 싫어하는 모양이고, 다마키 씨는… 어쩐지 쓸쓸해 보여."

다마키에게선 리사코와 히마리 같은 분노는 느껴지지 않았지만, 그만큼의 괴로움이 느껴졌다.

"할머니의 마지막을 지켜본 사람이니까 쓸쓸하겠지만 말이야."

가에에게 다마키는 젊다고 할 수는 없었지만, 그렇다고 나이가 많다고도 할 수 없었다. 이혼을 했다면 적어도 한 번은 결혼했겠지.

리사코는 다마키보다 나이가 많지만 결혼이나 자녀 얘기를 들은 적이 없다. 히마리가 '고타로'로서 나가 있을 때 무얼 하는지 아직도 가에는 모른다. 리넨뿐 아니라 다른 동거인들과도 거리가 멀었다.

"나랑 리넨의 공통점은 완두콩 정도네. 나도 완두콩 좋아해. 갓 삶아 먹는 것도 좋아하지만 떡으로 만들어 먹는 것도 좋아. 하지만… 고양이는 안 좋아해."

이 집에 온 후로 처음 그 사실을 입에 올렸다.

이 집에 온 날 사람들 앞에서 고양이를 좋아한다고 했지만, 사실은 안 좋아했다. 알레르기가 있는 것은 아니라 가까이 갈 수는 있지만 싫어하는 것과 함께 살기는 싫었다.

"하지만 싫어도 널 키워야 해…"

말은 통하지 않아도 리넨은 가에가 고양이를 싫어한다는 사실을 느꼈을지도 모른다.

갑자기 방문이 열리더니 히마리가 얼굴을 내밀었다.

"저기, 다마키 씨 어디 갔는지 아니?"

"노, 노크 정도는 해주세요."

히마리는 평소처럼 외출 중이겠거니 싶었던 가에는 깜짝 놀랐다.

"여기 네 방 아니잖아. 너도 리사코 씨처럼 자기 거라고 주장하고 싶은 거니? 싸우는 거야 내 알 바 아니지만, 이 집이랑 땅 상속은 무슨 수를 써도, 두 수, 세 수를 써도 안 돼."

"집은 딱히…."

"하긴 이렇게 넓은 집에 혼자 있으면 감당이 안 되겠지. 손을 좀 봐뒀어도 연식이 오래돼서 불편할 거야. 나도 별로 탐나진 않아. 단지… 리사코 씨의 절차가 길어져야 너한테는 다행이겠지."

"네?"

가에의 표정이 굳었다.

조금 전의 혼잣말을 들었을까.

히마리는 평소에도 의미심장한 미소를 지어서 무슨 생각을 하는지 알 수 없었다.

"…오늘은 외출 안 하세요? 이미 나가신 줄 알았는데."

복장이 '히마리' 그대로였다. 평소 히마리는 오후 2시 반에는 양복 차림으로 집을 나서 오밤중에 집에 돌아온다.

하지만 지금은 오후 네 시가 넘었는데도 여전히 치마 차림이었다.

"오늘은 나갈 일이 없어. 종일 집에 있는 날이야. 그보다 다마키 씨 어딨는지 몰라?"

"정원에 안 계세요?"

"정원?"

"다마키 씨는 가드닝이 취미세요."

그러고 보니 다마키는 히마리가 나가 있는 낮 동안 정원을 손본다. 전날 일을 도운 얘기를 하자 히마리는 정원이 보이는 복도 쪽으로 나갔다. 옛 모습 그대로인 전통 가옥은 유리문이 여러 장 이어진 긴 복도가 마당과 면해 있다.

"다마키 씨에게 무슨 볼일이세요?"

가에는 히마리의 뒤를 따라나섰다. 복도에 리사코가 서 있었다.

"어머, 웬일로 둘이 같이 있대."

"그러는 리사코 씨야말로 이 시간에 자지 않고 일어나 있다니 웬일이래."

히마리와 리사코가 주고받는 비아냥거림은 듣고 있기 힘들었다.

가에는 두 사람에게서 조금 떨어져 정원에 있는 다마키를 유리창 너머로 바라보았다. 다마키는 뭔가의 구근을 심는 듯했다.

리사코는 다마키를 바라보며 팔짱을 낀 채 내뱉었다.

"저 사람, 대체 뭐가 목적이지?"

"유언장대로 유산상속을 마칠 수 있게 하려는 것이 아닐까요?"

"바보야. 겨우 그 돈에 이렇게 귀찮은 일을 떠맡겠니? 내 상속 절차만 해도 언제 끝날지 모르는데 이런 곳에 매여서 무슨 이득이 있겠냐고. 있다고 한다면 이 집을 빼앗을 생각이라거나?"

"설마요⋯."

"애당초 함께 살던 다마키 씨가 그 사람을 어떻게 했을 가능성도 있지."

리사코와 마찬가지로 다마키를 바라보던 히마리가 입을 열었다.

"어떻게 했다니, 뭘 했다는 거야?"

리사코가 무언가 말을 하려던 그때, 정원에 있던 다마키가 세 사람의 기척을 알아챈 듯 다가와 유리문을 열었다.

"무슨 용건이라도?"

"반지 때문에⋯."

히마리의 말이 끝나기도 전에 리사코가 끼어들었다.

"다마키 씨. 그 사람, 죽였어?"

"리사코 씨, 무슨 말을⋯!"

가에는 황급히 막으려 했으나 리사코는 꼼짝도 하지 않았다. 팔짱을 낀 자세 그대로 다마키를 쳐다보았다.

"나뿐만이 아니야. 어차피 고타로도 똑같은 생각을 할 걸."

대화의 바통을 넘겨받은 히마리는 입을 열지 않았지만 부정하지도 않았다. '내뱉지 않은 말'이 무겁게 다가왔다.

그리고 가에도 마음에 걸리는 일이 있었다.

정원에는 독을 지닌 식물이 있다고 다마키가 그랬다.

만지는 건 괜찮아도 먹으면 어떻게 되는지까지는 듣지 못

했다.

다마키에게 따지고 들던 리사코는 이번엔 가에를 향해 몸을 돌렸다.

"가에 너도 이번에 큰돈 벌었네. 고등학생이 천만 엔 넘는 돈을 받다니, 보통 있을 법한 일이겠니?"

"네?"

"그건 다 네 엄마가…."

"리사코 씨."

히마리가 낮은 목소리로 리사코의 말을 가로막았으나 이미 늦었다. 리사코가 하고 싶은 말이 뭔지 알아차렸기 때문이다.

네 엄마가 죽어서 상속받게 되었으니 잘됐구나.

그럴 리가.

엄마가 살아 있었으면 했다. 고작 십 년 만에 사별했는데 잘됐다고 생각한 적은 한 번도 없었다. 도리에 어긋난 아빠도, 불안한 장래도 엄마가 있으면 함께 싸울 수 있었다. 물론 지금 이런 곳에서 리사코에게 폭언을 듣는 일도, 싫어하는 고양이와 고군분투할 필요도 없었을 터였다.

함부로 아무 말이나 하지 마. 내 불안감은 하나도 모르는 주제에.

"리사코 씨는 못됐어요!"

가에는 그 말만 남기고 집을 뛰쳐나왔다.

지갑을 두고 집을 뛰쳐나온 가에는 버스도 못 탄 채 그저 걸었다.

화가 난다기보다는 서러웠다. 하지만 화도 났다.

크면서 생각해봐야 별수 없는 일은 의식적으로 생각하지 않으려 했지만, 그래도 엄마를 잊을 수는 없었다.

보고 싶다. 곁에 있어 줬으면 좋겠다. 가에가 힘들 때 도와줬으면 좋겠다. 아빠는 말로는 '부모를 소중하게 여기라'면서 여자랑 잘 안 풀리면 집으로 돌아왔다. 가에는 '부모면 자식을 소중히 하라'고 생각했다.

하지만 말해봐야 소용없다. 소용이 없으니까 가에는 희망 사항을 입에 올리지 않게 되었고, 마침내는 생각마저 그만두었다.

그렇다고 아예 생각을 안 한 건 아니었다.

상속 이야기는 한 줄기 동아줄이었다. 할머니가 도와주시는 거라고 생각했다.

하지만 함께 지정된 상속인은 섬세함이라고는 티끌만큼도 없었다.

"어디로 간담…."

니이가타에 온 후로 다마키가 운전하는 차를 타고 쇼핑하러 간 적은 있었지만 조수석에만 앉아 있던 가에는 길을 몰랐다. 그리고 갈 곳도 없었다. 집에서는 진작 쫓겨났고, 아빠가 있는 곳으로는 죽어도 가기 싫었다. 애당초 교통비

조차 없었다.

10월에 접어들며 해도 빨리 졌다. 오늘은 구름도 꼈고 오후 다섯 시가 다 된 탓인지 이미 어둑어둑해졌다.

빛에 달려드는 벌레처럼 가에는 사람이 많은 곳으로 걸어갔다.

"앞으로 어쩌지…."

정처 없이 어슬렁거리는 사이 빌딩에 설치된 디지털시계가 오후 여섯 시를 가리켰다.

몇 번이나 같은 곳을 맴돌았을까, 가에의 다리는 완전히 녹초가 됐다.

"뭘 좀 입고 올걸."

낮에는 따뜻해도 해가 지면 쌀쌀하다. 얇은 긴소매만으로는 몸이 차갑다. 하지만 더는 걷기도 힘들었다.

"저기, 너. 한가해? 시간 있어?"

갑자기 누군가 어깨를 쳤다. 뒤에서 다가오는 남자를 가에는 전혀 눈치채지 못했다.

이십 대 초반쯤 되었으려나. 머리는 거의 금발에 가까웠으며 한쪽 귀에는 피어싱을 했다. 사회인으로는 보이지 않았다. 학생일지도 모른다.

처음 만나는 사이에 거리낌 없이 다가오는 사람과는 친해질 수 없다고 가에는 생각했다.

"바빠요."

"하지만 아까부터 아무 데도 안 들어가고, 누굴 기다리는 것 같지도 않길래."

언제부터인지는 모르겠지만 지켜보았던 듯했다.

"이 주변을 잘 몰라서 걸어 다녔을 뿐이에요."

"아~ 그렇구나. 그럼 안내해줄게 같이 한잔하러 갈래?"

"미성년자인데요."

"괜찮아~. 넌 어른스러워 보이는 데다가 예쁘니까."

어깨에 올려진 손에 힘이 더 들어갔다. 귓가에 모르는 남자의 숨결이 닿아 불쾌했다.

싫다. 좀 놔줬으면. 하지만 남자의 팔은 가느다란 것 치고는 힘이 세서 뿌리칠 수 없었다.

"한가하면 같이 좀 놀자. 그뿐이야. 밖은 추운 데다 너 옷도 얇잖아. 같이 따뜻한 곳으로 가자."

"싫어요!"

"이런 데 있는 것보단 재밌을 거야."

가에는 몸을 틀어 도망치려 했지만 남자는 놓아주지 않고 계속 꼬드겼다.

"싫다잖아. 그 애를 놔줘."

히마리의 목소리가 들렸다. 달려왔는지 히마리의 목덜미에 땀방울이 맺혀 있었다.

"어떻게?"

"그야 찾으러 다녔으니까."

"뭐야? 너 아는 사람이니? 남자친구…는 아니겠고. 아저씨니까."

히마리는 평소 일 나가던 때와 마찬가지로 정장을 입고 있었다.

"오늘은 외출 안 하시는 거…"

"누구 덕분에."

미간을 잔뜩 찌푸린 히마리는 입술을 삐죽였다.

히마리가 가에의 팔을 잡아끌었다. 말을 걸던 남자의 손이 가에의 어깨에서 떨어지자 몸이 가벼워졌다.

"이 애는 데리고 간다."

말을 건 남자도 귀찮은 일에 말려들 생각은 없는지 '네, 네' 하고 가볍게 대답하며 그 자리를 떠났다. 다음 목표물을 찾아갔으리라.

히마리가 흥 하고 콧방귀를 뀌었다.

"아, 진짜 귀찮게. 오늘은 종일 틀어박혀 있으려고 했는데."

"딱히 찾으러 와주지 않으셨어도…"

"솔직하지 못하긴. 저 남자랑 같이 가고 싶었니?"

"그건…"

죄송해요, 감사해요. 그렇게 말하면 된다는 것쯤 가에도 알고 있었다.

하지만 아까 일을 떠올리자 솔직한 말은 입 밖으로 나오기도 전에 사라져 버렸다.

"왜 밖에 나오실 때는 남장을 하세요?"

"그게 여러모로 편해. 전에도 말했지만 양복은 여자도 입을 수 있잖아."

"하지만 가발도 안 쓰시고."

"그야 이 양복에 긴 머리는 안 어울리니까."

그게 다예요? 가에가 미심쩍은 눈으로 바라보자 이번에는 하아 하는 깊은 한숨이 흘러나왔다.

"그런 조건으로 일하고 있어. 나는 딱히 병원을 다니는 것도 아니라 아무리 해도 티가 나. 그리고 진짜 여자가 되고 싶은 거랑도 좀 다르고. 그러니까 일할 때는 호적상의 성별 그대로 살고 있다는 말이야."

"그러고 보니 히마리 씨는 무슨 일을 하세요? 매일 이상한 시간에 나가시잖아요."

"뭐가 이상해? 세상엔 남들이 잘 때 일하는 사람도, 쉼 없이 일하는 사람도, 매일 아무것도 안 하고 지내는 사람도, 다양하게 있잖아. 네 주위엔 모두 아침 여덟 시에 집을 나서서 밤 일곱 시에 돌아오고, 휴일에는 쉬고, 여름방학이랑 겨울방학이 있는 사람밖에 없니?"

"편의점에서 아르바이트를 했어서…."

"그럼 밤에 일하는 사람이 있다는 것도 알겠네."

"히마리 씨, 편의점 아르바이트하세요?"

"왜 얘기가 그렇게 되니. 병원 근무자나 경찰관도 야근은 한다 이 소리야."

"그런 사람은 근무시간표가 그런 줄…."

"참, 진짜 시끄럽네. 다들 걱정하니까 가자."

"하지만 전 갈 곳이…."

설령 사과를 하더라도 리사코에게는 하기 싫었다. 얼굴도 보고 싶지 않았다.

"리사코 씨가 한 말은 잘못됐지만, 다 틀린 말은 아니었잖아?"

"네?"

"누나가 죽은 건 네게는 슬픈 일이지만 누나가 살아 있었으면… 그 사람은 상속인에 포함이 안 됐을 수도 있어."

"하지만 유류분이…."

히마리가 쓴웃음을 지었다.

"고등학생이 이상한 걸 다 기억하네. 난 고등학교 때 유류분이라는 말을 몰랐는데. 하지만 뭐, 그래. 유언장에 누나의 이름이 없어도 누나가 유류분을 청구하면 받을 수 있었겠지. 하지만 만약 누나가 살아 있었다면 청구 안 했을걸."

"왜요?"

"둘 다 고집쟁이니까."

히마리는 두 사람을 떠올리듯 먼 곳을 바라보았다.

가에는 모르는 옛이야기. 아직 가에의 엄마가 결혼하기

전의 시간. 히마리는 그 시간을 알고 있었다.

히마리는 가에의 손을 잡아끌며 걸음을 옮기기 시작했다. 그러나 가에는 역시 돌아가기 싫었다.

저항하듯 힘을 주어 천천히 걸었다. 그래도 히마리는 가에의 손을 힘껏 잡아당겼다.

히마리가 훨씬 더 힘이 세다. 버스정류장이 조금씩 가까워졌다.

"나 참. 얇은 옷에 돈도 없이 집을 뛰쳐나가다니, 바보 같은 짓이야."

"돈이랑 옷을 챙길 정도로 냉정했으면 안 뛰쳐나갔겠죠."

뒤돌아본 히마리의 눈이 순간 커지는가 싶더니, 곧이어 큰 소리로 웃었다.

"그건 그렇네. 네 말이 옳아."

칭찬을 받아도 하나도 안 기뻤다.

"옳으니까 고양이가 싫어도 리넨을 키우고 유언장대로 돈을 받으렴. 그 돈이 너한테 필요해질 테니까."

"아…."

"딱히 상관없지 않겠니? 유언장에 리넨을 좋아하라고 적혀 있는 것도 아니었는데. 그냥 잘 보살펴주면 되는 거 아니겠어?"

"그럴 수도 있겠지만…."

할머니가 무슨 생각으로 리넨을 자신에게 맡겼는지 이해

가 되지 않았다.

싫어하는 걸 맡기다니, 어쩌면 복수할 생각이었는지도 모른다는 마음마저 들었다. 가에가 아니라 원래 상속인인 아사미에게 말이다.

하지만 좋아하지 않아도 된다고 생각하니 마음이 조금 가벼워졌다.

가에가 스스로 걸음을 옮기기 시작하자 히마리는 팔을 놓았다. 둘은 나란히 버스정류장에 섰다.

"하지만 리사코 씨 얼굴은 보고 싶지 않아요."

"그 사람은 혼자 열 내는구나 정도로 보고 넘겨. 그렇게 생각하면 꽤 재밌는 양반이니까. 그보다 네 진로를 생각하렴. 아르바이트가 나쁘다는 건 아니지만, 상속이 완료되면 진학에 필요한 비용이 들어오잖아. 대학에 갈 돈을 받을 수 있어."

"딱히 하고 싶은 일도 없고… 또 공부도 그닥 좋아하지 않아서요."

"지금은 입시 방법이 다양한 데다가 길은 얼마든지 있어. 물론 공부는 해야겠지만."

"하지만…"

"하지만이 아니야. 이대로 괜찮아? 부모한테 기댈 수 없다면 더더욱 자기가 할 수 있는 일을 늘려야만 해."

"그럴지도 모르겠지만요…"

미적지근한 가에의 태도에 히마리는 아… 하고 뭐라 표현할 수 없는 소리를 내며 입을 다물었다.

멀리서 지붕이 빨간 버스가 가에 일행 쪽으로 달려왔다. 다가오는 빛이 두 사람의 그림자를 만들어냈다.

대학이라…. 가에는 한숨을 내뱉듯 중얼거렸다. 대학생에 대한 로망이 없는 건 아니었다.

"하지만 제가 대학에 갈 수 있을 거라는 생각은 안 들어요…."

아아, 진짜! 히마리가 소리를 높였다.

"아까도 말했다시피 방법은 얼마든지 있어. 모르겠으면 가르쳐줄게!"

"누가요?"

"내가."

"히마리 씨가요? 가능하세요?"

"가능하니까 하는 소리지! 이래 보여도 학원에서 영어를 가르친다고."

"네? …그게 늦은 시간에 하는 일이세요?"

"그래. 할래, 안 할래?"

"할게요."

얼결에 대답한 기분도 들었지만 뭐 어때, 하고 가에는 생각했다.

제 발로 뛰쳐나온 마당에 아무리 히마리가 함께라 해도

집에 가는 가에의 마음은 무거웠다. 하지만 지금 가에가 돌아갈 곳은 여기밖에 없었다.

"다녀왔습니다."

히마리가 현관을 열어도 대답은 없었다.

버스 안에서 히마리가 다마키에게 가에와 함께 집에 가고 있다고 연락했는데도 나오지 않았다.

"어떤 의미로는 예상대로네. 자, 신경 쓸 필요 없어."

가에는 조금 맥이 빠졌지만 히마리 말대로였다.

"리사코는 둘째치고 다마키 씨는 나도 잘 모르겠어."

현관에서 신발을 벗으며 히마리가 말했다.

"친척이라고는 해도 거의 만난 적도 없는 남이랑 같이 살다니 그 사람이 그럴 양반인가 싶고… 고령자라고 해도 평균 수명보다는 빨리 세상을 뜨기도 했고."

"그건 그렇네요. 저희가 아는 사실은 다마키 씨에게서 들은 게 다니까…"

챙그랑.

히마리와 가에는 서로를 마주 보았다. 마사코 방에서 무언가가 깨지는 소리가 들렸다.

두 사람은 황급히 소리가 난 쪽으로 달려갔다.

"어디 뒀어!"

리사코의 목소리였다.

마사코의 방문이 열려 있었다. 안에서 리사코가 붙박이장 안의 물건을 내던지듯 꺼내고 있었다. 옆에는 인형이 들어 있던 케이스가 깨져 유리 파편이 튀어 있었다.

"어디 숨겼냐고!"

다마키도 방 안에 있었지만 말 한마디 없이 서 있었다. 이내 치마 주머니에서 작게 접힌 비닐봉지를 꺼내 유리를 정리하기 시작했다.

"무슨 일인데?"

잔뜩 흥분한 리사코는 히마리를 보고 씩씩 어깨를 들썩이며 말했다.

"반지 어덨어?"

"뭐?"

"찾는 중인데 보이지 않아. 고타로, 네가 갖고 있어?"

"나한테 없는데… 이 방에 없어?"

다마키가 깨진 유리를 조심스레 주우며 말했다.

"저는 당연히 마사코 씨 방에 있겠거니 했어요. 매우 값비싼 반지니까 현물은 유언장과 사진이랑 따로 두었다고 들었거든요. 그래서 이 집 어딘가에 소중하게 보관한 줄…."

"그런데 없잖아!"

"그럼 다른 방에…."

"어디? 이렇게 방이 많은 집에서 반지처럼 작은 걸 언제 찾냐고. 애당초 있기는 한 거야?"

"저는 있다는 전제하에 마사코 씨의 이야기를 들었어요.

상속 절차는 시간이 좀 걸릴 것 같으니 그동안 찾아보면 되지 않을까요?"

다마키는 히마리를 쳐다보았다. 하지만 히마리는 반지가 없다는 사실에 충격을 받았는지 아무런 반응도 없었다.

가에도 다마키와 함께 어질러진 방 안을 정리하기 시작했다.

엉망진창으로 던져진 옷가지는 원래대로 정리하는 데 시간이 걸릴 듯했다.

블라우스 몇 장을 개다 보니 바닥에 떨어진 편지 뭉치가 보였다.

"아… 이거."

"뭐죠?"

다마키가 가에의 손을 바라보았다. 서툰 글씨로 쓴 편지는 어렸을 적 가에가 마사코 앞으로 보낸 편지였다.

"하나도 기억 안 나요. 편지를 썼다니…."

편지 내용은 별거 없었다. 아직 초등학교에 가기 전이라 글씨도 문장도 서툴렀다. 틀린 곳도 많았다.

하지만 다섯 살이라는 나이를 생각하면 신기한 일도 아니었다.

의문스러운 부분은 그 편지에 어린이 특유의 터치로 그려진 엉망진창인 고양이 그림이 있다는 것이었다.

제 2 장

상속인
열일곱 명

1

마사코가 생전에 토지 가옥 상속인을 찾아다니며 상속 포기 서류에 도장을 찍은 사람은 열 명. 그 사람들은 금방 연락이 닿아 리사코가 다시 의사를 확인했다. 문제는 그들이 아니었다. 나머지 여섯이 골머리를 썩였다. 숫자만 놓고 보면 그다지 품이 들지 않겠거니 싶어 만만하게 여겼는데, 마사코조차 못 해낸 일이라 쉽지만은 않았다.

그래도 거주지를 몰랐던 두 명은 거처를 확인해 편지로 연락을 취했다. 전화나 메일이 아닌 편지라는 점이 답답했으나 비행기를 타도 하룻밤은 더 걸릴지도 모르는 곳에 있는 사람이었고 전화번호도 이메일 주소도 몰라서 이럴 수밖에 없었다.

남은 네 명 중 아직도 소재지를 모르는 사람이 한 명. 그리고 협상 중이지만 동의하지 않은 사람이 세 명. 그중 한 명인 같은 니이가타 시내에 사는 이와타 겐조 씨 집에는 이미 몇 번인가 찾아가 협상을 시도했다.

이와타 씨의 집은 시내에서도 변두리에 자리한 주택지에 있었다. 원래 넓은 땅을 나누어 주택을 지어 분양한 모양이었다. 바깥벽의 색은 달랐지만 비슷비슷하게 디자인된 작은 집 네 채가 늘어서 있었다.

리사코는 오른쪽에서 두 번째 집의 인터폰을 눌렀다.

"돌아가."

카메라가 달린 인터폰에서 들려오는 목소리는 적대하는 마음이 가득했다. 실제로 얼굴을 마주한 건 처음 찾아왔을 때뿐이었다.

리사코는 상대방 얼굴을 볼 수 없었지만 집 안에서는 리사코가 보일 터였다. 오늘도 대화를 나눌 마음은 전혀 없는 듯했다.

리사코는 한 번 더 인터폰을 눌렀다. 이번엔 대꾸조차 없었다. 어떻게 해서든 현관문을 열게 하고 싶었지만, 인터폰마저 무시해서야 방법이 없다.

환갑을 조금 넘긴 이와타는 아무튼 말이 안 통했다. 돈을 달라고만 할 뿐이었다. 물론 리사코는 돈을 줄 마음이 없었다. 양측 주장은 한 치의 양보도 없이 팽팽하게 평행선을 달렸다.

리사코는 계속 인터폰을 눌렀다.

"시끄러워! 성가시게 툭하면 찾아오지 말고 가!"

"서류에 도장 찍으세요. 그럼 안 올 테니까."

"나한테도 권리가 있어."

"하지만 다른 사람은 모두 승낙했는데요."

"정말인가?"

"물론이죠."

거짓말이다. 이와타 외에도 버티는 상속인은 있다. 다만 여태껏 만난 사람 중 가장 강력하게 거부하는 사람이 이와타인 것은 분명했다.

"승낙한 놈들 다 여기로 데리고 와. 다 같이 소송 걸자고 내가 설득하게."

"그럼 상속받을 돈보다 재판 비용이 더 들걸요."

"그거야 해봐야지 알지."

"정말이에요. 아는 변호사한테 확인했어요."

물론 그것도 거짓말이었다. 실제로는 몰랐다. 리사코에게는 그런 지혜도, 상담할 사람도, 돈도 없었다. 설사 거짓말이어도 상대가 포기해준다면 그걸로 그만이었다. 절차가 다 끝나면 내 마음대로지.

"어쨌든 쫑알거리지 말고 댁이야말로 포기해."

스피커 너머로 들려오는 성난 목소리는 확성기 뺨치게 시끄러웠다. 리사코도 질세라 소리를 높였다.

"내가 왜 포기해! 유언장도 있는데. 빨리 서류에 도장 찍으라고!"

"그게 남한테 뭘 부탁하는 사람의 태도야? 가, 가라고. 네 말은 죽어도 안 들어줄 거니까."

"좀생이! 이 고집불통에 욕심만 가득한 영감탱이야!"

현관 앞에서 고래고래 소리를 지르자 멀리서 주민들이 쳐다보는 것이 느껴졌지만 그런 건 대수롭지 않았다.

유언장에 리사코에게 다 물려줄 테니 모두 그 뜻에 따라주길 바란다고 해줬으면 좋았을 텐데.

"시간이 없다고."

앞으로 넉 달 사이에 끝낼 수 있을까. 아니, 리사코는 더 빨리 상속을 끝내고 싶었다. 지금은 그 생각만이 머릿속에서 소용돌이쳤다.

2

스마트폰의 알람이 계속 울렸다. 실눈을 뜬 채 손에 든 스마트폰을 벽에 내던지려던 순간 리사코는 잠에서 깼다.

시간을 확인하니 정오가 다 되어가고 있었다.

방 안이 어둑어둑했다. 비가 와서 그런가. 다음 달이면 눈 내리는 계절이 된다. 상상만으로도 한기가 돌았다.

"아, 진짜 싫다."

11월이어도 이불에서 나오기 힘들었다. 안 그래도 어제 술을 너무 마셔서 머리가 무거웠다.

어릴 때부터 잠에서 잘 깨지를 못했다. 어른이 되면 달라질 줄 알았는데 아니었다. 결국은 어른이냐 아니냐가 아닌 개개인의 문제라는 사실을 리사코는 최근에, 이 집에서 살며 깨달았다.

그 사람… 마사코 때문이었다.

마사코는 늘 아침 다섯 시에는 일어났다. 여름이든 겨울이든 한결같았다. 어떻게 그걸 아느냐고 한다면 리사코가 잠드는 시간에 마사코가 일어났기 때문이다. 일을 다니면서도 집안일에 소홀한 꼴을 본 적이 없었다.

리사코가 스물한 살 때 생긴 새엄마는 재산을 노리고 들어온 사람 외엔 아무것도 아니었다. 아니, 지금도 그렇게 생각한다. 더딘 유산상속 절차로 그런 생각은 확신에 가까워졌다.

"나한테 상속해줄 마음이 없었겠지."

리사코에게 남겨진 토지 가옥의 상속 절차는 석 달이 지났는데도 끝이 보이지 않았다.

애당초 리사코의 아버지가 돌아가셨을 때 등록했으면 이 지경이 되지 않았을 텐데 왜 마사코가 그걸 미뤘을까. 마사코의 성격상 이유도 없이 그냥 뒀다고는 생각되지 않았다. 실제로 소재지를 파악해둔 상속인도 있었으니까.

하지만 그런 마사코도 토지 가옥의 등록 절차를 하다 말았다.

"날 골탕 먹이고 싶었던 거야."

리사코는 쭉 의문스러웠다.

토지 가옥을 리사코에게 남기고 싶다는 유언은 돌아가신 아버지의 뜻이라고 했다. 하지만 아버지는 마사코보다 먼저 세상을 떠났다. 어떻게 할지에 대해 아버지는 아무것도 남기지 않았다. 즉, 마사코가 속으로만 간직했다면 유산 분배는 자기 마음대로 할 수 있었을 것이다.

짜증 나지만 마사코가 자기를 골리려고 이런 짓을 할 사람이었나… 하는 생각이 들 만큼 리사코가 보기에도 꼬인 사람은 아니었다.

이불 속에서 뒹굴뒹굴하는데 쾅쾅 하고 세게 문을 두드리는 소리가 났다.

"저기, 언제까지 잘 거야?"

고타로였다. 가에랑 다마키는 히마리라고 불렀지만 리사코는 고타로라고 불렀다. 리사코는 '고타로였던' 시절을 알고 있었다. 본인은 히마리라고 불러주길 바라는 듯했지만 알 게 뭐람.

"시끄러워."

리사코는 문을 향해 소리를 질렀다.

"시끄러우면 빨리 일어나. 가에도 벌써 일어났는데."

"젊은 애랑 똑같이 취급하지 말라고."

"아, 미안. 노인네한테 힘든 요구를 했네."

"뭐?"

문 쪽으로 베개를 던졌지만 반응은 없었다.

이미 문 앞에 없는지도 모른다. 고타로 얼굴은 보이지 않았지만 목소리가 웃고 있었다.

리사코와 고타로는 열네 살 차이다. 지금 고타로는 서른넷. 처음 만났을 때는 열여섯이었다. 엄마와 같이 이 집에 왔을 때 고타로는 지금 모습에서는 상상도 못 할 정도로 어른스럽고 말수가 적은 아이였다. 넓은 집에 기뻐하지도, 새아버지를 잘 따르지도 않았다. 친누나인 아사미와 사이는 좋아 보였지만 열 살이나 차이가 나는 탓에 혼자 있는 시간이 길었던 것 같았다.

고타로와 리사코가 함께 살았던 시기는 그다지 길지 않았다. 리사코가 마사코에게 쫓겨나다시피 집을 나갔기 때문이었다.

그래서 그 뒤로 무슨 일 때문에 고타로가 히마리라고 자칭하게 되었는지 자세한 사정은 모른다. 하지만 마사코에 대한 반발도 있지 않았을까 싶다.

"그 할망구랑 같이 있으면 숨이 막히니까."

마사코는 점잖고 무게 있는 생활을 했다. 행인들에게도 꼭 인사를 건넸고 언제나 몸가짐을 단정히 했다. 집 안은 잘 청소되어 있었고 방은 물론 넓은 마당도 잡초가 자라는 일이 없었다. 마사코 본인뿐 아니라 마사코 시야에 들어오는 모든 것은 잘 정돈되어 있었다.

하지만 너무 단정했다. 리사코는 같이 있으려면 숨이 막혔다.

"다마키 씨는 그런 사람이랑 잘도 같이 살았네."

숨 막히지는 않았을까. 아니면….

"더는 같이 못 살겠다 싶어서 죽였다든가."

리사코는 다마키의 태도가 마음에 걸렸다. 직접 손을 댔는지 아닌지는 모르겠지만 어딘가에 몰래 마사코 재산을 숨긴 것은 아닌지 의심스러웠다. 적어도 생전에 뭔가를 받은 것 같았다.

데구루루 몸을 뒤척일 때 쿵 소리와 함께 문이 흔들렸다.

"시끄러워, 고타로!"

"…점심…."

기어들어 가는 목소리가 들렸다. 가에였다. 리사코가 좀체 일어나지 않으니 좀 깨우라고 고타로가 시켰겠지.

전에는 점심 넘어서까지 잤지만, 요즘은 넷이서 식사하는 때가 늘었다. 물론 리사코가 원해서는 아니었다. 하지만 자고 있어도 꼭 깨웠다.

"시끄럽게."

이불에서 기어 나온 리사코는 문을 열었다. 그곳에 가에
는 이미 없었다.

점심은 닭고기덮밥에 샐러드와 된장국이었다. 식당의 정
식 같은 메뉴였다. 절묘하게 익힌 달걀은 부들부들했고, 국
물도 너무 진하거나 밍밍한 맛 없이 짜지 않은데도 감칠맛이
잘 느껴졌다. 한마디로 맛있었다. 다마키의 요리 솜씨는 수
준이 높았다.

맛있게 먹는 리사코를 보고 다마키는 가에를 가리켰다.

"오늘 덮밥은 가에 씨가 만들었어요."

"어? 흐, 흐음…. 어쩐지 평소보다 불이 센 것 같더라니.
봐봐, 여기 달걀이 딴딴하잖아."

옆에 앉은 다마키가 리사코가 들고 있는 식기를 향해 손
을 내밀었다. 그러나 리사코는 잽싸게 그 손을 피했다.

"버리기도 아까우니 먹어줄게."

비아냥거림에도 가에는 조용했다. 집에 왔을 무렵엔 말을
좀 하긴 했지만, 요즘은 계속 이 상태였다. 가에가 집을 뛰쳐
나갈 때 리사코가 한 말을 담아두고 있는 듯했다. 불만스러
운 듯하면서도 침묵을 지키는 모습은 보고 있기 힘들었다.

"간을 아주 절묘하게 맞췄어요."

다마키가 칭찬했다.

"그렇지, 가에 씨. 점심 먹고 같이 장 보러 가지 않을래요? 인당 한 개씩만 파는 휴지를 사고 싶어서요. 가까우니까 금방 갔다 올 수 있는데."

다마키는 가에의 공부에 지장을 줄까 싶어 마음을 쓰는 듯했다. 가에는 웃으며 대답했다.

"괜찮아요."

그건 그렇고 덮밥은 맛있었다. 알려주지 않았다면 다마키가 만든 줄 알고 먹었을 것이다. 국물이나 간은 평소와 다르지 않았다.

어쩐지 고타로의 기분이 나빠 보였다. 요리가 입에 맞지 않나 싶었지만, 와이셔츠의 목 부분이 조여들지 않게 손을 대고 있는 모습을 본 리사코는 감이 왔다.

"웬일이야, 그 복장으로 밥을 먹고."

고타로가 입매를 찡그렸다.

"누구누구 씨가 늑장을 부려서. 도무지 일어나질 않길래 먼저 갈아입었어. 오늘은 좀 일찍 출근해야 해."

"먼저 먹으면 되지. 내가 언제 기다려달랬나."

"나도 이 멤버와 얼굴을 마주하고 먹고 싶진 않았거든… 안 그래요?"

고타로가 다마키를 바라보았다. 다 같이 먹자는 말을 꺼낸 사람은 다마키였다. 가능하다면 저녁을 함께 먹고 싶었던 모양이었으나 고타로가 밤늦게까지 일을 하는지라 점심으로 결정됐다.

다마키는 젓가락을 내려놓고 차를 한 모금 마셨다.

"중요한 일정이 있을 때는 어쩔 수 없겠지만, 모처럼 여러분이 계시니만큼 하루에 한 끼 정도는 같이 먹어도 좋겠다 싶어서요. 리사코 씨도 밤에는 집에 계실 때가 많으니까요."

"그거 그 사람 유언이지?"

다마키는 침묵했다. 부정하지 않는 걸로 봐서는 맞는 듯했다.

"잘은 몰라도 한 지붕 아래에서 생활한다면 밥은 같이 먹으라고 할 법해. 게다가 식사 중에 핸드폰은 만지지 말라니. 학교도 아니고 알아서 하게 좀 내버려두지."

그 사람이란 마사코 할머니였다.

리사코는 옛날 단기 대학을 졸업했을 때 마사코에게 들은 말이 있었다. 저녁에 출근해 새벽에 돌아오는 일을 하던 리사코에게 아침은 자는 시간이었다. 아무래도 아침 식사 때는 깨우지 않았지만 점심때는 조금만 더 자고 싶어도 어림없었다. '한 지붕 아래에서 생활하는 가족이니 함께 식사하자'면서. 리사코로서는 어쩌다 같이 살게 된 데다가 가족이라 여긴 적도 없었지만, 마사코는 뜻을 바꾸지 않았다.

고타로가 끄덕였다.

"나도 중학생 때 아침은 여섯 시 반, 저녁은 일곱 시로 정해져 있었지. 학교 가는 날은 그렇다 쳐도 쉬는 날에는 늦잠을 좀 자고 싶었는데 씨알도 안 먹혔어. 생활 리듬이 망가지면 안 좋다면서."

"아, 그 말도 했다."

"뭐, 수없이 말해도 생활 태도가 안 바뀌는 사람도 있는 것 같지만."

고타로는 사람을 비웃는 듯한 미소를 지으며 리사코를 쳐다보았다. 듣고만 있을 리사코가 아니었다.

"너도 비슷한 처지 아냐? 그 사람이 여장 따위를 허락해줬을 리가 없을 텐데."

"그렇네."

되받아칠 줄 알았던 고타로가 순순히 인정했다.

"시끄러워."

가에는 자그맣게 중얼거렸다.

리사코에게는 까칠했지만, 최근에는 규칙적으로 생활하면서 다마키와 함께 식사 준비와 가드닝을 하고 고타로에게 공부도 배우는 듯했다. 듯했다는 건 리사코가 자고 있어서 확인할 방법이 없었기 때문이지만 대화 내용에서 그런 낌새를 엿볼 수 있었다.

"할머니가 살아 계셨다면 착한 아이를 얼마나 예뻐하셨을까. 이상한 남자한테 미쳐 날뛴 엄마 대신 말이야. 혹시 착하게 굴면 상속분이 늘어난다거나 하는 조건이 따로 있나?"

"자동차 계약도 아니고 그런 게 있겠냐고."

고타로가 대답했다. 조금 전까지 사람을 비웃던 표정은 사라지고 약간 화난 모습이었다.

"모르지. 유산이 진짜 유언장에 기재된 게 다인지 우리가 어떻게 알아. 안 그래요, 다마키 씨?"

"…제가 들은 건 유언장 내용뿐이라서요."

"나 알고 있는데. 다마키 씨가 매달 가에한테 돈 주는 거."

"딱히 감출 일도 아닌 데다가 소액에 가까워요. 필요한 물건이나 본인이 직접 사고 싶은 게 있을 테니까요."

"그 돈은 뭔데? 어디서 난 거냐고."

"제 주머니에서요."

"지금은 그렇겠지. 원래는 그 사람 돈 아니야?"

다마키가 한숨을 내쉬며 젓가락을 내려놓았다.

"말씀대로 원래는 마사코 씨 돈이에요. 하지만 지금 먹는 달걀이나 닭고기, 쌀 같은 식비나 매일 쓰는 전기료도 원래는 마사코 씨 돈이죠. 대략 필요할 돈을 생전에 받았고 거기서 제가 내고 있어요."

"그 돈 남으면 어떡할 거야?"

"이 생활이 얼마나 가느냐에 따라 달라지겠지만 내일이라도 끝날 것 같으면 분배하겠습니다. 리사코 씨의 상속 절차, 오늘내일 중에 끝날 것 같나요?"

"저렇게 손 많이 가는 일이 끝날 리가 없잖아!"

"그럼 아마 다 쓰겠죠."

뒤적이며 덮밥을 먹던 고타로가 젓가락질을 멈췄다.

"어차피 내년 3월까지는 끝내야잖아."

고타로는 도발하는 듯한 표정으로 리사코를 쳐다보았다.

식사와 대화 모두 적절하게 마친 고타로는 차를 입에 머금고 천천히 숨을 내뱉었다.

"뭐, 다들 언제까지 이렇게 살 수는 없잖아. 가에도 3월에는 진로가 결정될 테니까 딱 좋아. 그때까지 갈 곳이 정해지지 않으면 길거리에서 지내야 할지도 모르겠지만."

빈정거리는 고타로의 말에 가에는 고개를 떨구었다.

"떨어지면 아르바이트를 할까 해요…."

"지금은 떨어졌을 때를 생각하지 말고 오늘은 어제 말한 페이지에 열 장을 더 풀어봐. 머리를 안 쓰면 제 목을 조르는 꼴이 된다는 표본이 바로 옆에 있잖아?"

전공과목인 영어뿐 아니라 가에의 수준 정도면 대부분 과목을 가르쳐줄 수 있다는 고타로가 똑똑하다는 사실은 알고 있었지만, 이 상황에서 저게 자기를 가리키는 말이란 것쯤은 리사코도 알았다.

바보 취급만 받아서야 재미없지.

"너, 반지는 찾았어?"

고타로의 어깨가 움찔하더니 움직임이 멎었다. 그러나 반응하면서도 리사코를 쳐다보지 않았다.

"지금 찾는 중이야."

"그런 것치곤 찾는 꼴을 못 본 거 같은데. 매일 쏘다니기만 하고."

"난 누구랑 다르게 일을 하거든. 애당초 점심까지 쿨쿨 자는 리사코 씨는 누가 뭘 하는지 모르겠지만."

리사코는 자리에서 일어났다.

"아, 진짜 상대를 못 하겠네. 잘 먹었어."

리사코는 잽싸게 식탁에서 벗어나 제 방이 아닌 리넨이 있는 마사코 방으로 들어갔다.

3

장을 보고 왔는지 부엌이 복잡했다. 리사코는 귀를 쫑긋 세우고 가에와 다마키의 대화를 엿들었다.

"가에 씨. 리넨이랑은 좀 가까워졌나요?"

"음… 처음보다는 조금 좋아졌는데 아직 만지지는 못하게 해요."

여전히 가에는 리넨과 가까워지지 못한 모양이었다. 리사코는 같은 집에 있으면서도 리넨의 모습을 볼 일이 거의 없었는데, 제 상속과 연관이 없다면 아무래도 괜찮았다.

리사코는 발소리를 죽이고 다가가 두 사람의 대화에 귀를 기울였다.

"제가 여기 온 지도 석 달이 지났어요. 이제는 안게 해줘도 되지 않나 싶은데. 완두콩이라도 줄까 봐요."

"나쁘지 않은 생각이지만, 그건 여름 음식이라…. 리넨은 냉동을 싫어할 수도 있어요."

"고양이인데 미식가라고요?"

다마키의 키득거리는 웃음소리가 들렸다.

"미식가 정도까지는 아니에요. 고양이 사료도 먹으니까. 단지 마사코 씨는 식재료에도 신경을 써서 산지 농가에서 채소를 자주 구매했으니 그 맛을 기억하고 있을지도 몰라요. 한번은 리넨이 겨울에 아파서 입이 짧아졌을 때 냉동 완두콩을 산 적이 있는데 안 먹었거든요."

"그건 그냥 몸이 안 좋아서 그랬던 게…."

다마키는 '그럴지도 모르겠다'며 모호하게 대답했다.

"그냥 그때 먹을 생각이 없었는지 모르죠. 이참에 시험해 볼까요? 냉동 완두콩."

"으음… 하지만 먹어줄까요? 할머니가 키운 고양이니까 제철 음식 맛을 알고 있어도 이상하지 않을 것 같아요."

완두콩이라…. 가에는 고민스러운 목소리로 중얼거렸지만, 리사코는 그렇게 고민할 일인가 싶었다. 고양이는 말을 못 하니까 어떻게든 된다. 설령 친해지지 않더라도 그게 리넨의 성격인지, 가에의 커뮤니케이션 문제인지 아무도 모를 것이다.

"…어라?"

리사코는 의문을 느꼈다.

리넨과 가에의 사이가 좋아졌는지 아닌지 판단하는 일을 다마키가 한다고 쳤을 때, 기한인 3월 말의 시점에서 가에가 혼자 돌보기 어렵겠다고 여겨지면 어쩔 셈이지?

그 외에도 이해가 가지 않는 부분이 있었다. 다마키도 아직 수상한 점이 많았다. 그렇게 많지도 않은 돈만 받는데 남의 뒷바라지를 한다. 이런 곳에 있기보다 그냥 일하는 게 더 돈이 되지 않나?

고타로가 상속받을 반지만 해도 점심 식사 후에 마사코의 방을 뒤져봤지만 찾지 못했다.

역시 뭔가 이상했다. 정말 이 상속을 진행할 마음이 있는지조차도 미심쩍었다.

"어? 리사코 씨, 이런 데서 뭐 하세요?"

어느샌가 가에가 복도에 나와 있었다.

엿들었다는 사실을 감추고 싶었던 리사코는 준비해둔 변명을 내뱉었다.

"커피가 마시고 싶어서. 커피 타러."

"…부엌에 있어요."

"나도 알아. 네가 좀 타줘."

"전 안 마실 건데요."

"내가 마시고 싶다니까? 난 고양이나 상대하는 너랑 달리 아주 힘들어. 자기주장만 내세우는 인간들 때문에 골치가 아프다고."

"고생이 많으시네요."

마음이 하나도 안 담긴 말투에 울컥한 리사코는 가에의 멱살을 붙잡았다.

"이게 남의 고생은 하나도 모르고. 애당초 진짜로 네가 상속받을 권리가 있다고 생각해?"

가까이서 보니 역시 가에는 아사미와 많이 닮았다. 생각해보면 아사미를 처음 본 것도 지금의 가에와 비슷한 나이일 때였다.

"넌 원래 상속받을 권리가 없어. 그러니까 나가."

"네?"

불안해진 표정을 본 리사코는 그제야 조금 기분이 풀렸다. 가에가 이런 표정을 짓게 하고 싶었다.

"네 엄마 말이야. 아무것도 필요 없으니까 자기한테 상관하지 말라면서 뛰쳐나갔어. 그 말인즉 상속받을 권리를 포기한 거나 다름없잖니? 이건 실제로 아버지한테 들은 말이야."

"어… 하지만…"

동요하는 가에를 보자 리사코는 절로 웃음이 나왔다.

"그야 한 번은 그 사람이랑 화해하긴 했지만, 결국 멀어졌잖아? 딸의 장례식에도 안 갔을 정도니 말이야. 아무리 부모 자식 사이의 연을 끊었다고 해도 친딸인데? 게다가 손녀인 너도 아직 초등학생이었고. 그런데도 연락을 전혀 안 했으니 진짜로 연을 끊은 거지. 안 그래?"

"저기…."

가에는 그대로 굳었다.

"리사코 씨!"

부엌에서 다마키가 튀어나왔다.

"이상한 소리 하지 마세요!"

"다 사실인데, 뭐!"

"설사 맞는 말이라 해도 최종적으로 마사코 씨가 가에 씨에게 재산을 남기고 싶다고 생각한 건 사실이에요. 가에 씨에겐 권리가 있어요."

유언장 이야기를 꺼내면 리사코가 불리해졌다.

뚜르르르르… 뚜르르르르….

집 전화가 울렸다. 요즘 시대에 집으로 전화를 거는 사람은 거의 없었지만 이 집은 오랜 지인이 많은 탓인지 간혹 전화가 걸려왔다.

다마키가 수화기를 들었다.

"여보세요. 유미하마입니다."

평소보다 살짝 높은 목소리로 이야기하는 다마키를 보자니, 그러고 보니 마사코도 이런 식으로 전화를 받았다는 사실이 떠올랐다.

"…네? 네, 있습니다만…. 누구시죠?"

다마키의 시선이 리사코를 향했다. 전화기 너머로 들려오는 소리는 남자 목소리였는데, 고타로는 아닌 듯했다. 애당초 고타로가 집에 전화를 걸 일이 뭐가 있겠나.

리사코는 주머니에서 핸드폰을 꺼내 화면을 쳐다보았다. 얼굴에서 핏기가 싹 가셨다. 같은 번호로 열 통 넘게 전화가 와 있었다.

리사코는 서둘러 현관으로 가 신발을 신었다. 뒤에서 다마키가 뭐라뭐라 말했지만 무시했다.

느긋하게 있을 때가 아니었다. 한시라도 빨리 상속을 받아 돈을 챙겨야 할 이유가 리사코에게는 있었다. 바로 돈이 될 만한 게 있는지 집을 뒤져봐도 값나갈 만한 물건은 보이지 않았다.

"진짜 되는 일이 없네."

성큼성큼 길을 걷다 보니 신호를 기다리며 서 있는 택시가 보였다. 리사코는 손을 흔들어 택시를 불러 세웠다. 문이 열리자 뒷좌석에 올라타 등받이에 몸을 기댔다.

"어디까지 가십니까?"

붙임성 좋은 기사님은 몸을 돌려 리사코를 쳐다보았다.

리사코는 내뱉듯이 목적지를 말했다.

이와타의 집은 닷새 만에 다시 왔다.

어차피 또 곱지 않은 대접을 받으리란 걸 알면서도 리사코는 벨을 눌렀다.

"어?"

귀를 기울여 봤지만 평소 들려오던 인기척이 전혀 나지 않았다. 외출 중인가. 차고 문이 닫힌 탓에 차가 있는지 없는지는 알 수 없었다.

여기까지 오는 데도 돈이 들었던 만큼 조금은 진도를 나가야 한다는 생각이 초조함을 부채질했다.

"추워 죽겠네."

현관 앞에서 제자리걸음을 해봤지만 발끝에서부터 냉기가 온몸을 덮쳐왔다. 근처에는 시간을 때울 만한 카페도 없었다. 2, 3킬로미터 앞에 식료품을 파는 슈퍼마켓이 있었던 것 같지만 거기까지 걸어가고 싶지도 않았고, 그사이에 이와타가 집에 돌아올지도 모른다고 생각하니 자리를 뜰 수 없었다.

"내가 왜 이 고생을 해야 하냐고."

리사코가 중얼거리던 그때 차 한 대가 다가왔다. 리사코는 순간적으로 차고 그늘로 몸을 숨겼다.

차 소리가 이와타의 차고 앞에서 멎었다. 시동을 켠 채 운전기사가 내렸다. 드르륵, 차고 문을 여는 소리가 들렸다.

리사코는 등 뒤에서 소리쳤다.

"이와타 씨!"

"으악!"

이와타가 비틀거리듯 두세 걸음 뒷걸음질 쳤다. 리사코를 본 이와타의 얼굴이 순식간에 새빨개졌다.

"또 오다니! 끈질기기는."

"서류에 도장 찍어주면 이제 안 올 거라니까요."

"안 찍는다고 했지!"

"그래 봐야 이와타 씨한테는 아무 이득도 없어요. 취득시효 몰라요?"

"취득시효?"

이와타의 목소리에 의문이 묻어나왔다. 아무래도 모르는 모양이었다.

럭키. 리사코는 속으로 씩 웃었다.

"취득시효란 십 년이든 이십 년이든 계속 그 집에 살면, 살던 사람 소유가 되는 법률이에요. 그 집은 벌써 칠십 년 넘게 그 자리에 있었어요. 이와타 씨는 그동안 그 집에 가본 적이 있나요? 자기 집이라고 생각한 적이 있냐고요."

"어… 아, 아니…."

마사코도 살아생전 이와타에게 연락했지만 그때는 무시한 모양이었다. 왜 마사코가 이와타를 그냥 두었는지는 모르겠지만 아마도 가까이 사니 나중으로 미룬 것이겠지. 그리고 멀리 있는 사람과 협상하는 사이에 병마로 쓰러진 게 아닐까 하는 게 리사코의 생각이었다. 물론 이와타가 성가신 사람이라 그냥 두었을 가능성도 없진 않았다.

어느 쪽이든 이와타 본인이 상속인 중 하나라는 사실을 알게 된 것은 최근 몇 년 사이의 일이었다. 과거의 일은 아무것도 모를 것이다. 리사코는 그럴듯한 말로 속일 수 있겠다 싶었다.

"저는 그 집에서 나고 자랐거든요."

"그건 그렇지만 나한테 권리가…."

"그러니까 지금 말한 대로 취득시효라는 게 있다고요."

"윽…."

리사코는 말문이 막힌 이와타를 재차 다그쳤다.

"이와타 씨 이름으로 등록해버리면 이와타 씨가 죽은 다음에도 고정자산세가 부과된다고요. 자식이랑 손주한테까지 부담을 줄 생각이세요? 그건 싫죠? 그럼 도장 찍으세요."

"…아니, 좀 이상한데. 나한테 상속 권리가 없는데, 고정자산세가 나온다고?"

"네?"

"고정자산세를 낸다는 말인즉 나도 토지 가옥 등록이 가능하다는 뜻 아닌가? 그럼 역시 나한테도 권리가 있는 거 아니냔 말이야."

리사코는 법률 지식이 없었다. 취득시효도 인터넷에 그럴 듯한 내용이 적혀 있길래 이와타를 구슬리려고 그냥 해본 말이었다. 고장자산세 운운도 유언장이 공개될 때 고타로가한 말을 인용했을 뿐이다.

"또 올게요!"

리사코는 도망치듯 그 자리에서 뛰쳐나갔다.

이와타의 집을 뒤로한 리사코는 흥분을 가라앉히지 못한채 친구네 집을 찾았다. 문을 연 순간, 호시나 유코는 대놓고 껄끄럽다는 표정을 지었다.

"오기 전에 연락은 좀 해라."

삼십여 년 지기는 단기 대학 때부터 친구였다. 옛날에는함께 미니스커트도 입었고 두툼한 어깨 패드가 들어간 옷도입었다. 까닭 없이 앞머리를 닭벼슬처럼 세우는, 지금 생각하면 영문 모를 머리 스타일도 했다. 지금의 유코는 체구는 작아도 스타일도 좋고 이목구비도 또렷했으며 얼굴도 예쁘장했지만 지난 세월이 온몸에 드러나 있었다. 하기야 피차일반이었지만.

"연락하면 오지 말라고 할 거잖아."

집주인의 허락이 떨어지기도 전에 리사코는 현관에 들어섰다.

유코와는 함께 바보짓도 하며 신나게 놀았다. 그러나 졸업할 무렵이 되면서 유코는 생활 태도를 고쳤다. 정사원으로취직해 5년 동안 일한 다음 결혼도 했고 두 자녀도 시외 대학에 입학해 지금은 남편과 둘이 살고 있다. 그야말로 이상적인 가정을 꾸리고 있다. 최근에는 나중에 받을 연금이 적다고 투덜거릴 때도 있었지만 리사코에 비하면 훨씬 더 안정적이었다.

"마침 남편이 출장 가서 하룻밤은 재워줄 수 있지만, 내일 아침에는 가. 이틀은 못 재워줘."

"알았다고."

"말만 그러고 지난번엔 2주나 눌러앉았잖아. 그것 때문에 이혼하네, 마네 했단 말이야."

"5년 전 일 가지고."

"말도 안 돼! 그렇게 지났다고? 웬일이야, 작년 일인 줄 알았는데."

재워달라는 처지라 고분고분하게 굴 수밖에 없었다. 리사코를 받아주는 사람은 이제 유코뿐이었다.

"그래서 이번에는 또 뭐야? 돈은 못 빌려줘도 얘기는 들어준다."

"인제 와서 너한테 돈 빌려달랄 마음은 없으니 안심해."

밤새워 놀든 명품백을 사든, 유코는 옛날부터 돈 관리엔 철저했다. 옛날에 몇 번인가 돈을 빌리려 했지만 한 번도 빌려준 적이 없었다.

"우리 집에 자러 온 거 보니 무슨 일 있지? 여기까진 뭐 타고 왔어?"

"택시. 교외에 나갔었거든."

교외엔 버스가 한 시간에 몇 대 안 다닌다. 이와타네 집에서 나온 리사코는 전화로 택시를 불렀다.

"교외에서 택시라니 대체 돈이 얼마야. 온실 속의 화초는 이게 문제라니까."

"온실 속의 화초도 옛날이야기야."

"애초에 면허가 있는데. 네 차… 아, 팔았지."

리사코보다 유코가 먼저 대답했다. 응 하고 고개를 끄덕이니 들으란 듯 하아아… 하고 한숨을 내쉬었다.

"빚쟁이 아가씨. 일단은 그 과시하기 좋아하는 성격 좀 어떻게 하시죠. 우리 벌써 마흔여덟이라고. 버블이 지나간 지가 언젠데."

"안다고! 하지만 그 뭐냐, 궁상맞게 살긴 싫단 말이야. 너도 마찬가지 아냐?"

"별로? 난 옛날부터 이랬는데? 명품백도 누가 준다면야 고맙게 받겠지만 가격을 생각하면 굳이 살 마음도 안 들어."

"그치만 옛날엔 갖고 있었잖아."

"그거 짝퉁."

"뭐?"

"그거 말고는 밤에 아르바이트할 때 손님한테 받은 것도 있는데, 막 비싸진 않았어."

금시초문이었다. 당연히 유코도 리사코처럼 명품 좋아하고, 꾸미기 좋아하고, 저가 물건은 거들떠보지도 않는 줄 알았다.

유코는 리사코 앞에 커피가 든 컵을 놓았다.

"짝퉁이란 소리는 처음 들었네."

"처음 말했으니까."

"이제 와서 왜 말하는 건데?"

"그냥 잊어버리고 있었을 뿐이야. 육아에 쫓기던 시절엔 그냥 많이 들어가고 더러워지든 말든 막 쓸 수 있는 가방이 좋았으니까. 나도 젊었을 땐 허세가 있었지. 주변에 비해 내가 더 떨어진다고 느끼긴 싫잖아. 뭐, 부모가 되니까 이번엔 애들 학교나 남편 출세 같은 문제가 좀 신경이 쓰이긴 하더라고. 비교 대상만 바뀐 걸지도. 그래도 옛날보다 남이랑 비교하는 짓은 덜 하게 됐어. 아무리 애써도 귀태 나는 사모님은 될 수 없겠구나 싶었거든."

유코는 크게 입을 벌리며 하하하 웃었다. 이십 년 전에는 보여주지 않았던 표정이었다. 주름도 기미도 있었다. 뿌리 부분의 흰머리가 눈에 띄었다. 하지만 불행해 보이지는 않았다.

리사코도 결혼하겠다는 꿈이 없지는 않았지만, 정신이 드니 이 나이였다.

"그래서 그… 아키히코 씨였나? 그 사람과는 어떻게 됐어?"

남의 연애 이야기를 묻는 유코의 표정은 젊을 때랑 똑같았다. 옛날부터 연애담에 낄 때는 재미있어했다.

"반년쯤 전에 진작 깨졌지."

"깨졌다면서 다시 만나고 헤어지고 그러고 있겠지. 너 계속 그랬잖아."

"그야…."

부정할 수가 없었다. 연락도 하고 있고 아예 안 만나는 것도 아니니까.

"넌 진짜 옛날이랑 취향이 그대로다. 그럭저럭 생기고 몽상가에 돈 없는 남자한테 끌리는 취향."

연애편력을 아는 친구는 성가시다. 아마 리사코의 지난 연애담은 대부분 기억할 터였다. 어쩌면 리사코 본인보다 더 잘 기억하고 있을지도.

"동거도 했지? 둘 다 나이도 있는데 결혼하지. 싫으면 이혼하면 그만인데."

"이혼 이전에 결혼이 힘드니까 독신인 거야."

"아아, 돈…."

유코는 아차 싶은 표정을 지으며 입을 다물었다. 생각은 할지언정 입으로는 내뱉지 않는 배려쯤은 할 수 있는 어른이 된 듯하다. 그러나 오래 알고 지낸 사이다. 유코가 무슨 말을 하려던 건지 리사코는 알 수 있었다.

"아키히코는 돈이 필요할 때만 연락한다고 하려고 했지?"

"하려다 삼켰다. 칭찬해줘."

"다 해놓고는 무슨!"

하지만 유코의 생각대로였다. 아키히코는 리사코의 돈에 빌붙었다. 시작은 늘 달라도 어느샌가 그런 사이가 되곤 했으니 리사코에게도 조금은 책임이 있을 것이다.

"난 어디서 길을 잘못 든 걸까."

"처음부터겠지, 뭐. 한결같이 바보처럼 구는 것도 재능이야. 보통은 그렇게 못 한다고."

"그거 칭찬 아니거든?"

"들켰어?"

유코는 옛날부터 매서운 면이 있었다. 듣고도 찜찜해지지 않는 이유는 그 말에 거짓이 없기 때문이다. 말에 숨겨진 가시까지 살필 필요가 없었다.

그런 의미에서는 그 사람, 마사코도 뒤가 없고 논리정연했으며 신념을 굽히지 않았다.

리사코는 거짓말을 하고, 논리는 제멋대로이며, 신념 따위는 없었다. 그날을 즐겁게 살고 힘든 일은 하기 싫어했다. 마사코는 태양의 움직임에 맞춘 듯한 생활 리듬으로 거의 직접 상을 차리고 정해진 시간에 밥을 먹되 조금만 먹었다. 몸을 움직이며 술도 담배도 하지 않고 뉴스도 매일 확인했다. 그러고 보니 형편이 어려운 아이에게 기부도 했던 것 같고, 지역 봉사활동에도 참여한 적이 있다. 리사코의 생활과는 정반대였다.

리사코는 규칙적인 생활이 제일 싫었다. 마사코 같은 삶은 리사코에게는 숨이 막힐 뿐이었다.

부엌을 둘러보았다. 모델하우스처럼 사람 사는 느낌이 없는 공간은 아니었지만, 나름대로 정돈되어 있었다.

집안일은 거의 유코가 할 테니 정리도 유코가 했겠지. 마사코였다면 '가지런하지가 않다'고 했을 수도 있겠지만 리사코가 보기에는 충분히 정돈되어 있었다.

"유코, 넌 잘 사는구나."

"갑자기 뭐야?"

"어른이 되었구나 싶었을 뿐이야."

징그러운 것이라도 봤을 때처럼 유코는 양손으로 제 몸을 끌어안으며 팔을 비볐다.

"리사코, 넌 몸은 어른인데 마음은 어린애야. 하지만 이제 와 달라지려 해도 힘들겠지. 애당초 달라지고 싶은 마음도 없을 테고."

달라지고 싶은 마음? 없…지는 않을지도. 잘 모르겠다.

달라질 필요성을 못 느낀 채 지금까지 살아와서 생각해본 적도 없었다. 아니면 마사코에게 반발하느라 어른이 되기를 거부했던 것은 아닐까.

"내가 어엿한 어른처럼 생활할 수… 있을 것 같아?"

"무리겠지."

오랜 친구는 냉큼 단호하게 대답했다.

아침 아홉 시, 리사코는 파트타임 일을 하러 가야 한다는 유코에게 떠밀려 맨션에서 쫓겨났다. 허구한 날 이 시간에 자는 리사코는 지금 여는 가게가 있는지도 몰랐다.

이럴 때 차가 있으면 외출하기 편하다. 마지막으로 소유했던 차는 외제차였다. 스테레오도 내비게이션도 최신식이었다. 차를 살 때 아버지가 돌아가셔서 상속받은 돈이 있었기 때문에 씀씀이가 컸다. 바로 현금으로 사겠다고 하자 딜러의 눈빛이 달라졌다. 굽신거리는 모습에 허세를 부리며 등급을 가능한 선까지 높였다. 시트 커버에도 신경 썼다. 다 해서 7백만 엔 정도를 냈던 것 같다.

하지만 그렇게 쓰면 돈이 아무리 있어도 모자란다. 게다가 젊을 때 했던 물장사도 나이가 차면서 써주는 가게가 줄어들었다. 예전에 함께 일하던 사람들은 대부분 다른 일로 옮겨갔다. 물장사를 계속하던 사람들 가운데 자기 가게가 있는 사람에게 부탁해 일을 하기도 했지만, 그것도 삼십 대까지였다.

애인은 끊임없이 있었지만 금전적인 면에서 도움이 되는 사람은 대개 기혼자였다. 그런 사람과는 오래가지 못했다.

결국, 리사코는 유코의 조언대로 버스를 타고 다마키 일행이 있는 집으로 돌아가기로 했다. 돌아갈 곳은 그곳뿐이었다. 고등학교를 졸업했을 때 리사코는 니이가타를 떠나고 싶어 했다. 도쿄에 환상이 있었기 때문이다. 그러나 시험을 쳐서 붙은 곳은 고향의 단기 대학뿐이었다. 재수하면서까지 공부하고 싶은 마음은 조금도 없었고, 애당초 공부가 하고 싶어서 진학한 것도 아니었다. 놀고 싶다는 마음뿐이었다.

완전히 눈에 익은 풍경을 흔들리는 버스의 창문 너머로 바라보았다. 버스가 주택가에 들어서자 고층 건물이 줄어들었다. 젊을 때는 허전해 보이는 넓은 하늘을 가득 메워줬으면 싶었던 빌딩도 더는 꿈꿀 수 없었다.

고타로는 아직 자고 있을지도 모르겠지만 다마키와 가에는 일어나 있겠지.

다마키와 처음 얼굴을 마주한 것은 마사코의 장례식이 끝난 직후였다. 리사코보다 네 살 아래인 다마키는 마사코와 생김새는 전혀 달랐지만 분위기가 매우 비슷했다. 마사코처럼 생활방식에 간섭도 하지 않고 온화하지만 속으로 무슨 생각을 하는지 알 수 없었다.

먼 친척이라고는 해도 마사코와 함께 살게 된 이유가 뭘까. 다마키가 이혼해서 갈 곳이 없었다는 이야기는 들었지만 함께 살 필요까지 있었을까.

나이가 있는 마사코가 혼자 사는 데 외로움을 느껴 다마키에게 동거를 제안했다…는 그림은 상상하기 힘들었다. 다마키가 마사코의 유산을 노리고 접근해 말로 구워삶아 동거로 끌고 갔다는 가설이 더 와닿는다.

마사코는 암으로 죽었다. 일부러 병에 걸리게 할 수는 없어도 식사에 무언가를 타서 조금씩 몸을 약하게 만들어 임

종을 앞당길 수는 있지 않았을까 하고 리사코는 생각했다.

"남의 일보다 내 일을 생각해야."

집으로 들어오기 직전에는 지인 소개로 미용실 접수처 일도 했지만 계속할 수 없었다고 해야 하나, 아무튼 오래가지 못했다. 그 바람에 가장 비싼 소지품이었던 차도 떠나보냈다.

그래도 돈은 줄어들기만 해서 이번에는 반지를 팔았다. 목걸이도 팔았다. 명품백도 팔았다. 팔 물건이 없어지자 돈도 빌렸다. 처음에는 비교적 금리가 낮은 곳에서 빌렸다. 하지만 그런 곳은 한도가 금세 찼다. 어쩔 수 없이 친구와 지인에게도 빌렸다. 빌려준 사람과는 그 후 연이 끊겼다. 유일하게 끊기지 않은 사람은 돈을 빌려주지 않은 유코뿐이다.

그러다가 빌릴 곳을 찾지 못해 빚이 쌓였고 결국 파산하고 말았다.

이 일이 마사코의 귀에도 들어갔을까.

같은 시내에 살던 리사코는 다마키에게서 살날이 얼마 남지 않았다는 말을 들었다. 하지만 한 번도 문병을 가지 않았다. 얼굴 따위 보고 싶지 않았다.

자기 삶의 방식이 칭찬받을 만한 게 아니란 건 알았지만 그가 죽기 직전까지 부정당하기는 싫었다.

버스에서 내려 3, 4분 정도 걷자 집이 보였다. 다마키와도, 가에와도 얼굴을 마주하기 싫어 옆집 그림자에 숨어 집 안을 살펴보는데 다마키와 가에가 양손에 봉투를 주렁주렁 들고 걸어왔다.

"평소보다 싸게 나왔네요. 다마키 씨는 여기 간장을 많이 쓰시잖아요."

"특가로 잘 안 나오는 상품이라, 가에 씨가 같이 가줘서 다행이었어요. 두 병이나 샀으니. 설탕도 값이 저렴했고요."

근처 슈퍼마켓에 다녀오는 길인 듯했다. 대화 내용으로 볼 때 1인 1병으로 나온 특가 간장을 둘이 가서 두 병 사고 좋아하는 낌새였다.

리사코는 한심하다고 느꼈다. 싸다고 해도 고작 몇십 엔 차이다. 그럼 필요할 때 그냥 사면 될 텐데.

"그 사람도 그랬지…."

슈퍼마켓 전단지를 보고 그날의 메뉴를 정하기도 했던 것 같다. 제철 음식은 싸고 영양가가 있으며 맛도 좋다고 했다. 쓸데없는 물건은 사지 않았고 냉장고 안도 깔끔하게 정돈되어 있었다.

"…바보 같아."

이 집에 살게 된 후로 떠올리기 싫어도 마사코를 떠올리게 되었다. 세상을 떠났는데도 아직 마사코의 그림자가 따라 다녔다.

"…어라?"

다마키의 어깨 너머로 무언가를 발견한 가에가 얼굴을 실룩였다. 리사코도 가에의 시선을 좇았다.

문 바로 앞에 차가 멈춰 있었다. 차에서 양복을 입은 남자 둘이 내렸다. 밝은색 셔츠의 목덜미 단추는 풀어져 있었으며, 넥타이는 매지 않았다. 긴 머리카락에 화려한 차림새를 한 남자들이었다. 한눈에도 질이 나빠 보였다.

남자들이 다마키에게 말을 건넸다. 속닥거리는 바람에 대화 내용이 잘 들리지 않았다.

다마키와 가에가 서로 마주 보더니 고개를 가로저었다.

무슨 말을 하는지 알 수 없었다. 그저 직감으로 여기 있으면 안 되겠다는 생각이 든 리사코는 들키지 않게끔 살그머니 그 자리를 빠져나갔다.

갈 곳도 돈도 없는 리사코는 패스트푸드점에 죽치고 앉았다가 어두워진 다음에야 귀가했다.

현관은 조용했지만 거실에는 불이 켜져 있었다. 리사코는 조심스레 현관문을 닫고 천천히 문을 잠갔다. 찰칵 소리가 울렸다.

"잠깐 여기 좀 와봐."

그 순간, 고타로가 거실에서 얼굴을 내밀었다.

"도망가도 소용없어. 안 오면 방까지 쫓아갈 거니까."

리사코는 마지못해 거실로 들어섰다. 거실에는 가에와 다마키도 있었다.

"…무슨 일 있어?"

"일이 있으니까 불렀겠지."

흥 하고 코웃음 치는 고타로가 짜증을 냈다. 고타로는 양복 차림으로 차를 마시고 있었다.

"이 시간에 왜 집에 왔대? 평소보다 이르잖아."

"오늘은 휴무였어."

"그런데 양복은 왜 입고 있어?"

"나갔다 왔으니까. 그 얘긴 됐고, 나랑 가에 맞은편에 앉아. 아, 거절한다는 선택지는 없어. 안 앉으면 방까지 쫓아갈 거고 문도 부술 거야."

"이 집에 목수용 도구가 있나요?"

가에도 고타로에게 호응했다. 게다가 다마키까지 '2층 안 쓰는 방에 있다'고 대답했다.

진심인지 아닌지 모르겠지만 리사코는 어쩔 수 없이 고타로 맞은편에 앉았다.

"여태 어디 있다 왔어?"

고타로가 심문 역할인 듯했다.

"내 마음이지. 아니면 어디 가는지 보고 안 하면 외출도 못 해?"

"딱히 어딜 가든 우린 별 상관없는데, 손님이 와서 리사코가 어디 있는지 묻더라고. 연락해도 읽지도 않고."

손님이라는 말에 리사코 머릿속에 오전에 본 남자들이 퍼뜩 떠올랐다.

"아, 메시지 온 줄 몰랐어."

"뻔한 거짓말은 치워. 짐작 가는 구석이 있잖아."

고타로의 눈이 매서웠다. 솔직하게 대답하면 화낼 것 같았다. 리사코의 침묵에 이야기를 진행하고 싶은 고타로가 먼저 입을 열었다.

"뭐, 우리로선 그간의 궁금증에 대한 답을 알아낸 느낌이긴 하지만… 그렇죠? 다마키 씨."

바통을 넘겨받은 다마키가 고개를 크게 한 번 끄덕였다.

"네, 실은 줄곧 궁금했거든요. 리사코 씨가 비교적 순순히 이 집에 사는 데에 동의한 이유가. 무엇보다 왜 상속 포기를 하지 않는지 그 까닭을요. 물론 상속 액수가 커요. 보통은 포기하지 않겠죠. 다만 리사코 씨에게 남겨진 유산은 상속받기까지 품이 꽤 들지요."

"꽤 정도가 아니라 무진장 들어. 아직 전혀 끝날 기미도 없고, 끝나는 날이 오긴 오는 건지, 진짜 난감하다고."

리사코가 끼어들자 고타로는 조용히 하라는 듯 노려보았다. 리사코는 눈앞에 놓인 찻잔으로 손을 뻗었다.

이야기를 되돌리지요 하고 다마키가 작게 헛기침을 했다.

"솔직히 말하면 리사코 씨가 금세 포기할 줄 알았습니다. 혹은 현재 생활에 모자람 없이 만족한다면 몫은 줄더라도 변호사 같은 전문가에게 맡기는 편이 원활하게 진행되니 직접 행동에 나서지는 않을 거라고 생각했지요. 단지 이럴 때는 착수금이 듭니다. 물론 마련 못 할 정도의 금액은 아닐 테고, 상황에 따라서는 빌릴 수도 있겠지요. 최종적으로는 갚을 여건이 되는 빚이니까요."

"일반적인 회사원은 품과 시간을 생각하면 그렇게 할지도 모르지. 의뢰에 들어가는 비용이 일시불은 아닐 테니까."

고타로 말은 자기였다면 그렇게 했을 거란 뜻이다. 물론 리사코도 전문가에게 맡기고 싶었다. 애당초 귀찮은 일은 하기 싫다.

그래도, 귀찮아도 해야만 했던 이유가 있었다.

"빚이 얼마야?"

고타로가 대놓고 돌직구를 던졌다.

"얼마든 무슨 상관이야. 상속이 끝나면 갚을 수 있는데."

고타로가 하! 하고 비웃듯이 숨을 내뱉었다.

"대답을 보아하니 제대로 된 곳에서 빌린 것도 아니겠네. 뭐, 그렇지. 일반적으로 생각했을 때 직장도 없는 사람이 많은 돈을 어떻게 빌리겠어. 혹시 이자가 붙었어? 오늘 집에 찾아온 곳에서만 빌린 것도 아니지? 하… 지인한테도 빌렸으면 양쪽 손가락으로 다 못 셀 정도이려나?"

"시끄러워!"

리사코는 벌떡 일어나 고타로와 다마키, 가에를 내려다보았다.

셋의 시선이 리사코에게 집중되었다. 리사코 외에는 모두 냉정했다. 어린 가에조차 이 이야기의 흐름에 전혀 당황하는 낌새가 없었다.

"어린애는 방으로 가."

"흔한 얘기라서요. 신경 쓰지 마세요."

"어떻게 살았길래 빚지고 쫓겨 다니는 생활이 흔하다는 소리가 나와? 어린애는 돈도 못 빌리잖아?"

"아빠가 대책 없는 인간이라서요."

리사코는 가에의 아버지에 대해 자세히 얘기 들은 적은 없다. 그러나 고등학생이 오랜 기간 부모와 떨어져 있다는 것. 상속의 조건. 무엇보다 가에의 엄마인 아사미가 집을 나간 과정을 아는 만큼 가에의 아버지에 대해 상상할 수는 있었다.

그리고 빚을 진 아버지에게 '대책 없는 인간'이라고 하는 가에의 말이 리사코를 찔렀다. 자기더러 대책 없는 인간이라고 하는 듯한 느낌이 들어서였다.

"그래서 빚이 총 얼마인지는 알고 있어?"

가능하면 이 일은 잊어줬으면 했지만 고타로는 끝낼 기미가 없었다.

리사코가 횡설수설하자 고타로는 얼굴에서 모든 감정을 지운 채 고개를 옆으로 저었다.

"기가 막히네. 자기가 어디에서 얼마를 빌렸는지도 모르지? 내일 아침 일찍 알아봐."

고타로의 강한 말투에 리사코는 고개를 끄덕일 수밖에 없었다.

알아본 결과, 리사코의 빚은 유산상속으로 받을 수 있는 돈의 3분의 1 정도였다. 물론 처음부터 그 금액을 빌린 것은 아니었다. 정해진 날짜에 돈을 갚지 않아서 이자가 더 붙은 것이다. 터무니없는 이자는 리사코의 경제 능력을 훨씬 웃돌았다.

일을 나가기 전에 이 사실을 알게 된 고타로는 '이런 바보랑 혈연관계가 아니라서 다행'이라고 내뱉었다. 전에도 한 번 개인 파산을 한 적이 있다고 하자 '멍청이' 소리를 덧붙였다.

"돈을 안 빌려도 되게 생활하라고."

리사코도 몇 번이나 그러려고 했다.

하지만 갖고 싶은 것도 먹고 싶은 것도 참을 수가 없었다. 그리고 아무리 물건을 사도 만족은 한순간뿐 금세 사라져 버렸다. 사라진 만족감을 메우려고 리사코는 쇼핑을 반복했다. 그래도 허전할 때는 옆에 있어 줄 사람을 찾았다. 리사코라는 사람이 아닌 리사코가 가진 돈이 목적이었을지언정 외로운 것보다는 나았다.

하지만 그런 관계는 오래가지 않는다. 리사코보다 돈이 더 많은 여자가 나타나거나 남자 자신에게 돈이 생기면 리사코의 가치는 사라지니까.

"하고 싶은 말이 있으면 해. 그런 표정 짓지 말고."

고타로와 같이 이야기를 듣던 가에가 불만과 의문이 뒤섞인 표정으로 리사코를 보았다.

뜨뜻미지근한 태도에 리사코는 짜증이 났다.

"가에 너도 나를 멍청하다고 여기고 있지?"

가에는 입을 다문 채 고개를 끄덕였다.

"나도 내가 멍청한 거 알아. 하지만 멍청이는 똑똑해질 수 없어. 그 사람처럼은 될 수 없다고."

"그 사람이라면… 할머니 말인가요?"

"그래."

천하의 리사코도 고타로 앞에서 말하기는 역시 껄끄러웠다. 하지만 가에는 궁금증을 내비쳤다.

"무슨 뜻이에요?"

"우리 엄마가 안 돌아가셨으면 그 사람도 여기 올 일이 없었다는 소리야."

리사코가 열여덟 살이 될 때까지 살아 계셨던 어머니의 존재는 지금도 리사코 가슴 깊숙이 남아 있었다.

*　*　*

리사코가 열세 살일 때 엄마, 낳아준 엄마가 장을 보고 오다가 교통사고를 당했다. 중학교에서 수업을 듣고 있던 리사코는 담임의 호출에 택시를 타고 곧장 병원으로 향했다. 리사코는 상황의 중대함을 깊이 생각하지 않았다. 어차피 금방 퇴원할 수 있겠거니 싶었다. 그러나 병원에 도착해 줄이랑 관을 몇 개씩 달고 침대에 누워 있는 엄마를 본 순간 큰일임을 깨달았다.

손발에 골절상과 타박상을 입었지만 가장 문제가 된 것은 머리 부상으로 인한 심각한 뇌 손상이었다. 간신히 숨은 쉬었지만, 의사는 이미 의식을 되찾기는 어렵겠다는 말을 아버지에게 했다고 한다. 리사코는 나중에 와서 직접 듣지는 못했다.

어른들만큼 사태의 심각성을 모르던 리사코는 처음 석 달정도는 매일 병원에 드나들며 엄마가 눈을 뜨기를 기다렸다. 특히 사고 직후에는 자기가 잠든 사이에 엄마가 돌아가실까봐 밤이 오는 게 무서웠다. 그러나 시간이 지나면서 그런 생활도 익숙해졌다.

엄마도 급성기 병원에서 다른 곳으로 옮겨지며 집과 거리가 멀어져 리사코는 주말에만 병문안을 갔다.

병문안을 가면 중학교를 졸업한 얘기, 고등학교에 입학한 얘기, 문화제나 체육대회 얘기, 학교 공부가 재미없다는 얘기, 같은 반에 마음이 가는 남자애가 있다는 얘기 등 이런저런 일을 보고했다. 물론 대답은 없었다. 사고를 당하기 전까지는 말이 많던 엄마였기에 일방적으로 이야기하는 관계는 좀

처럼 익숙해지지 않았다. 아무리 말을 걸어도 대답이 없으니 벽에 대고 말을 하는 기분이 들었다.

처음에는 기적을 믿었지만 계절이 지날 때마다 짙어지던 포기하고 싶은 감정은 이윽고 다른 것으로 바뀌었다. 왜 나는 매주 친구랑 놀지도 못하고 병원에서 시간을 보내야 하나. 여름방학에 친구와 여행을 가고 싶어도 못 가는 이유를 엄마 탓으로 돌리게 되었다.

아버지가 병문안을 강요한 것은 아니었다. 그저 병원에서 친해진 의사와 간호사들에게 '엄마가 오늘도 기다리셔', '네 이야기를 듣는 걸 좋아하셔', '엄마 뵙고 싶지?'라는 말을 들을 때마다 그래야 한다는 소리를 듣는 기분이었다. 그게 딸의 의무이자 당연히 해야만 하는 일이며, 놀러 가고 싶다는 생각은 잘못된 거라고 여겼다. 그래서 진심은 가슴속 깊이 묻어두었다.

하지만 묻어둔 마음은 마침내 터져버렸다. 엄마의 의식이 돌아오기를 바라면서도 한편으로는 이제 돌아오지 않는다면….

입 밖에 내서는 안 될 마음을 생각하는 짓은 그만두었다.

그런 상태가 5년 동안 이어졌다. 리사코가 고등학교 3학년이 되었을 때 엄마는 숨을 거두었다. 잠들었을 뿐 만지면 따스했던 엄마는 뼛조각이 되었고, 상복 대신 입은 교복을 벗었을 때 리사코는 모든 게 끝났다고 생각했다. 외로운 감정만큼이나 해방감을 느꼈다.

단기 대학에 입학한 리사코는 멈춰 있던 시간을 되돌리려는 듯 밤낮을 가리지 않고 놀았다. 이제 병원에서 전화가 올지 모른다는 염려를 할 필요가 없었다. 주말에도 방학에도, 어디에 가든 자유였다. 집은 금전적으로 여유가 있어서 그때까지 딸이 참아왔던 것을 알았는지 아버지도 리사코가 원하는 만큼 돈을 대주었다.

아버지에게는 단기 대학을 2년 안에 졸업하라는 말만 들었다. 처음으로 남자친구도 사귀었다. 수업에 출석해도 거의 잠만 잤지만 동급생에게 노트 복사와 대리 출석을 부탁하며 버텼다.

대부분의 과목에서 추가 시험을 보고도 학점은 최저로 아슬아슬했지만 단기 대학을 2년 만에 졸업했다. 2년 동안 단기 대학에서 뭘 배웠는지, 자기가 무슨 과목을 이수했는지도 가물가물했지만 어쨌든 아버지와 한 약속만큼은 지켰다.

그러나 약속마저 사라진 후의 생활은 더 방탕해졌다.

단기 대학을 졸업하고 1년이 지났을 무렵 아버지가 재혼 상대를 데리고 왔다. 마사코였다.

*　　*　　*

"그런데 고타로는?"

리사코가 이야기를 시작했을 때 함께 있던 고타로가 어느새 보이지 않았다. 얘기하면서 스마트폰을 만지작거린 탓에 자리를 비워도 당연히 몰랐을 것이다.

가에는 현관 쪽을 가리켰다.

"일하러 갔어요."

"아, 그래. 딱히 고타로는 없어도 상관없어. 애당초 그리 재미있는 얘기도 아니고."

"저기… 그다음은 할머니 얘기 차례죠?"

"여기서부터는 성격 나쁘고 싫은 소리만 해대고 불쾌한 사람이었다는 얘기만 한~참 할 건데?"

가에는 맛없는 음식이라도 삼킨 듯한 표정을 지었다.

훈훈한 추억 이야기라도 들을 줄 알았나.

"내가 얘기하면 그런 것밖에 없어. 애당초 처음 만난 게 스물한 살, 마흔한 살 때라 오늘부터 엄마라고 부르라고 하기에도 어려운 나이잖아?"

리사코의 아버지와는 열 살 정도 차이가 났지만 성격이 차분했던 터라 둘이 나란히 있어도 거리감은 없었다. 아내가 죽고 삼 년 만에 재혼을 결정한 것도 이른 듯하긴 하지만 의식이 없는 상태를 합치면 8년이 지났으니 뭐라 말하기도 애매했다. 그래도 아버지와 거리가 멀어진 기분이 들었다.

그리고 엄마와 그토록 서먹했지만, 아버지가 엄마를 잊었나 생각하니 가슴이 허전했다. 모순이라는 건 알았지만 엄마가 있었다는 사실을 지우고 싶지 않았다.

"그 사람은 처음부터 행동거지가 바르고, 뭐랄까… 열 번 인사하면 열 번 모두 각도가 똑같은 느낌이었어. '피는 섞이지 않았지만 모처럼 인연이 닿아 가족이 되었으니 부모 자식 같은 마음으로 대하고 싶습니다'라며 악수를 청하더라. 이거 싸우자는 말 아니니?"

가에는 불편한 듯 리사코에게서 시선을 거두었다.

마사코가 싸움을 걸었는지 아닌지는 알 수 없다. 그러나 그렇게 이해한 리사코는 싸움을 받아들였다.

"내가 댁 같은 사람은 가족이 아니거든요 했더니 사회인이라면 생활비를 보태라, 학생 때 기분으로 있지 마라 하면서 잔소리를 하더라고. 그래서 온 지 얼마 안 된 댁이 우리 집 일에 참견할 자격이 있냐고 대꾸했다가 아버지한테 혼났어. 친엄마가 사고를 당한 이후 혼난 적이 없어서 충격이었지. 그때까지 내가 뭘 하든 혼내지 않았는데 새 부인을 데려오자마자 태도가 바뀌었으니까. 나 참, 그 사람이 없었으면 일이 이렇게 되지도 않았을 텐데."

리사코가 이야기하는 사이에 가에는 난처한 표정을 짓고 있었다.

"하고 싶은 말이 있으면 똑바로 해."

"별로…."

별로라고 하는 사람은 대개 할 말이 있는데 삼키는 거라

고 리사코는 생각했다. 아무 할 말이 없으면 없다고 할 테
니까.

"남의 눈치 보는 게 재밌니?"

"딱히… 눈치 보진 않았는데요."

"그럼 말해."

"별로…."

"뭐, 나는 아무래도 상관없지만."

리사코가 내뱉은 말에 가에의 눈동자가 신기하다는 듯
흔들렸다.

"…남한테 대놓고 얘기하면 싫어하지 않나요?"

"그야 싫어할 때도 있지."

"말해봐야 소용없을 때도 있지 않나요?"

"그럴 때도 있지."

"그럼 말 안 해도 마찬가지잖아요."

"애, 싫어할 땐 무슨 말을 해도 싫어해. 웃는 얼굴이 싫네,
쓰는 손수건 무늬가 마음에 안 드네 하면서."

"그럼 조용히 있으면 싫어하지 않을 가능성도…."

"그럴 수도 있겠지. 하지만 계속 그러다 보면 감정이 얼굴
에 들러붙어. 늘 뭔가 불만스러워 보이고, 죄다 마음에 안 들
어 보이는, 난 그런 얼굴이 되기 싫어서 생각나는 대로 다 말
하는 거야."

"리사코 씨는 말이 지나친 것 같아요…."

"그게 뭐가 나빠?"

비난하는 사람의 말은 안 듣는다. 어차피 타인은 저 좋을 대로만 말한다. 리사코는 그 사실을 의식이 없는 엄마의 병문안을 다니던 때 사무치게 느꼈다.

"단기 대학을 졸업하고 물장사를 했는데, 일한 것보다 더 많이 써서 돈은 늘 부족했어. 아버지도 돈 모아서 빨리 집을 나가라며 날 버렸고. 의식 없는 아내는 죽었고, 건강하고 일 잘하는 아내도 맞았고, 나보다 더 든든한 후계자 후보가 둘이나 생겼으니 당연했겠지만."

"후계자 후보라면…."

"그래, 아사미랑 고타로 말이야."

아직 어린 고타로는 얌전하고 엄마인 마사코 뒤에 숨은 듯한 아이였다. 반대로 리사코와 네 살밖에 차이가 안 나는 아사미는 머리를 숙이고 '잘 부탁드린다'며 정중하게 인사를 건넸다. 가정교육을 제대로 받은 티가 났다.

천천히 고개를 든 아사미의 얼굴을 본 순간 마사코와 닮았다고 느꼈다. 생김새뿐만 아니었다. 손가락을 모은 모양도, 인사하는 각도도 마사코와 흡사해 녹화 영상을 재생하는 느낌마저 들었다.

갑작스러운 동거 생활이었지만 고등학생과 초등학생이랑은 생활 시간대가 다른 탓에 별다른 문제는 없었다. 그래서 이대로도 괜찮겠다 생각하는 순간 마사코가 말을 꺼냈다.

'약속했던 반년째인데 준비는 다 됐나요?'라고.

아버지는 반년의 기한을 정해놓고 돈을 모아 나가라고 했다. 잔액이 전혀 늘지 않은 통장을 마사코에게 보여주며 리사코는 '무리'라고 대답했다.

"하지만 그 사람은 어떻게든 나를 내쫓으려고 했어. 그게 나를 위해서라며. 그래서 생판 남인 주제에 이래라저래라하지 말랬더니 부모 자식 사이래. 아무래도 내가 취했을 때 양자 결연에 오케이를 한 모양이더라."

애당초 리사코는 외박이 잦은 데다가 잘 때를 제외하면 거의 취한 상태로 집에 있었다. 대화를 하려고 해도 말할 시간을 주지 않았을 것 같았다.

리사코 본인이 나고 자란 집이었지만 그 무렵은 집이라는 생각이 들지 않을 정도로 '타인'에게 침식당한 공간이었다. 리사코에게는 실체 없이 법적으로만 묶인 친자 관계가 쭉 잠들어만 있던 친엄마와의 관계보다 더 불쾌했다.

"결국 더는 집에 못 있고 나와버렸지만 어쨌든 빈손이었던지라 아버지한테 조금씩 돈을 받았지. 엄한 말로 내쫓긴 했지만 아버지도 찜찜했을지 몰라. 자기가 재혼한 탓도 있다고 여긴 것 같고. 그래서 조금만 우는 소리를 내면 바로 돈을 줬어."

"저희 아빠랑은 정반대시네요. 제 돈을 가져갔거든요."

"아~ 부모 복이 없구나. 하지만 보기엔 괜찮은 부모라도 아이한테는 나쁜 부모인 경우도 있으니까. 그 사람이 진짜 좋은 부모였다면 가에 엄마나 고타로는 이 집에 있지 않았을까?"

"아…."

가에 아버지와 비교하면 마사코는 '성실'한 사람이었다. 의식주에 허덕이지도 않았고, 당연히 자식이 번 돈에 손을 댈 사람도 아니었다.

하지만 그게 전부가 아니라는 건 리사코도 알고 있었다.

"아~아. 재미없다, 이런 이야기. 이제 그만할래."

"앗, 조금만 더…."

가에는 아쉬워 보였지만 이 이상 마사코에 대해 이야기하면 기분이 가라앉을 것 같았다.

"가에 너도 공부해야지. 오늘은 그만. 다마키 씨는 방에 있니?"

"아뇨, 방금 정원 일을 하고 오겠다고 하셨어요."

"그럼 정원으로 가봐야겠네."

현관을 나와 정원으로 들어서자 가에의 말대로 다마키가 풀을 뽑고 있었다.

"얼마 전에도 풀 뽑지 않았나?"

다마키가 손을 멈추었다.

"잡초는 금방 자라요. 내버려두면 다른 식물한테 영향을 미치거든요. 게다가 정원이 넓어서 한 번으로는 안 끝나요."

"싹 다 콘크리트로 발라버렸으면 될 것을."

"손이 그만큼 가긴 하지만 흙 만지는 것도 재미있답니다. 게다가 여기는 마사코 씨의 추억의 장소이기도 해서 가능한 한 남겨두고 싶어서요."

"어차피 내가 상속받으면 팔 거지만."

다마키가 쓸쓸한 듯 고개를 떨구었다.

리사코에게 다마키는 적이었다. 마사코 편이기 때문이다. 가능하면 빨리 나가줬으면 했다.

"이 정원은 다 그 사람이 가꾼 거야?"

"아뇨, 절반은 제가 심었어요. 마사코 씨는 비교적 실용적인 걸 좋아하셨거든요."

"아…. 가정농원 같은 건가."

"맞아요. 감자라든가, 호박이라든가. 생활비 면에서는 도움이 됐지만, 정원의 경치를 생각했을 때 가능하면 꽃이나 좀 더 눈으로 즐길 만한 식물도 있으면 좋겠다 싶어서 제가 꽃을 키웠어요."

흐응. 리사코는 설렁설렁 대답하며 발밑의 식물에 눈길을 주었다.

"꽃만 있는 건 아니네?"

발밑에는 리사코가 분간할 수 없는 식물이 있었다. 잎 모양이 다른 걸로 봐서는 같은 종류는 아닐 터였지만, 잡초인지 아니면 다마키가 심은 것인지 구분이 되지 않았다.

"당연히 꽃만 심진 않았어요. 피는 시기가 다르도록 심어서 이미 피었다가 진 아이도 있고, 이제 피어날 아이도 있거든요. 그보다."

다마키가 바지에 묻은 흙을 털며 몸을 일으켰다.

"저한테 무슨 용건이 있으신 게 아니었나요?"

그렇지. 일부러 정원까지 나온 이유는 큰 소리로 말할 내용이 아니었기 때문이다.

"응, 돈 좀 줘. 5만 엔 정도."

"네?"

"수중에 5만도 없어? 그럼 2만이라도 괜찮아."

다마키는 대답 없이 입을 쩍 벌렸다.

"내 말 들려?"

"어…. 네, 뭐…."

애매한 대답에 리사코는 화가 났다.

"다마키 씨, 돈 있잖아. 나 아까 가에랑 얘기하다가 짜증 나는 일이 떠올라서 기분 전환 좀 하러 나갔다 올래."

줘 하고 오른손을 내밀자 다마키는 의아하다는 듯 눈썹을 치켜세웠다.

"…리사코 씨, 전에는 일을 다니셨죠. 지금은 어쩌고 계세요? 유산을 상속받는다 쳐도 금방 받기는 어려울 테니, 그 사이에 본인이 쓸 돈은 필요하시겠죠?"

리사코는 속으로 '왔구나!'를 외쳤다. 이 말을 할 타이밍을 기다렸다.

"맞아, 난처하게 됐어. 여기저기서 빌려서 어떻게든 생활은 해왔는데, 이제 그것도 거의 떨어졌거든. 조금은 괜찮잖아? 가에한테도 주면서."

다마키의 표정이 어두워졌다.

"그거랑 리사코 씨랑은 아무 상관이 없습니다."

"상관이 없기는 왜 없어. 원래는 그 사람 돈이잖아. 그 돈이 있으니까 다마키 씨도 무직인 거 아니야? 지금도 그 사람이 살아 있었다면 다마키 씨는 집안일만 하고 다른 일은 안 했을 거잖아. 치사하게."

"저는… 한동안 몸이 아파 그만두었어요."

"전에는 무슨 일을 했는데?"

"간호사요."

"그럼 또 일하면 되잖아. 일자리는 있을 거 아냐?"

"그렇겠죠."

"일을 할 수 있는데 안 한다. 나랑 똑같네. 나도 이런저런 사정 때문에 그만뒀고, 지금도 일할 생각이 없거든."

그만둔 이유는 다마키와 달랐다. 미용원 접수처 일을 그만둔 건 빚쟁이가 직장까지 쫓아와 계속 있기가 껄끄러워져서다. 물론 그 전에 몇 번이나 전화가 걸려왔다. 손님이 무서워하니까 어떻게든 해달라고 점장이 말했지만, 당장 빚을 갚을 능력도 없었고 가불받은 돈도 점점 불어나 해고나 다름 없는 꼴로 쫓겨났다.

"가에뿐만 아니라 나한테도 돈 줘."

다마키가 더는 못 참겠다는 듯이 땅을 향해 한숨을 내쉬었다.

"그렇게 따지면 히마리 씨한테도 돈을 드려야 합니다만."

"고타로는 일을 하잖아."

"리사코 씨도 일을 하시면 되잖아요?"

뱅뱅 도는 대화에 리사코의 인내는 한계에 달했다.

"그러니까 그런 소리를 할 거면 다마키 씨도 마찬가지 아니냐고. 그보다 난 가에한테 주는 돈에 대해 말하는 거야. 가에한테만 주고. 너무한 거 아니야?"

다마키는 쓰레기봉투에 뽑아낸 잡초를 넣으며 정리하기 시작했다.

"무시하지 말고!"

리사코가 떼를 쓰자 다마키는 잡초가 든 쓰레기봉투를 던지듯 땅에 내려놓았다.

"미성년자인 아이랑 본인을 같은 선상에 두지 마세요! 가에 씨는 원래대로라면 아직 부모의 보호 아래에 있어야 할 나이라고요."

"뭐, 뭐야…."

이렇게까지 강력하게 다마키가 반대하리라고는 생각지

못했다.

"나도 힘드니까 도와달라는 거야. 빚도 빨리 갚고 싶고, 어차피 상속받을 건데 당겨서 빌려주면 어때서…."

"돈을 먼저 드리면 리사코 씨가 마지막까지 상속 절차를 밟으실까요?"

리사코는 말을 꾹 삼켰다.

마사코에게 모든 사정을 들은 다마키에겐 무슨 말을 해도 먹히지 않을 듯했다.

여기 있어 봐야 시간 낭비라고 생각한 리사코는 방으로 돌아가 가방을 들었다.

그날은 없는 돈을 탈탈 털어 싸구려 술을 밤새도록 마셨다.

5

술에 취해봐야 현실도피는 한순간뿐이다. 며칠 퉁퉁거렸지만 결국 지금 리사코가 빚을 갚으려면 상속 절차를 끝낼 수밖에 없었다.

거실 테이블에 토지 가옥의 상속인이 적힌 일람을 놓았다.

어제 이와타 겐지의 집을 한 번 더 찾아갔다. 그러나 인터폰에 응답조차 하지 않았다. 집에 있다는 사실은 실내에서 흘러나오는 소리로 알 수 있었다. 애당초 숨길 생각도 없었겠지. 집 안의 불이 켜져 있었고 발소리도 들렸으니 부재중이 아닌 무시였다.

"어떡하면 좋아! 시간도 없는데."

테이블에 엎드려 푸념하는 리사코에게 고타로가 기둥에 걸린 달력을 가리켰다.

"어영부영하면 빚 갚으라며 무서운 오빠인지 아저씨인지가 올걸."

"아저씨인지 아줌마인지 모르겠는 사람이 하는 충고는 귀에 안 들어오네."

고타로가 싸늘한 시선으로 리사코를 바라보았다.

"뭐."

"리사코 씨는 책임감은 없는 주제에 사고방식은 노인네 같구나 싶어서. 그 사람이랑 잘 맞았을 것 같은데?"

"그럴 리가 있겠니?"

"하지만 그 사람은 이런 내 모습을 받아들이지 않았어."

"그딴 거야 내 알 바 아니야. 애당초 너도 받아들여줄 사람이 없는 걸 아니까 밖에서는 남자 모습으로 다니는 거 아니니? 너야말로 그 사람을 신경 쓰는 것처럼 보이거든?"

그 사람은 물론 마사코였다. 둘 다 이름을 입에 담지 않았다.

"아무것도 모르는 주제에 쓸데없는 소리 하지 마."

"고타로, 네가 먼저 말을 꺼냈잖아."

"아, 정말. 성가신데 진짜 빚쟁이한테 연락해버릴까. 무서운 오빠들이 마음먹고 나서면 포기 못 하겠다며 버티던 인간들도 포기하지 않을까?"

"아, 그거 괜찮을지도. 그럼 난 아무것도 안 하고 상속받을 수 있겠다."

고타로는 테이블에 턱을 괴고 하아 긴 한숨을 쉬었다.

"진짜 바보가 따로 없네."

"뭐? 무슨 뜻이야?"

"그쪽 사람들이 대가 없이 뭔가 해줄 거라고 진심으로 생각하는 거야? 도움이라도 받았다간 공짜보다 비싼 건 없다는 말을 몸소 체험하게 될걸."

"그럼 도움을 청하는 의미가 없잖아."

"적어도 이 집이 조용해질 테니 나한테는 연락할 가치가 있지."

"심술은."

"바보를 상대하긴 싫어서. 가에도 제 처지를 아는지 모르는지 원. 다들 생각이 없다니까."

"왜 화를 내? 게다가 여기에서 가에가 왜 나와? 그런 꼬맹이랑 같이 취급하지 마."

고타로는 긴 머리카락에 손가락을 넣더니 머리를 감싸 쥐었다.

"아, 진짜. 공부 안 하는 애랑 대책 없이 나이만 먹은 아줌마를 상대하자니 못 해 먹겠네!"

고타로는 막말을 내뱉고 리사코 앞을 떠났다.

다음 날, 리사코가 외출했다 돌아오자 거실에 모르는 남자가 있었다. 주름투성이의 양복과 빗질하지 않은 머리에 옅게 자란 수염이 인상적이었다. 요컨대 지저분해 보이는 4, 50대 중년남성이었다.

어제 고타로가 한 말이 떠올랐다. 무서운 오빠도 아저씨도 만나고 싶지 않았다. 발소리를 죽이고 부엌에 다가갔더니 다마키가 차를 준비하고 있었다.

"다마키 씨. 왜 저런 사람을 집에 들였어? 빨리 내보내."

"저도 가달라고 했는데 억지로 들어왔어요. 히마리 씨도 일 가시고 없고, 저로선 도저히⋯."

확실히 다마키가 내보낼 수는 없었을 것이다. 그렇다고 집에 두기도 곤란했다.

"난 며칠 동안 집에 안 올게. 다마키 씨 때문에 이게 뭐야, 정말."

빈털터리로 집을 나오자니 마음이 쓰렸지만, 발각되기 전에 도망치고 싶었다. 유코네 집은 자고 온 지 얼마 되지 않아 이번엔 힘들 터였다. 다마키 때문에 저런 녀석들이 집에 들어왔으니 비즈니스 호텔비라도 받을 수 있지 않을까?

다마키가 고개를 갸웃거렸다.

"집에 안 오신다고요? …무슨 일 있으세요?"

"빚쟁이잖아, 저 사람."

리사코가 거실 쪽을 가리키자 다마키는 순간 황당해하고
는 작게 웃었다.

"아니에요."

"그럼 뭔데? 잡동사니 판매원? 아니면 귀금속 매매사원?
아, 혹시 사기꾼인가?"

다마키는 못 참겠다는 듯 이번에는 소리 내어 웃었다.

"가에 씨의 아버지세요."

"…뭐?"

"도쿄, 정확히는 사이타마에 살고 계시지만, 니이가타까지
가에 씨를 보러 오셨어요."

"그럼 빨리 만나게 해주면 되잖아?"

웃던 다마키는 순식간에 정색했다. 그 표정을 본 리사코
도 깨달았다.

애당초 빚쟁이랑 착각했을 정도다. 건실한 사람으로는
보이지 않았다. 무엇보다 그런 쪽 사람들과 자주 엮였던 만
큼 리사코는 그런 낌새를 바로 눈치챌 수 있었다.

"사기는 아니지만 성가신 일임에는 분명해요. 이 핑계 저
핑계를 대며 돈을 뜯어 가려는 작자니까요."

독설가인 고타로라면 몰라도 다마키가 이렇게나 분명하

게, 게다가 가에 아버지를 나쁘게 말하다니. 예상 밖이었다.

"딸의 유산 상속분을 자기한테 달라고 온 거야?"

다마키가 고개를 끄덕였다.

"아사미도 어지간한 남자랑 결혼했네."

다마키가 물끄러미 리사코를 쳐다보았다. 리사코도 가에 아버지와 다를 바 없다는 눈빛을 느꼈지만 무시했다.

"뭐, 돈은 있는 사람이 주면 되지. 돈은 돌고 돈다잖아?"

"그런 뜻은 아닌 것 같지만…."

"그보다 정작 가에는 어디 있어?"

"뭘 사러 나가고 없어요."

"그럼 연락하면 되잖아."

"그럴까도 생각했지만…."

다마키의 시선이 부엌 테이블로 향했다. 화려한 주황색 스마트폰이 놓여 있었다.

이 집에서 주황색 스마트폰 케이스를 쓰는 사람은 한 명뿐이었다.

"휴대전화를 휴대 안 하면 무슨 소용이람."

다마키도 같은 생각을 한 듯 말없이 고개를 끄덕였다.

그때 현관문이 열리는 소리가 났다.

누가 먼저랄 것도 없이 리사코와 다마키는 서로 마주 보았다.

"다녀왔습니다."

아무것도 모르는 가에의 목소리는 평화 그 자체였다.

다마키가 서둘러 현관으로 나갔으나 가에 아버지가 그보다 더 행동이 빨랐다.

"가에! 잘 지냈니?"

신발을 벗던 가에는 그대로 굳었다.

아버지를 본 가에의 표정이 마치 유령이라도 본 듯 공포로 얼룩졌다.

"…여긴 왜?"

"연립에 갔더니 집 열쇠가 바뀌어서 못 들어가길래 집주인한테 물어보니 네가 나갔다고 하더라."

"얘기하지 말아 달라고 했는데…"

"무슨 소리야! 난 네 아빠야. 어디 있는지는 당연히 알아야지!"

가에가 다마키에게 애원하는 듯한 시선을 보냈다.

집주인에게는 가에가 있는 곳을 말하지 말아달라고 부탁했건만, 아빠가 협박했는지 울며불며 매달렸는지 입을 연 모양이었다. 집주인으로선 아버지가 딸이 있는 곳을 모른 채 둘 수는 없었을지도 모른다. 아니면 귀찮은 일에 말려들기 싫었다거나.

가에의 아버지는 양손을 펼치고 아이처럼 현관에서 시시덕거렸다.

"그건 그렇고 큰 집이네. 현관만 해도 연립 방이 다 들어갈 만한 저택이잖아. 대체 방이 몇 개니? 여기라면 몇십 명도 살 겠다. 담장 주변도 걸어봤는데 평수가 상당하더라. 정원도 훌륭하고, 도쿄에선 상상도 못 하겠어. 바다랑 중심가도 가깝고. 살기엔 딱 좋은 곳이네."

칭찬 사이사이에 끼워진 평가가 소름 끼쳤다. 역시 자기랑 동류라고 리사코는 생각했다.

"와이프는 어쩌고?"

"아, 집에 있지 않을까?"

"…모르는 거야?"

"요 몇 달 동안 집에 안 가서."

가에 아버지는 어색한 듯 시선을 아래로 돌리며 관자놀이 부근을 벅벅 긁었다.

"바람피워?"

"인마! 남들 앞에서 무슨 소리야."

"그럼 빚 때문에?"

"가에!"

"아니면 폭력?"

"이 녀석이! 부모한테 무슨 말버릇이야!"

가에 아버지가 치켜든 오른 주먹이 내려가기 전에 리사코가 끼어들었다.

"말씀 중에 죄송합니다만."

"어엉?"

"부녀 싸움은 다른 데서 하시죠?"

"당신은 뭐야?"

"어… 일단은 이모인가? 잘은 모르지만."

"잘 모르겠으면 조용히 있어."

"시끄러우니까 어디 딴 데 가라고! 딸을 데려가고 싶으면 데려가면 되잖아. 나도 조용해져서 속이 시원할 것 같으니까."

"리사코 씨!"

황급히 말리려 끼어든 다마키는 가에 아버지 쪽으로 몸을 돌렸다.

"연락도 없이 가에 씨를 데려온 건 죄송스럽게 됐습니다."

"내 말이. 왜 나한테 말하지 않았지? 가에는 아직 고등학생이라고. 멋대로 이렇게 먼 곳까지 데려오다니."

"연락을 드렸으면 어떡하셨을 건가요?"

"그야… 같이 왔겠지. 걱정되니까."

"그렇다면 왜 이제 오셨을까요? 가에 씨가 걱정되셨다면 왜 더 빨리 데리러 오지 않으셨죠?"

이런 날이 오리라고 예상이라도 한 듯 다마키는 마치 몇 번이나 연습한 대본을 읽듯 술술 말을 이었다.

"그, 그건… 일도 있고, 바빠서."

"그래도 그럴 마음만 있었다면 가에 씨에게 연락 정도는 하실 수 있었을 텐데요."

"시끄럽네. 이러쿵저러쿵하지 말고 가에랑 얘기하게 해줘. 안 그러면 딸이 유괴되었다고 경찰을 부를 테니까."

"알겠습니다. 그러시다면 제가 부르지요. 경찰뿐 아니라 육아상담소에도 연락하겠습니다. 물론 그럴 경우, 도쿄의 집주인분께 지금껏 어떻게 생활했는지도 여쭤보게 될 테고, 변호사도 동석시키겠습니다."

차분한 다마키의 말에 가에 아버지는 점점 밀리기 시작했다. 지금껏 보이던 위압적인 태도가 사라졌다.

경찰과 육아상담소와 변호사.

제 입으로 경찰을 부르겠다고는 했지만, 부르면 난처한 사람은 가에 아버지란 사실쯤은 리사코도 알 수 있었다.

아니나 다를까, 가에 아버지는 허둥지둥 신발을 신고 현관 밖으로 뛰쳐나갔다.

"또 올 테니까!"

뻔한 대사를 내뱉은 가에 아버지는 순식간에 모습을 감추었다.

내쫓았다고 여긴 다마키는 불안에 젖은 눈으로 리사코를 쳐다보았다.

"괜찮을까요?"

"오늘은 안 올 거야. 저런 인간은 자기 처지가 약하다는 걸 잘 아니까 먼저 큰소리치며 들어오거든."

리사코는 아버지가 사라진 문을 불안한 표정으로 쳐다보

는 가에에게 다가갔다.

"너희 아빠, 진짜 최악이구나."

가에는 불안해 보이지도 슬퍼 보이지도 않았다. 그저 짊어진 무거운 짐에 지쳐버린 느낌이었다.

"그만… 절 놔줬으면 좋겠어요."

"그건 힘들걸. 돈 있는 자식은 호구나 매한가진데. 분명 다시 올 거야."

가에와 다마키가 동시에 한숨을 쉬었다.

"집주인한테 돈을 좀 쥐여주긴 했는데 역시나 들켰네요."

"숨겨줄 의리도 없을 테고 성가시게 굴면 그냥 가르쳐주고 말겠지. 다음에 오면 이번처럼 경찰을 부르겠다는 수법은 안 통할 거야. 가에는 미성년자고, 그 사람이 부모인 사실은 분명하니까. 다음에는 같이 살겠다고 하는 거 아니야? 돈을 뜯어낼 기회를 엿보려고 말이야."

가에뿐만 아니라 다마키도 불안한 듯한 표정을 지었다.

물장사 경험이 있는 리사코는 나이를 속여 일하던 아이를 부모가 데리고 가는 장면을 몇 번이나 목격했다. 경찰은 사건성이 없는 한 개입하지 않는다. 어지간한 문제가 없는 한 부모의 힘은 절대적이다.

"그럴 때는 어떻게 대처해야 할까요?"

"내가 그걸 어떻게 알아! 리넨처럼 붙임성 없는 고양이 말고 도베르만이라도 키우지 그래? 아니면 가에가 직접 거부하든가."

정말 모르겠다.

쫓겨난 적은 있어도 쫓아내는 방법은 모른다.

나는 가에의 아버지랑 똑같은 인간이다.

딩동. 현관 벨이 울렸다.

"아무리 그래도 너무 빠른데?"

다마키가 굳은 표정으로 치마를 꽉 움켜쥐었다. 주머니에서 꺼낸 손수건으로 땀을 닦고 치마를 가다듬었다.

그리고 다시 크게 심호흡을 한 다음 현관문으로 향했다.

"누구시죠?"

상대의 목소리가 들리자 천하의 리사코도 가슴이 철렁 내려앉았다.

일에서 돌아와 가에에게 낮에 있었던 일을 듣는 고타로의 표정이 점점 험악해졌다.

"잠깐만, 집에 왔을 때는 여자가 되는 거 아니었어?"

다마키는 이미 잠들어서 어쩌다 보니 리사코도 가에 아버지에 대해 설명하려 함께 자리에 앉았다.

고타로는 넥타이를 풀었다. 그러나 미간의 주름은 그대로였다. 목소리가 커지지는 않았지만 신경이 곤두섰음을 리사코도 느낄 수 있었다.

"남자고 여자고가 어딨어, 이런 얘기에."

"그건 그렇긴 한데."

어지간히 감정이 가라앉지 않는지 고타로는 냉장고에서 웬일로 와인을 꺼냈다. 이렇게 성질을 내며 마시는 모습은 처음 보았다.

리사코는 고타로에게서 와인병을 빼앗아 제 잔을 채웠다. 한 모금 마신 리사코는 '싸구려네'라고 말했다.

"맛을 알아?"

"라벨을 보면 알지."

맥이 빠졌다는 듯 고타로가 아주 조금 어깨를 움츠렸다. 분위기가 살짝 누그러졌다.

"가에 아버지 다음에 온 사람은 누구였어?"

"빚쟁이."

"리사코의?"

"나 말고 가에 아버지! 뒤를 밟았나 봐. 그냥 바로 코앞에서 놓쳐서 이 집에 들를 만한 곳이 있나 물어보러 온 게 다였어. 다마키 씨가 고인의 지인인데 자기는 잘 모르는 사람이라면서 돌려보내긴 했어."

고타로뿐 아니라 실제 리사코도 제 빚쟁이인 줄로만 알았다.

"그럼 그쪽은 괜찮겠네. 그러면 가에 아버지가 문제인데…. 대응이 어설펐던 거 아니야? 돈을 조금 쥐여주고 집주인 입을 막는 정도로 감출 수 있을 줄 알았어?"

"그건…."

"다마키 씨는 가에 아버지가 어떤 인간인지 만난 적이 없으니까 초기 대응이 어설펐어도 어쩔 수 없었겠다 싶지만, 가에는 아버지를 잘 아니까 이렇게 될 것쯤은 예상하지 않았니?"

"그때는 다마키 씨가 갑자기 왔고, 그날 당일 여기 오게 돼서… 게다가 아빠가 저한테 집착할 줄은 전혀 몰랐어요."

리사코는 유리컵에 담긴 액체를 단숨에 들이켰다. 목구멍을 흐르는 와인은 과일 향보다 알코올 냄새가 더 강하게 풍겼다.

"너희 아버지가 집착하는 건 네가 아니라 돈이야. 돈이 손에 들어오면 사라질 테고, 반대로 못 받아내겠다 싶으면 접근도 안 할 테니 상속분을 줘버리는 건 어때?"

고타로는 리사코 쪽으로는 눈길도 주지 않고 가에를 바라보았다.

"가에. 돈을 받으면 그 돈이 있는 한 아버지는 널 따라다닐 거야."

가에는 잠자코 고개를 절레절레 저었다.

"그럼 어떡할래?"

풀이 죽은 가에에게 리사코가 다가와 속삭였다.

"돈이 없으면 안 올 거야."

"네?"

"어차피 상속받아도 아빠가 뜯어가 도박 아니면 여자한테 탕진할 텐데. 그러느니 그 돈을 나한테 줘. 처음부터 없었던 돈이라 치면 매한가지 아니야?"

"그건 어렵지 않을까요…."

"방법이 있을 수도 있지."

"하지만 할머니가 제게…."

"죽은 사람이 뭘 할 수 있다고. 게다가 생각해봐. 돈이 없을 때 아버지가 널 찾아온 적이 있어?"

"…아르바이트비가 들어왔을 때 말고는…."

"거봐. 고등학생의 아르바이트비를 노리는 부모가 천만엔이나 되는 돈을 딸이 차지하게 됐다는 사실을 알면 어떻게 나오겠니?"

그렇게 되었을 때를 상상해보았는지 가에 얼굴이 금세 굳었다.

앞으로 한 번만 찌르면 돼.

리사코는 가에 귓가에 대고 속삭였다.

"그러니까…."

"가에!"

쾅 하는 소리가 났다. 고타로가 와인병을 테이블에 세차게 내려놓는 소리였다.

"휩쓸리지 마. 저런 소리에 홀렸다간 평생 후회하게 될 테니까."

고타로는 몸을 일으켜 가에의 팔을 잡아 리사코와 떨어뜨렸다.

리사코는 혀를 차고 싶은 기분이었다. 하늘이 준 기회였는데 고타로가 없는 데서 해야 했다는 후회가 밀려왔다.

"어릴 때는 어른의 뜻에 따라야만 할지 몰라도, 앞으로도 그 상태면 깜깜한 미래밖에 없어. 열일곱이면 이제 스스로 생각할 수 있는 나이잖아? 아니, 생각하지 않으면 네가 되고 싶지 않은 어른, 아버지랑 똑같은 길을 걷게 될지도 몰라."

리사코는 뜨끔했다. 고타로는 아버지라고 하긴 했지만 리사코도 마찬가지였으니까.

적어도 리사코는 부모에게 돈을 뜯길 걱정이나 학비를 걱정해본 적은 없었다. 앞으로도 마냥 그런 날들이 이어질 것만 같았다. 하지만 가에 엄마인 아사미도 고타로도, 마사코와 사이가 틀어져 열여덟 살에 집을 뛰쳐나갔다. 결과야 어떻든 두 사람은 스스로 생각하고 움직였다.

가에의 얼굴은 분노와 슬픔이 뒤섞인 듯 엉망으로 일그러져 있었다.

"어떻게 해야 할지 모르겠어요. 제가 나섰다가 어이없는 일을 당할까 싶어 무섭기도 하고요. 재혼할 때도 맘대로 결정하더니… 제가 재혼 상대인 여자분이랑 같이 살면 힘들 것 같다며 갑자기 집을 나가지 않나. 제가 뭐라고 반박하면 '나는 널 생각해서 한 일인데 왜 몰라주느냐'며 화를 내지 않나. 하는 말이 앞뒤가 안 맞는다는 건 알지만, 무슨 소리를 해도 제 말은 들어주지도 않아서 이제 따지기도 지쳤어요."

가에는 침착하려 했으나 미처 다 억누르지 못한 듯 평소보다 큰 목소리로 말했다.

한밤중이라 이 목소리는 다마키에게도 들릴지 모른다. 그러나 다마키는 모습을 드러내지 않았다.

고타로가 의자에 다시 앉아 와인 마개를 닫았다. 처음에 본 험악한 표정과는 다르게 옅은 미소를 짓고 있었다.

"그렇게 고민할 바에는 그냥 버려. 버리는 쪽도 버림받는 쪽도 상처야 받겠지만 타이밍만 잘 맞으면 긁힌 상처 정도로 끝날 테니까."

"무리예요! 저한테 돈이 있으면 어디든 쫓아올 거예요."

"그럼 포기할래? 앞으로 계속? 그런 미래가 싫다면 돈을 쥐고 도망치는 방법을 배워. 게다가 만약 조금이라도 아버지가 바뀌길 바란다면 그거야말로 포기해. 저 나이까지 그대로인 인간이 언젠가 바뀌겠거니 하는 환상은 버리는 게 좋아. 기대하는 동안 가에 넌 상처받고 너덜너덜해질 뿐이니까."

고타로는 과거의 자신에게 말하는 것일까.

리사코는 애당초 마사코를 엄마라고 여긴 적이 없어서 버렸다는 느낌이 없다. 그러나 고타로는 마사코의 친자식이다. 그런데도 집을 나왔다는 건….

"버린다…"

중얼거리는 가에의 주먹이 떨렸다. 어딘가를 보고 있었다.

그런 가에를 바라보며 리사코 또한 앞으로 자기가 어떻게 해야 할지를 누가 가르쳐줬으면 좋겠다고 생각했다.

6

고전적인 분위기의 찻집 문을 열자 안쪽 자리에서 리사코를 향해 손을 흔드는 남자가 있었다. 여전히 꼴사나운 차림새였다. 품이 넉넉한 더블 재킷에 선글라스. 끝이 뾰족한 가죽 구두에 보조 가방. 완벽한 20, 30년 전 스타일이지만 시대만 맞았어도 그럭저럭 어울렸을 터였다.

리사코가 다가가자 남자는 선글라스를 벗었다. 전 애인인 야마타니 아키히코였다.

"오랜만."

"한 달 만인 것 같은데."

밖은 이미 겨울인데 아이스커피를 마시던 남자는 빨대로 얼음을 휘저었다. 딸칵, 얼음이 부딪치는 소리가 났다.

"그래서 뭔데?"

"뭐가 그리 급해. 뭐 마실래?"

메뉴판을 든 리사코는 가장 싼 블렌드 커피를 주문했다.

찻집은 리사코가 학창 시절부터 있었다. 물론 리사코가 고등학생일 무렵에는 패스트푸드점도 있었다. 그러나 같은 반 애들이 드나드는 그런 가게는 어린애 같아서 나는 다르다는 점을 어필하고 싶었다. 고타로였다면 '뭘 어필하냐'며 웃었겠지.

하지만 그때의 리사코에겐 중요한 문제였다. 그리고 지금도 그런 부분은 거의 변하지 않았다.

"우리 다시 만날래?"

멍청이 같다고 생각하면서도 여기까지 어슬렁어슬렁 찾아온 까닭은 리사코도 같은 기대를 했기 때문이다. 헤어진 건 반년쯤 전이지만 그 후에도 만났다. 리사코에게도 미련과 외로움이 있었다.

"…네가 헤어지자며."

솔직하게 '그래'라고 말 못 하는 스스로가 답답했다. 하지만 바로 꼬리를 흔들며 달려들 성격은 못 된다.

"혼자가 되고 나서 리사코의 존재가 얼마나 컸는지를 알게 됐어. 네가 나간 방은 그대로 뒀는데 볼 때마다 뭐랄까… 외로워."

"요리며 빨래며 집안일을 하나도 못 해서 싫다고 했던 부분은 전혀 안 변했는데?"

"그런 건 아무래도 좋아. 나도 집안일은 서툰 데다가 먼지 좀 쌓였다고 죽지는 않잖아. 음식은 편의점에서 살 수 있고 옷도 어떻게든 될 거야. 그렇게 살아도 괜찮으니까 다시 함께 있고 싶어."

결국, 전이랑 똑같이 입을 옷이 없으면 빨래를 돌리고, 반찬이나 도시락은 사다 먹으며, 집 안이 어질러진 꼴은 눈을 감겠다는 소리였다.

"그러고 보니 아키히코, 지금 무슨 일 하고 있어? 편의점? 술집? 패밀리 레스토랑?"

갑자기 리사코가 화제를 바꾸자 아키히코는 몇 번이나 왔던 가게 내부를 안절부절못하며 둘러보았다.

"아… 다 아니야."

"그럼 서점? 옛날에 서점에서 아르바이트했다고 했잖아."

"아니, 서점은 이제 됐달까. 꽤 오래 일해서."

"그럼 뭔데? 설마 마침내 잡지에 소설이 실렸어? 아니면 책 내? 설마 연재 의뢰가 왔다던가?"

"리사코, 그렇게 한꺼번에 물어보면 대답을 어떻게 해."

아키히코는 소파에 깊숙이 걸터앉아 등받이에 온 체중을 맡기듯이 몸을 뒤로 누였다. 초조하지만 태연한 척하려고 할 때의 버릇이었다.

"그건 너무 앞서 나갔고."

"하지만 그런 얘기가 오간다는 거 아니야?"

"어, 뭐… 비슷해."

"그래, 잘됐네. 데뷔작이 실리고 3년 동안 생각처럼 안 써져서 출판사에 원고를 못 보내겠다더니, 마침내 자신 있는 작품을 완성했구나."

아키히코는 다리를 다시 꼬며 부드럽게 웃었다.

"뭐, 그런 셈이지. 리사코랑 함께 살았던 그 집에 혼자 남겨진 후론 한동안 아무것도 할 기력이 안 났는데, 최근 들어 겨우 써지더라고."

"그거 다행이네."

리사코의 말에는 발연기로 읽는 대본만큼의 감정도 실려 있지 않았다. 비슷한 대화를 이미 몇 번이나 반복했기 때문이다.

유코에게도 지적받았지만, 리사코는 옛날부터 몽상가에게 이끌렸다. 연기자가 되고 싶네, 골퍼가 되고 싶네, 작가가 되고 싶네.

성가신 사실은 모두 그 세계에 한쪽 발을 들여놓은 사람이었다는 것이다. 꿈만 늘어놓으면 잠꼬대처럼 연기자가 되고 싶다던 사람은 예능 소속사에 소속되어 있었고 골퍼도 프로 테스트를 칠 정도의 실력은 있었다. 그리고 작가 지망생인 아키히코도 어째서인지 딱 한 번 단편이 잡지에 실린 적이 있었다.

그러나 예능 소속사에 소속되어 있어도 일다운 일은 없었고, 골퍼 지망생인 남자도 프로 테스트에는 합격하지 못했으며, 아키히코는 두 번째 작품을 쓰지 못했다.

"리사코, 너 안 믿지? 그렇지만 이걸 봐. 요 한 달 사이에 쓴 작품이야."

테이블 위에 두께 3센티 정도 되는 종이 뭉치를 올려놓았다. A4용지에 글자가 빼곡하게 인쇄되어 있었다.

"진짜로 썼어…?"

리사코는 처음 몇 줄을 읽어내려갔다. 그러나 내용도 문장도 머리에 들어오지 않았다. 글자가 있다는 것밖에 모르겠다. 그러고 보니 잡지에 실린 작품을 읽어봤지만 지루한 데다가 뭘 말하고 싶은지 몰라 리사코는 끝까지 읽을 수조차 없었다.

"미안, 소설은 좀."

"괜찮아. 내 문장은 만인이 이해해줄 만한 게 아니거든. 아무튼 내 원고도 완성됐으니 아까 말한 대로 우리 다시 시작하자! 리사코 너도 지금 사는 데서 계속은 못 살겠다고 전에 그랬었잖아?"

"다시 들어가도 돼?"

"물론이지. 너 좋을 때 언제든 와도 괜찮아."

아키히코와는 한 달 전에 방치된 리사코의 짐 문제로 만났다. 그때 어쩌면 재결합 얘기를 꺼내지 않을까 하긴 했다. 하지만 그 자리에서는 아무 말도 듣지 못했다.

"상속 절차는 그 집에 없어도 밟을 수 있잖아."

"그치만 일련의 절차가 끝날 때까지 그 집에 사는 게 조건

이야."

"끝날 것 같아?"

그건 내가 제일 궁금해.

아키히코가 리사코의 귓가에 얼굴을 가까이 들이댔다.

"상속조건을 바꿔버리면?"

"…무슨 소리야?"

"전에 유산상속 소설을 쓰려고 알아본 적이 있는데, 상속인 전원이 승낙하면 유언장대로 하지 않아도 상속할 수 있대. 아, 그리고 유언집행인이 있으면 그 사람의 승낙도 필요한 것 같더라."

"다들 의견이 죄다 달라서 무리야."

"일단은 한 명을 구슬려. 예를 들면 모두의 상속분을 합쳐서 나누자고. 이러면 리사코 외의 사람 손도 빌릴 수 있고 승낙해줄지도 모르잖아? 네 몫은 줄겠지만 수고도 줄어들어. 빠르게 돈이 들어온다고."

"그렇게 잘될지…"

특히나 다마키가 눈엣가시였다. 다마키만은 무슨 생각을 하는지 아직도 모르겠고, 어지간한 일이 없는 한 조건 변경을 승낙하지도 않을 것 같았다.

"그럼 하나 더. 리사코의 상속 절차를 도와주면 상대방의 상속분이랑 교환하는 방법이야. 좀 더 많은 유산과 교환한다고 하면 마음 바꿔먹을 사람도 있지 않겠어?"

"하지만 그 방법은 나도 움직여야 하잖아."

"사람을 쓰면 되지. 잘 구슬려서 귀찮은 협상 같은 건 다른 사람한테 떠맡긴다든가."

만약 가에가 이와타네 집에 간다면 어떨까. 여고생은 상대도 안 해줄까? 아니면 리사코보다는 이야기를 들어줄 가능성도 있을까? 가에의 처지는 노인네의 동정을 살지도 몰랐다.

고타로라면… 이와타보다 똑똑할 것 같다. 조목조목 따지고 들겠지.

"확실히 가능성은 있을지도. 나는 이제 교섭은 실패라고 봐야 해."

"게다가 만약 다른 사람을 끌어들이지 못해도 네가 돌아오면 나도 도와줄 수 있을지 모르고."

아키히코의 도움을 받는다. 그렇게 생각하니 나쁜 이야기는 아니었다.

"잠깐만. 그게 가능한지 어떤지는 좀 알아볼게."

"알았어. 알아내는 대로 연락 줘."

아키히코는 용건을 마치자마자 리사코를 두고 가게를 나섰다.

다른 이야기도 하고 싶었는데 리사코가 말을 걸 틈도 없었다. 테이블 위에 남겨진 주문서의 계산을 마친 리사코는 가게를 나섰다.

현관에서 리사코에게 붙잡힌 고타로는 미간에 깊은 주름

을 지었다. 당장이라도 물어뜯을 듯한 표정이었다.

"그렇게 불쾌한 표정 하지 말고."

"출근 전에 바빠 죽겠는데 불쾌한 게 당연하지."

"잠깐은 괜찮잖아?"

"잠깐이 얼만데? 30초 안에 말해."

"짧아!"

"말 빙빙 돌리지 말고. 앞으로 25초."

빨리, 고타로가 재촉했다. 리사코는 마음이 급해졌다.

"유산상속, 교환하자."

"뭐? …구급차 불러줄까?"

"나 멀쩡해!"

"아, 그래. 일 다녀올게."

예스도 노도 없이 고타로는 집을 나섰다. 급한 나머지 최악의 이야기를 꺼내버렸다. 고타로의 페이스에 놀아난 기분도 들었다.

옛날엔 좀 더 귀여운 맛이 있었다. 마사코한테 무슨 소리를 들었는지는 몰라도 처음엔 리사코를 '누나'라고 불렀다. 리사코가 거부해서 금세 그 소리는 들어갔지만.

역시 지금은 어리고 구슬리기 좋은 가에를 목표로 삼는 게 좋을지도.

리사코는 일단 부엌에 들른 후 마사코의 방으로 향했다. 가에는 이 시간에 마사코 방에 있을 때가 많았다.

문이 약간 열려 있고 가에는 마사코의 침대에 앉아 리넨에게 말을 걸고 있었다.

　"그래서 히마리 씨가 조금 더 페이스를 올려 공부하자고 했어. 처음보다 엄격해졌고, 이렇게 공부해본 적이 없어서 머리가 터질 것 같아."

　서서 듣던 리사코는 저게 고양이한테 할 말인가 싶었다. 리넨은 지루하다는 듯 하품을 했다.

　리사코는 문을 활짝 열고 대화에 끼어들었다.

　"전보다 친해진 것 같네?"

　"…무슨 용건 있으세요?"

　"음~ 조금?"

　가에는 적의까지는 드러내지 않았지만 불편한 듯했다.

　가에에게 다가가자 침대 머리맡 선반에 작은 사진이 놓여 있는 게 보였다.

　리사코의 아버지와 마사코가 결혼했을 때 찍은 사진이었다. 결혼식을 올리지 않아 사진관에서 기념촬영을 했다고 들었다.

　"아버지도 바보야. 두 번째 결혼인데 무슨 운명의 만남이니 뭐니."

　"운명?"

　마사코 얘기라서 그런지 가에의 태도가 조금 누그러졌다.

　"그래. 도쿄에서 오는 신칸센에서 옆자리에 앉았대. 물론 단순한 우연이었지. 그때 송전선 문제인지 뭔지 차량이 멈췄대. 차내도 정전돼서 공중전화도 못 썼다고 했던가. 집에는 어린 자식 고타로가 기다리고 있었어. 당연히 아사미도 있었겠지만, 귀가가 예정보다 늦어지는데 연락을 못 하니 불안하지 않았을까? 보다 못한 우리 아버지가 휴대전화를 빌려줘서 연락했다나, 뭐 그랬다더라."

"신칸센에 공중전화가 있어요?!"

"그때는 있었어! 참고로 말해두자면 휴대전화는 아직 가진 사람이 몇 없었고."

"처음 들었어요."

"아사미도 당시엔 중학생 아니면 고등학생이었겠지? 부모의 재혼 첫 만남 이야기 같은 건 못 듣지 않았을까? 그보다 리넨이랑 사이가 꽤 괜찮아 보이네. 처음엔 다가가기만 해도 도망치더니만."

아, 네. 가에가 이야기에 응했다. 역시 마사코 이야기를 하면 태도가 부드러워졌다.

리사코는 속으로 싱글벙글 웃었다.

"조금은요. 하지만 만지려고 하면 도망가요. 일단 적이 아니라는 사실은 이해한 모양이에요."

"끌어안기는 언제쯤 되겠니?"

"글쎄요…."

한숨 섞인 맥없는 대답이었다.

"가에, 잠깐 서 봐."

"네?"

"일단 나랑 자리 바꿔봐! 빨리."

재촉받은 탓인지 가에는 순순히 침대에서 일어섰다. 리사코는 가에가 앉아 있던 곳에 앉았다. 침대가 삐걱거렸다.

"리넨. 얘, 리넨."

아이한테 말을 걸듯 리사코는 리넨을 불렀다. 하지만 리넨은 모른 체했다. 이럴 줄은 이미 알았다.

리사코가 쥐고 있던 손바닥을 펼쳐 리넨의 머리 앞으로 갖다 대자 머리가 움직였다. 리넨이 코를 킁킁거리는가 싶더니 리사코의 손을 핥았다.

"어어…?"

가에의 눈이 한껏 동그래졌다. 놀란 감정을 말로 다 할 수 없었는지 입만 뻐끔거렸다.

"나한테 익숙해졌나? 매일 봤으니 그럴 수도 있겠네."

소리 내어 웃고 싶은 것을 참으며 리사코는 가에의 모습을 살폈다. 놀라움과 동시에 충격도 있었는지 벌어진 입이 서서히 다물어지더니 입술 끝이 파르르 떨렸다.

"리사코 씨, 자리 바꿔주세요."

가에는 리사코를 밀어내고 리넨에게 손을 뻗었다. 그러나 만지기도 전에 옷장 위로 통통 올라가 버렸다.

꼬리밖에 보이지 않는 리넨은 한동안 내려오지 않을 낌새였다.

"사람도 그렇지만 동물도 상성이란 게 있어. 가에는 요 석 달 동안 리넨이랑 잘 지내보려 했겠지만, 어려웠지? 분명 그 건 상성이 나빠서일지도 몰라. 아니, 석 달이라고. 아무리 그 래도 슬슬 친해져도 될 때잖아. 넉 달밖에 안 남았는데 괜찮 겠니?"

몸을 웅크린 채 고개를 숙이고 있어 가에의 표정은 보이지 않았다. 그러나 풀이 죽어 있다는 사실은 알 수 있었다.

"저기, 나랑 상속분을 바꾸지 않을래?"

"네?"

그렁그렁한 눈으로 가에가 리사코를 쳐다보았다.

"내 토지 가옥의 상속 포기를 받아야 할 사람들이랑 교섭 이 끝날 기미가 안 보여. 그래서 바꾸는 게 더 나을 것 같아 서. 뭐, 수고는 좀 더 들겠지만 영 안 맞는 리넨보다는 사람 을 상대하는 게 일을 사무적으로 진행할 수 있으니 낫지 않 겠니? 넌 시간도 있잖아."

실제로는 남은 사람들이 골머리를 썩였지만 그런 사실을 가에에게 알려줄 필요는 없었다. 리사코의 최종 목적은 빠 른 상속이었다.

"하지만 그런 걸 다마키 씨가 허락하실…"

"당연히 다마키 씨는 유언장대로 진행하려 하겠지만, 가에 가 리넨이랑 관계를 잘 쌓지 못하고 있다는 사실은 알잖아? 게다가 가에 아버지가 왔잖아. 질질 끌었다가 일이 성가셔질 걸 생각하면 가에한테 유리해지도록 다마키 씨도 움직여줄 것 같은데. 또 아버지가 올지도 모르니까."

"그건… 무리예요."

"나도 협조할게. 리넨도 주인을 고르고 싶을 수도 있어."

"어…. 네, 그렇네요. 아니, 리넨은 다 꿰뚫어보는 것 같아요. 제가 고양이를 싫어한다는 걸."

"싫어해?"

예상 못 한 사실에 리사코는 깜짝 놀랐다.

"네. 아, 히마리 씨에겐 여기 온 지 얼마 안 돼서 바로 들켰어요."

"고타로는 알아? 뭐래?"

"딱히 상관없지 않냐고…. 유언장에는 리넨을 좋아해야 한다는 말은 안 적혀 있으니 돌봐줄 수만 있으면…."

"걔가 할 법한 소리다."

둘 사이에 그런 이야기가 오갔을 줄은 전혀 몰랐다.

"그 사람… 네가 고양이를 싫어한다는 걸 몰랐구나."

"할머니 말씀이세요? 몰랐다기보다는 오해하셨을지도 몰라요."

그 말과 함께 가에는 옷장 서랍을 열어 편지봉투를 하나 꺼냈다. 겉면에 주소를 적은 글씨는 반듯했으나 안에 든 편지지는 어린아이 글씨였다. 끄트머리에 고양이 그림도 그려져 있었다.

"제가 어렸을 때 여기서 리넨이랑 놀았어요. 그때 절 할퀸 이후로 좀 그래요. 하지만 할머니는 고양이를 좋아하시니까, 고양이를 그려드리면 기뻐하시지 않을까 하고 편지에 그림을…."

"아, 그래서 그 사람이 네가 고양이를 좋아한다고 착각했구나."

"아마도…."

"의외로 허술하네."

"허술하다기보단 제가 고양이를 좋아하니까 고양이랑 살 수 있게 생각해주신 게 아닐까 해요."

"그건 너무 과대평가 아니니? 그 사람은 자기가 옳다고 생각한 일을 실행하고 싶을 뿐 남의 마음까지 헤아리지는 않을 것 같은데. 실제로 가에 넌 고양이를 싫어하는데 고양이랑 살라고 지목받았잖아? 어쩌면 다 알면서 리넨을 남겼는지도 모르지."

"설마요…."

리사코의 말을 믿었는지 가에는 고개를 떨구었다.

"애당초 고양이를 싫어하는데 돌볼 수 있겠어? 게다가 어렸을 때 리넨이랑 논 것만 가지고 고양이를 돌봐달라니, 이상하지 않아? 얘, 어쩌면 그 사람은 나한테도 너한테도 상속해주기 싫어서 이런 어려운 문제를 떠맡긴 거 아닐까? 어떤 경위로 알게 됐는지는 모르겠지만 예를 들면 아사미한테 사실은 가에가 고양이를 싫어한다는 소리를 들었을 가능성도 있지. 죽어서까지 심술을 부린다고 해야 하나, 복수를 하려고 유언을 한 거 아냐? 뭐, 가에 너보다는 아사미에 대해서겠지만."

"그럴 리가요…. 만약 저랑 리사코 씨한테는 그렇다 쳐도 히마리 씨의 반지는요?"

"그것도 현물이 안 보이잖아? 다마키 씨는 집 안에 있다고 했지만 아직도 못 찾았고."

"처음부터 없었다는 소리세요?"

"옛날엔 있었는데 내가 본 것도 엄마가 살아 있을 때였어. 그 사람이 가져다 판 거 아닐까? 그래, 죽을 때까지 보러 오지 않아서 복수하려고 우리를 여기로 모이게 한 거야. 상속받을 수 없는 걸 미끼 삼아서."

갑자기 방문이 열렸다.

다마키가 시뻘게진 얼굴로 서 있었다.

"리사코 씨! 아무 말이나 막 하지 마세요! 억측 축에도 안 껴요!"

다마키는 가에의 팔을 잡고 방을 나섰다. 순식간에 벌어진 일이었다.

멀어지는 발소리를 들으며 리사코는 옷장 위에서 자는 리넨에게 말을 건넸다.

"완두콩을 좋아한다는 건 진짜였구나."

가에 쪽은 거의 다 된 마당에 다마키가 훼방을 놓았다. 다음은 어떡한다….

리사코의 주머니 안에서 스마트폰이 울렸다. 아키히코의 메시지였다.

– 어떻게 됐어?

아키히코가 유산에 눈독을 들인다는 사실은 진작에 눈치챘다. 소설을 안 읽는 리사코는 아키히코가 쓴 작품의 완성도를 판단할 수 없었다. 그러나 요 짧은 기간에 그 정도 되는 양을 쓸 수 없다는 건 알았다. 몇 년이나 금방 쓴다면서 속여왔으니까. 게다가 편집자에겐 이제 연락도 못 할 터였다. 동거하던 때 아르바이트거리라도 있나 한번 연락해보라고 몇 번이나 말했지만 거절당하면 어쩌나, 혼나면 어쩌냐며 떨기만 했다. 소설에 대한 열정 따위는 진작에 사라졌을 것이다.

다만, 그 사실을 알면서도 아키히코 곁으로 돌아갈 참이었다. 쉰까지 앞으로 2년도 채 남지 않았다. 지식도 교양도 없다. 기술도 경험도 없다. 지금 와서 할 수 있는 일도, 상대해줄 남자도 없다.

아키히코는 입만 살긴 했어도 착하긴 하다. 그게 설령 살

얼음판을 걷듯 언제 깨질지 모르는 관계일지언정 혼자보다
는 낫다고 리사코는 생각했다.

리사코는 자정이 돼서야 고타로의 방을 찾았다. 리사코의
얼굴을 보자마자 '잘 자'라며 문을 닫았지만, 닫히기 직전 문
틈에 발을 끼워 넣었다.

"이거 빚쟁이가 하는 짓인데."

고타로의 이죽거림에 리사코는 미소로 답했다.

"돈 받으러 다닌 적은 없어도 쫓겨 다닌 적은 있어서."

"…묘하게 설득력 있네."

고타로의 맥이 빠진 사이 리사코는 방 안으로 들어섰다.
일단 들어오자 포기했는지 리사코의 등 뒤에서 나가달라는
말이 아닌 한숨만이 들려왔다.

고타로의 방은 핑크와 레이스와 꽃무늬가 넘쳐나…지는
않았고, 베이지색을 기본으로 한 가구와 패브릭으로 통일한
자연스러운 분위기로 정돈되어 있었다.

"의외로 취향이 괜찮네?"

고타로는 아파트를 내놓고 이 집에 살기 시작했을 때, 그
때까지 이 방에 있던 오래된 가구를 빈방으로 옮기고 자기
가 쓰던 물건을 옮겨다 채웠을 터였다.

이사할 때 외출 중이었던 리사코는 고타로의 방을 오늘
처음 보았다.

"리사코 씨랑은 달리 버블 시대의 기억이 거의 없어서."

"비꼬는 거야?"

"사실을 말했을 뿐이야. 그래서 뭔데? 설마 방 구경하러 온 건 아닐 테고. 혹시 낮에 얘기했던 그거? 그럼 됐고."

"눈치가 빨라서 참 좋긴 한데 좀 달라. 반지는 찾았어?"

고타로는 문을 닫고 화장대 의자에 앉았다. 고타로의 방에 다른 의자는 없었다. 리사코는 서 있을 수밖에 없었다.

"찾고는 있는데 아직 안 나왔어. 집을 싹 다 뒤져본 건 아니니까 뭐라고 말은 못 하겠지만."

"작은 거라 어디든 숨길 수 있을 테고. 저기, 진짜 어디 숨겨놓았을 거라고 생각해? 애당초 숨긴다느니, 그런 의미도 없는 짓을 그 사람이 할 것 같냐고."

"…하고 싶은 말이 뭔데?"

"어쩐지 그 사람이 하는 일치고는 이상하지 않아? 보물찾기 게임을 시키고 싶으면 시작하기 전에 게임 규칙을 설명할 사람이잖아. 막연히 어딘가에 숨겨놨다는 영문 모를 상황은 안 만들지 않았을까?"

고타로가 고민에 잠긴 듯 입가에 손을 가져다 댔다. 고타로는 리사코보다 훨씬 더 마사코의 성격을 잘 안다. 입 밖으로 내뱉지 않았을 뿐 쭉 거리감을 품고 있었음이 분명했다.

"그래서 말인데, 다마키 씨를 내쫓지 않을래?"

"뭐?"

"아니, 그 사람이 안 숨겼다면 다마키 씨 짓인 거잖아. 난 다마키 씨가 수상하거든."

"유언장은?"

"반지에 관해선 사진밖에 없었고 애당초 유언장이랑 사진을 같이 두라고 건의한 사람도 다마키 씨일 가능성도 있지 않을까? 자식들에게 외면당하고 병으로 약해진 마당에 돌봐주는 사람의 말을 따랐어도 이상할 게 없지."

"뭐, 몸이 아플 땐 마음도 약해질 수 있기야 하겠지만…."

"그치? 그러니까 다마키 씨를 좀 털어보자."

"다마키 씨가 뭔가 감추고 있을지도 모른다는 점에는 동의해. 하지만 쫓아내서 뭘 어쩌게?"

"구체적인 건 아직 생각해보지 않았지만, 반지 건은 분명히 짚고 넘어가는 게 좋겠어."

"그럼 쫓아낼 게 아니라 같이 살아야 감시를 하지. 뭔가 이유를 붙여서 내쫓는다고 반지가 나올 것도 아니고. 다마키 씨도 외출할 때는 있으니 반지를 못 찾아볼 것도 없잖아."

고타로는 태연히 무서운 소리를 입에 올렸다. 다마키의 방을 뒤지려는 걸까. 아니, 이미 뒤졌을 가능성도 있었다.

"그보다 리사코 씨, 나도 질문이 있는데."

"뭔데?"

"냉장고."

"냉장고가 뭐?"

"냉동 완두콩을 살 정도로 완두콩을 좋아했던가?"

고타로가 리사코를 노려보듯이 쳐다보았다.

제 3 장

다이아몬드가 있는 곳

1

히마리는 속이 끓었다.

전화가 연결되고 나서 거의 15분 동안 같은 얘기를 반복 중인데도 이야기는 제자리를 맴돌았다. 긴 통화가 시간 낭비로만 느껴져 더더욱 속이 타들어갔다.

"전화로 알려주실 수 없다면 창구로 찾아가겠습니다만…. 하지만 호적등본을 갖고 계시면 고인과 제 관계는 아실 거 아닙니까? 네, 사진이 있는 신분증명서도 지참하겠…위조 같은 건 안 합니다."

히마리는 스마트폰에서 입을 떼고 마음을 진정하기 위해 한 번 크게 심호흡을 했다.

"그러니까 생전에 어머니가 계약하신 보험금을 여쭤보고 싶어서요. 네, 이미 지불이 끝난 건 알고 있고요. 그저 그때의 계약 내용을 좀 더 상세히 여쭙고 싶어서."

업무 전화보다 더 신경을 곤두세우며 이야기했지만 상대방의 반응은 미적지근했다.

15분 통화하는 사이에 개인정보 보호법이라는 단어를 대체 몇 번이나 들은 건지.

게다가 그 벽은 아무리 세게 부딪쳐도 가는 금 하나 가지 않았다.

보험회사는 '계약 내용에 관해서는 가족분들끼리 이야기 나누시라는 말씀밖에는 드릴 수가 없어요'라며 히마리의 호소를 들어주지 않았다.

납득이 가진 않았지만, 이대로는 더는 의미가 없겠다 싶어 감사 인사를 하고 전화를 끊었다.

히마리는 책상에 턱을 괴고 한숨을 내쉬었다.

"자, 어쩐다…."

머리로는 안다. 보험회사가 계약자가 아닌 사람에게 계약 내용을 술술 알려준다면 그건 그것대로 불안하다. 직무에 충실하다는 건 그 회사가 안전하다는 증거이기도 하다. 그러나 악용할 생각이 없으며 필요하니까 알고 싶다는 건데 안 된다니 골치가 아팠다.

마사코가 생전에 든 보험은 이미 다마키가 수취인이 되어 보험금을 받았다. 유산상속용 계좌에 입금된 것은 히마리도 직접 확인했다.

전화 도중 히마리가 끈질기게 물고 늘어지자 '친자식이시면서 그것도 모르세요?'라는 보험회사 담당자의 말에 할 말을 잃었다.

담당자 말대로 '평범한' 자식이라면 보험회사에 묻지 않고도 알겠지. 그러나 마사코와 히마리의 관계는 '평범하지' 않았다.

히마리는 이전에 가에가 한 '모두 다마키 씨에게 들은 이야기'라는 말을 잊지 않았다.

친엄마. 마사코의 사인은 진짜일까.

집에 모인 것도, 이렇게 다 같이 생활하는 것도 모두 다마키의 지시를 따른 것이다.

물론 마사코의 유언장은 있다. 공공증서이니 다마키가 꾸며냈다고는 생각하지 않는다. 단지 병환도 유언장도 모두 다마키가 설명한 게 전부다. 유언장이 법적 효력을 지닌다 해도 거기에 다마키의 의견이 들어가 있다면? 그런 생각이 들자 모든 게 수상쩍게 느껴졌다.

히마리는 보험회사에 연락하기 전에 마사코가 숨을 거두었다는 병원에도 문의해보았다. 하지만 역시나 자세한 것까지 가르쳐주지는 않았다.

"한 번이라도 얼굴을 내밀었다면 달랐으려나…."

리사코도 히마리도 마사코가 살아 있는 동안 만나지 않았다. 병 때문에 앞으로 살날이 얼마 남지 않았다는 이야기는 다마키가 연락해서 알고는 있었지만, 히마리는 만나지 않는 쪽을 택했다. 하지만 만약 돌아가시기 직전에 만났더라면….

만약 다마키가 아니라 마사코가 살아생전 연락했더라면….

"무리이려나. 피차 고집쟁이들이라."

만나지 않았음을 후회하지는 않지만, 만났다면 사인을 이제 와서 문의하지도 않았을 테고, 가에나 리사코와 같이 살 일도 없었겠지.

히마리는 스마트폰을 침대 위에 던져놓고 누웠다.

매트리스가 깊숙이 꺼졌다. 올려다본 천장은 옛날과 같은 풍경이었다.

일곱 살에 이 집에서 살게 된 후로 열여덟 살까지 11년. 평온하다고는 할 수 없었지만 죄다 나쁘지만도 않았다. 그저 엄마의 재혼으로 새로 생긴 아버지를 진짜 아버지로 여기지 못했고, 그만큼 좋은 관계도 아니었다. 학대 없이 부족함 없이 살게 해준 데는 감사하지만 거리를 좁히지 못한 채 그저 같은 지붕 아래에서 지내기만 했다.

아사미가 이 집에 이사 온 건 고등학교 3학년 때다. 어렸던 히마리보다 더 환경의 변화에 민감했겠지.

지금 생각하면 아사미가 고등학교를 졸업하고 집을 나간 다음에 마사코가 재혼했다면 좋지 않았을까 싶기도 하지만, 초등학생이었던 히마리는 어른들의 생각까지는 알 수 없었다.

아사미는 마사코에게 순종적이었다. 히마리의 기억 속에서 아사미가 마사코에게 대든 것은 교제를 반대했을 때뿐이었다.

누나가 만나는 사람이 어떤 인물인지 아직 어렸던 히마리는 잘 몰랐다. 그러나 크면서 자연스럽게 소문을 접하게 됐다. 그리고 가에의 이야기로 상상해보면, 마사코가 반대한 것도 당연하다 할 수 있겠다. 그래도 아사미는 이 집에 있으니 달콤한 말을 속삭여주는 사람과 함께 있고 싶다고 생각했을까.

마사코의 재혼 타이밍에 대한 항의 비슷한 감정도 있었을까… 하는 상상도 해봤지만 평생 그 답을 알 수는 없다. 마사코도 아사미도 이미 이 세상에 없으니까.

"지금은 누나 일보다…"

리사코에게 찬성할 마음은 없었지만 히마리도 다마키가 무언가를 숨기는 것 같다고 생각했다. 그것이 가에나 리사코나 히마리에게 불리한 것인지 아닌지는 모르겠지만 모두 다 믿기는 위험하다.

"아, 진짜. 할 일도 생각할 일도 너무 많잖아!"

히마리는 침대에서 몸을 일으키며 외쳤다. 집을 고칠 때

2층은 방음 설비를 제대로 한 모양인지 소리가 울리지 않아 좋았다.

12월은 히마리의 일이 바쁘다. 학생이 겨울방학을 하면 바쁨은 최고치에 이른다. 중학생도 고등학생도 수험이 코앞인지라 겨울 특강에 온종일 파묻힌다. 휴일도 거의 없다.

책상으로 향한 히마리는 노트북을 켰다.

점찍어둔 페이지를 보는 것은 이 집에 온 후로 습관이 되었다. 손가락이 자연스레 움직이고, 봐야 하는 페이지와 봐야 할 곳도 순식간에 판단할 수 있다. 문제는 온통 은색으로 물든 세계에서 새하얀 조약돌을 찾는 듯한 작업이다. 머리가 부서질 것만 같다. 게다가 거기에 돌이 떨어져 있는지 없는지도 모른다. 찾아봐야 처음부터 없었을 가능성도 있다. 그래도 찾기를 그만둘 수도 없었다.

한동안 컴퓨터 화면을 계속 보느라 눈이 피로해진 히마리는 창문으로 다가가 유리 너머로 정원을 바라보았다. 정원은 가로등과 실내의 빛이 비칠 뿐이어서 거의 보이지 않았다. 계절상 벌레 울음소리도 들리지 않았다. 널따란 정원은 존재조차 모를 만큼 조용했다.

벌써 12월이었다. 언제 눈이 내려도 이상하지 않은 계절이었다.

"여기 있는 것도 앞으로 석 달 남짓인가…."

훅, 유리창에 숨을 내뱉자 숨이 닿은 곳만 뿌예졌다. 손가락을 쭉 미끄러뜨리며 선 하나를 그었다. 어렸을 적에는 그림을 그리곤 했지만, 지금은 재미있게 느껴지지 않았다.

히마리는 이 방에서 지낸 시간을 돌아보며 갈아입을 옷을 가지고 방을 나섰다.

목욕 순서는 정해져 있지 않았지만 일을 다녀온 날은 히마리가 제일 마지막에 들어갔다. 귀가 시간이 늦다 보니 자연스러운 흐름이었다.

계단을 내려가 목욕탕에 가려고 할 때 부엌 불이 켜져 있는 것이 보였다.

깜빡하고 불을 안 껐나.

히마리는 자정을 넘겨 집에 오는데 부엌에 놓인 저녁을 간단히 먹고 설거지를 한 것이 한 시간쯤 전의 일이다.

히마리가 부엌에 다가가자 물소리가 들렸다.

"다마키 씨, 일어나 있어요?"

발소리로 히마리가 다가오는 것을 알았는지 다마키는 놀란 기색도 없었다.

"눈이 떠져서 차라도 마실까 해서. 히마리 씨도 드실래요?"

"괜찮아요. 지금 씻을 거라서."

그런가요 하고 다시 차 준비를 시작한 다마키는 찻잎을 가지러 히마리에게 등을 돌렸다. 히마리는 잠시 뒷모습을 바라보았다.

"왜 그러세요? 역시 차 드시겠어요?"

"그 사람이랑은 언제부터?"

앞뒤가 맞지 않는 대화에 다마키가 고개를 갸웃거렸다.

"엄마랑 언제부터 함께 살기 시작했죠?"

"전에 말씀드리지 않았나요?"

"자세한 이야기는 못 들었어요. 아니, 그전에 저희가 옛날에도 만난 적이 있던가요?"

히마리가 다마키를 만났다면 이 집에 살았을 때일 터였다. 15년도 더 전의 일이었다.

"딱 한 번 있었죠."

"…전혀 기억이 안 나는데요."

"당연하죠. 만났다기보다는 제가 일방적으로 봤을 뿐인데다가 히마리 씨는 아직 여덟 살인가 아홉 살 정도였으니까요. 친척 장례식에서 마사코 씨 옆에 있었던 기억이 나요."

기억나지 않는 데에 죄책감은 없지만 히마리만 잊어버린 상황이 껄끄러웠다.

아니나 다를까, 기억이 있는 다마키는 옛날을 그리워하듯 살짝 미소 지었다.

"여름이라 흰색 반소매 셔츠에 검은색 반바지를 입고 있었던 것 같아요. 낯선 사람들 사이에서 불안했는지 마사코 씨가 움직일 때마다 뒤를 졸졸 따라다녔던 기억이 나요."

"아아, 그만해요. 그거 약간 흑역사니까."

반바지도, 불안한 마음에 엄마를 따라다닌 모습도 지금 들으면 너무 창피하다. 특히 반바지가 히마리의 마음을 찔렀다. 그때 이미 조금씩 자신의 성별에 거리감을 느끼긴 했다. 그러나 그 사실을 말할 수 없는 분위기도 감지했다.

새아버지의 친자식인 리사코도, 누나인 아사미도 집을 나간 후 남겨진 히마리는 어린 마음에도 '고타로'로 살아가야만 한다는 사실을 깨닫고 있었다. 특히 아사미가 한 행동 때문에 히마리에 대한 마사코의 태도는 한층 더 엄격해졌다.

"그런 것보다 엄마랑 함께 살기 시작한 얘기를 듣고 싶은데요."

주전자에 뜨거운 물을 따르던 다마키는 찻잔을 두 개 준비했다.

히마리는 경계심을 품으면서도 부엌 테이블에 앉았다.

"드라마틱한 만남은 아니었어요."

"그래요? 그 사람이 재혼할 때의 만남은 드라마로 만들 법한 전개였는데."

신칸센 에피소드를 들었는지 다마키도 그렇네요 하고 웃었다.

"하지만 저는 아주 평범했어요. 함께 살기 시작한 건 제가 서른일곱… 무렵이었으니 벌써 7, 8년 전이네요."

"그때까지 엄마랑은 종종 만나셨나요?"

"몇 번 얼굴을 마주한 적은 있어서 전혀 모르는 사이는 아니었지만, 친척 행사 외에는 만날 일이 없었죠. 연하장도 주고받지 않았고요."

그렇군요. 히마리는 속으로 중얼거렸다.

'먼 친척'이라는 관계에서는 이상할 것 없는 거리감이었다. 그러나 '동거'가 되면 거리감이 생긴다.

다마키는 찻잔에 따른 차를 히마리 앞에 놓았다. 김이 나는 호지차는 겨울 한밤중에는 따끈하게 느껴지는 온도였다. 뜨거운 차를 천천히 입에 머금자 몸속이 따뜻해졌다.

"어떻게 같이 살게 됐죠?"

"친척 결혼식에서 옆자리에 앉았어요. 처음에는 무던하게 대화했는데 모르는 사이도 아니었고 해서 조금씩 이야기가 달아올랐죠."

"의외네요. 그 사람이 그렇게 수다쟁이는 아니었는데."

히마리가 아는 마사코는 과묵하지는 않아도 쓸데없는 대화는 거의 하지 않는 편이었다. 지인을 만나면 먼저 인사하고 상대의 상황에 맞춰 대화 내용도 바꾸었다. 예를 들어 병으로 요양하고 난 다음이란 사실을 알면 넌지시 몸 상태를 물었고, 가족 중 누군가가 결혼했다면 축하 인사를 건넸다. 그래서 다마키의 이야기를 듣고도 '결혼식에서 친척끼리 할 법한 대화'는 할지언정, 식이 끝난 다음에도 이야기를 나누는 모습은 상상할 수 없었다.

그야 가족끼리 지낼 때는 농담을 하기도 했지만, 나중에 돌이켜보면 학교에서 아이의 모습이나 아이가 좋아하는 연예인 이야기를 물을 때조차 '커뮤니케이션을 원활하게 하려는 대화'이지 않았나 싶었던 적도 있다.

다마키가 찻잔에 입김을 후 하고 불었다. 피어오르던 수증기가 흩어지며 다마키의 얼굴을 아주 잠깐 옅게 감추었다.

"제대로 이야기를 나눈 건 그때가 처음이라 마사코 씨가 그 전에는 어땠는지까지는 몰라요. 다만 다음 날 만나자는 말을 꺼낸 사람은 마사코 씨였어요."

"다음 날? 그렇게 빨리 만났다고요?"

"네, 뭐… 급하진 않았지만 볼 일도 있었고, 우연히도 전 백수가 된 지 얼마 되지 않아 시간만큼은 널널했거든요."

흐름은 자연스러웠다. 그러나 아무리 친척이라 해도 그때까지 교류가 없었던 다마키와 마사코가 단숨에 그렇게까지 거리를 좁혔다는 건 상상하기 힘들었다.

"마사코 씨는 매일 심심하셨을지도 몰라요. 이 집은 혼자 살기엔 너무 넓으니까요."

히마리는 아까 보려 했던 정원을 떠올렸다.

지금은 다마키가 관리하는 정원도 당시에는 마사코가 손질했다. 그 무렵도 지금과 변함없이… 아니, 지금보다 더 단정한 정원이었을지 몰랐다.

당시 일을 회상하는 듯 다마키의 시선이 먼 곳을 향했다.

"리넨은 마사코 씨는 잘 따랐지만 원래 사람한테 곰살맞은 고양이가 아니어서 닮은꼴이라고 생각했어요."

"그럼 가에와의 거리감도 이상할 것 없나…."

"아니요. 그 정도까지는 아니었어요."

가에가 가야 할 길은 아직도 멀었구나. 히마리는 그렇게 생각했다.

"그래서 의기투합해서 같이 살게 되었다?"

"간단히 말하면 그런 느낌이에요. 직장이 없는 제 집세를 걱정해주시기도 했고요. 여긴 방이 많으니까. 그리고 저는 면허가 있었지만 마사코 씨는 운전을 못 해서 장보기 등이 불편하셨던 것 같아요."

서로 주고받기라고 치면 그뿐이다. 그렇다고 해도 마사코가 그것만으로 남을 머물게 해줬을 거라는 생각은 들지 않았다. 적어도 마사코가 다마키를 마음에 들어 한 건 틀림없었다.

다만 다마키가 유산을 노리고 마사코에게 접근했는지, 아니면 순수하게 마음이 맞아 함께 살게 됐는지는 알 수 없었다. 다마키의 목적이 유산이라면 히마리가 물어본들 솔직하게 대답해줄 리 없었다.

여태까지보다 더 다마키의 동태를 살펴볼 수밖에 없을 듯했다.

"그 사람… 저에 대해 뭔가 이야기를 했나요?"

찻잔을 들고 있는 다마키의 손이 움찔 떨렸다. 히마리와 눈을 못 맞추겠는지 고개를 숙이고 있었다.

"딱히 인제 와서 신경은 안 써요. 제대로 하고 다니라거나 난 이런 애를 낳은 적이 없다는 소리를 했어도 놀라지 않을 거고."

"아… 아뇨…. 그런 말씀은 전혀."

"혹시 여장을 인정해줄 걸 그랬다는 말이라도 했나요?"

"그런 말씀도…."

"대체 뭐라고 했길래?"

다마키의 대답을 기다리는 시간이 아득하게 느껴졌다.

찻잔에서 수증기가 가실 무렵 다마키는 고개를 들었다.

"제가 전해드릴 말은 없어요."

"뭐요?"

"유언장이 마사코 씨가 남긴 메시지 전부라고 생각해주세요."

얼버무리는 느낌이 들었다. 그러나 아웅다웅해봐야 중요한 말은 입에 올리지 않을 듯했다.

히마리는 미지근해진 차를 단숨에 들이켜고 자리에서 일어섰다.

"잘 마셨어요. 씻을게요."

오래된 집은 복도에 나오면 바깥의 찬 기운이 그대로 느껴진다. 창문으로 바깥을 보니 하얀 무언가가 하늘에서 흩

날리고 있었다.

마사코에게 히마리는 인정하기 힘든 아이… 이른바 '-다움'에 집착했던 마사코에게 남자답지 않은 히마리는 받아들이기 어려운 존재였을 거라는 생각이 들었다.

그 유언장이 메시지라면 역시 마사코는 복수하려고 준비한 것이었을까.

히마리에게는 짚이는 데가 있었고, 그 상상만은 틀림이 없을 것만 같았다.

2

"기다려, 저기! 잠깐만!"

가에는 복도를 내달리는 리넨의 뒤를 쫓았다. 발소리도 없이 바람처럼 달려가는 리넨은 고령인데도 순식간에 가에를 두고 사라졌다.

"아, 진짜! 또 도망갔네."

"왜 화가 났어?"

"어? 히마리 씨, 오늘은 일찍 일어나셨네요."

"어제 말했잖아. 오늘은 퇴근이 늦을 거라 오전에 공부 봐주겠다고. 자, 리넨은 그만 놔두고 공부할 준비해."

리넨이랑 좀 더 놀고 싶었는지 가에는 부루퉁한 표정을
지었다.

"오늘은 조금만 더 같이 있으면 끌어안을 수 있을 것 같았
는데."

"그러니까 그건 나중에 하라고. 아니, 그런데 아직도 못 안
아봤어?"

"쓰다듬는 건 허락해주는데, 안으려고 하면 도망가요."

"리넨도 사정이 있겠지. 사람도 졸릴 때나 혼자 있고 싶을
때 참견하면 성가시잖아. 리넨은 아마 그런 시간이 많이 필
요한 고양이일 수도 있어."

"그럼 그냥 내버려두는 게 낫다는 말씀이세요?"

"글쎄? 난 리넨이 아니니까 모르지."

"그런 무책임한…."

"리넨 못잖게 시험 생각도 하니? 지금은 지망학교를 정하
는 시기야. 배우고 싶은 분야는 정했어?"

"느낌으로는 대강?"

자기 진로를 이야기하는데 역시나 가에는 남의 일 대하 듯
했다. 히마리는 그런 가에를 보며 초조함을 느꼈다.

"저기, 벌써 12월이거든? 수많은 수험생이 부모는 물론 선
생이랑 마지막 면담을 하는 때라고."

"오호…."

"오호는 무슨! 안 그래도 늦게 시작했으니 조금 더 진지해

지란 말이야!"

"그렇지만 시험을 칠 생각이 아예 없었던지라…."

이 모양인 가에에게 화가 나기도 했지만, 한편으로는 어쩔 수 없다는 생각도 들었다.

애당초 진학을 생각할 여유가 없었던 경제적 상황에, 통신제 학교라 선생님이나 같은 반 친구와도 이야기를 나눌 기회는 거의 없었을 테니까. 성적은 생각했던 것만큼 나쁘지 않아 너무 높은 곳을 지망하는 게 아니라면 어느 대학이고 들어갈 수 있을 터였다.

그래도 유유자적할 시간은 없다.

"너는 재수한다는 선택지도 있지만."

"재수는 하고 싶지 않아요."

"왜?"

"…이렇게 지내는 중이라 공부해볼까 했던 거지 그렇지 않았다면 분명 아르바이트여도 상관없다고 여겼을 거예요."

누나가, 아사미가 살아 있었다면 가에를 어떻게 했을까. 아사미가 다녔던 고등학교는 이 지역에서도 최상위권 학교였다. 당연히 대학에도 진학할 줄 알았고, 지금도 살아 있었다면 가에에게 진학을 권유했을 것이다.

"진학할 곳을 정해야 할 필요성은 알겠는데요. 리넨 일도 어떻게든 해결해야 하고. 애당초 진학 비용도 없잖아요."

"리넨은 어떻게든 될 거야."

"그걸 다마키 씨가 허락하실까요?"

"아… 힘들 듯."

"그러니까 리사코 씨의 상속 절차가 끝나도 제가 리넨이랑 친해지지 않으면 결국 끝나지 않을 거예요."

"그쪽도 끝이 날지 어떨지 모르겠다만…."

리사코는 끈기 있게 절차를 진행하는 게 고역인 듯 막히면 나 몰라라 하는 짓을 반복하는 모양새였다. 거처를 찾으려고 호적등본을 보내는 것도 힘들어했다. 그곳에 없으면 다시 다음 거처를 찾는 작업은 생각 외로 힘들어 '왜 나만 이렇게 고생해야 하느냐'며 야단을 떨었다.

다마키는 장을 볼 때 오래 집을 비운 날은 있어도 집에 친구를 부르는 일은 없어서 교우관계도 파악하기 어려웠다. 딱 한 번, 뒤를 밟았을 때 카페에서 나이가 비슷한 여성과 대화하는 모습을 보았지만 아쉽게도 내용이 들릴 만큼 가까운 자리에는 앉지 못했다. 즐거운 듯이 이야기를 나누는 모습으로 미루어볼 때 친구이겠거니 싶었다. 또 다른 날, 다마키의 방을 한번 뒤져보았지만 이렇다 할 물건은 발견되지 않았다.

지금으로서는 진전이 없었다.

"자, 그보다 공부하게 네 방으로 가자."

"네."

의욕은 그다지 없는 듯했지만 가에는 순순히 따랐다.

히마리는 내주었던 과제를 점검했다. 지시했던 부분까지는 모두 끝낸 상태였다.

"흐아암… 아, 실례."

히마리가 크게 하품을 하자 가에가 면목이 없다는 표정을 지었다.

"역시 졸리시죠."

"신경 안 써도 돼. 자, 빨리 이 문제 풀어봐."

"네."

"영어 빈칸 채우기 문제는 꼭 나올 테니까 앞뒤 문장을 보고 생각을 잘해. 넌 정답률은 좋은데 시간이 너무 오래 걸려. 속도도 조금 더 신경 써."

"그게 어려워요."

"이해는 간다만, 시간이 부족해서 못 풀면 죽도 밥도 안 되는 거 알지?"

"네…. 제가 히마리 씨 시간을 너무 뺏고 있죠?"

말의 앞뒤가 안 맞는 느낌이었다. 히마리는 문제를 풀 때 주의사항을 이야기하는데, 가에는 히마리의 시간을 빼앗는 이야기를 했다.

"요즘 히마리 씨, 수면 부족이고…."

눈 밑 다크서클 하면서 가에는 히마리 얼굴을 가리켰다.

"괜찮아, 괜찮아. 이건 어제 자려다가 책을 보기 시작했는데 끝까지 읽느라 잠을 못 자서 그런 것뿐이야."

가에는 진짜일까? 하듯 의심스러운 표정을 지었다. 물론 거짓말이지만 솔직하게 말할 수는 없었다.

12월에 들어서며 히마리의 일도 바빠졌다. 그래도 학교가 방학하기 전에는 오전에 집에 있을 수 있지만, 겨울 특강 준비 때문에 연일 잔업이 이어졌고 당연히 늦게 잠든다. 그러면서도 평소보다 일찍 일어난다. 가능한 한 가에의 공부를 봐주기 위해서였다.

"날 자게 해주고 싶으면 빨리빨리 끝내줘."

"네."

가에는 여전히 영혼 없이 대답했지만 이날은 전에 없던 집중력을 보여줘 예정보다 빨리 하루 분량을 끝냈다.

가에가 힐끔 시계를 보며 입을 열었다.

"그러고 보니 다마키 씨 말인데요. 좀 신경 쓰이는 일이 있었어요."

"신경 쓰이는 일?"

"요전에 저, 봤어요."

숨겨둔 재산일까…. 그런 생각이 히마리 머릿속을 스쳤다.

"뭘?"

"목욕탕이랄까, 탈의실요."

"…이야기의 흐름상 다마키 씨가 들어갔다는 뜻이니?"

"네. 치마 주머니 속을 몇 번이나 확인한 다음 세탁기에 넣더라고요."

"휴지가 들어가 있으면 난감해서 그런 거 아냐? 실제로 다마키 씨의 주머니는 늘 빵빵하기도 하고."

"그렇긴 하지만. 아니, 그 전이에요. 옷을 벗었을 때 속옷이 말려 올라갔는데."

가에의 설명에 따르면 다마키가 탈의실에 있는 줄 모르고 문을 연 적이 있다. 탈의실에는 잠금장치가 있어 안에서 잠글 수 있지만, 마사코와 오랜 기간 둘이 살았던 다마키에게 그런 습관이 없다 한들 이상할 것도 없었다.

"알몸 좀 보였어도 너한테 악의가 없었다는 것쯤은 다마키 씨도 알 테고, 같은 여자끼리니 넘어가겠지. 그보다 계속 쳐다봤니?"

"조금 신경 쓰이는 점이 있어서요. …다마키 씨는 처음엔 눈치 못 채셨고요."

가에는 잠시 입을 다물었다가 눈치 보듯 히마리를 보았다. 비밀 이야기라도 하듯 작은 목소리로 저기… 하며 입을 열었다.

"배에 흉터가 있었어요."

상상 못 한 이야기의 전개에 히마리는 더 들어도 될지 망설였다. 하지만 알고 싶은 것도 사실이었다.

큰 고민 없이 알고 싶다는 마음이 승리했다.

"그 말은 긁힌 상처 같은 게 아니란 소리지?"

"네. 아마 뭔가 수술을 받은 흔적 같은… 인터넷으로 찾아봤더니 비슷한 게 있더라고요."

그렇군. 가에는 다마키의 알몸을 본 뒤 신경이 쓰여 인터넷으로 검색한 모양이다. 흉터는 작지 않았다고 했다.

"게다가 아주 오래된 상처도 아닌 것 같았어요."

"그렇다고 해도 지금은 건강해 보이잖아. 상처 자국 하나로 판단할 수는 없어."

안 그래도 가까운 두 사람의 거리를 더 좁히듯 가에가 몸을 내밀며 다가왔다.

"그게 다가 아니에요. 그 일 이후 다마키 씨에 대해 궁금해져서 계속 눈여겨봤거든요. 그랬더니 방문이 조금 열린 적이 있는데, 약을 드시더라니까요!"

탈의실 일은 사고일지 몰라도 이건 명백한 엿보기였다.

그렇다고는 해도 가에를 혼낼 생각은 없었다. 히마리는 방에 숨어 들어갔다. 애당초 다른 물건을 찾은 탓인지 약 종류는 알아보지도 못했다.

"비타민제 같은 거 아닐까?"

"거기까진 모르겠어요. 하지만 시중에서 파는 약이랑은 다른 느낌이었어요. 광고에서 흔히 보는 감기약이나 위장약 같은 종류는 아니었어요."

처방받은 약일까. 그렇다면 병원에 다닌다는 말이 된다. 그러나 다마키에게서 몸이 안 좋다는 말은 들은 적이 없다.

물론 가벼운 감기나 알레르기 약일 수도 있고, 무슨 병이 있어서 약을 먹을 수도 있다. 그러나 그렇다면 왜 아무에게도 말하지 않았을까. 알릴 필요가 없다고 생각한 건지, 숨기고 싶은 건지는 모르겠다. 배의 흉터도 신경 쓰였다.

"병인지 아닌지는 모르겠지만, 그렇게 걱정되면 네가 물어보지 그래?"

"대놓고요?"

"그럼 다르게 어떻게 물어볼래? 아, 메시지나 편지라는 수단도 있지만."

"어느 쪽이든 제가 물어보는 거군요…."

가에는 자기가 말을 꺼냈으면서도 영 내키지 않는 눈치였다.

"당연하지. 탈의실 문을 연 사람은 너니까. 이 상황에서 내가 물어보면 가에 네가 내게 말했다는 사실을 바로 알게 되잖아. 남한테 말했다는 걸 들키느니 네가 직접 묻는 게 낫지 않겠어?"

"그건… 그렇네요."

애당초 가에가 묻는다고 다마키가 어디까지 대답해줄지는 알 수 없었다.

여태껏 약을 먹는 모습을 본 적이 없다는 사실도 부자연스러웠다.

"아…."

"왜 그러세요?"

"잠깐… 옛날 일이 떠올라서."

"뭔데요?"

"별거 아니야. 지금이랑 비슷한 상황이 있었던 듯한 기분이 든 것뿐이야."

히마리의 안에서 불쑥 되살아난 기억은 아사미와 관련된 것이었다.

아사미가 아직 이 집에 살던 때였으니 이사 온 지 얼마 안 됐을 무렵이겠지. 아사미가 다니는 고등학교의 행사… 운동회인지 뭔지가 있던 전날 밤이었다. 목이 말라 눈을 뜬 히마리는 부엌에 갔다가 아사미가 싱크대에서 무언가를 삼키는 모습을 보았다.

누나?

돌아본 아사미의 표정이 아차 싶어 보였다. 시중에서 파는 감기약 병을 든 아사미는 집게손가락을 세워 입술에 대고 '비밀이야'라고 했다. 남매 사이에서 비밀이라는 말은 '엄마한테 비밀'이라는 의미였다.

몸이 약했던 아사미가 왜 그 일을 엄마에게 말하지 않았을까. 그만큼 체육대회를 기대하고 있다는 이야기는 들은 기억이 없는 듯했다. 몸이 아파서 체육대회에 빠져도 마사코는 혼내지 않았을 텐데.

하지만 아사미는 컨디션이 안 좋은 걸 숨기려고 했다. 걱정을 끼치기 싫었던 걸까. 아니면 히마리에게 티는 내지 않았어도 체육대회를 기대했을까.

가에는 작은 보석함을 열기 전처럼 두근거리는 표정으로 히마리를 쳐다보았다.

"딱히 얘기할 거리도 아니야. 다만… 요즘 옛날 일이 생각나서."

이 집에 있어서 그런지도 모른다.

"혹시 누나 생각에 다마키 씨를 이 집에 살게 한 걸까…"

"그 말은 할머니가 다마키 씨를 엄마 대신으로 삼았다는 뜻인가요?"

히마리에게는 누나지만 가에에겐 엄마다. 그리움의 깊이가 같지는 않겠지.

가에가 화를 내는 건지 슬퍼하는 건지는 알 수 없었지만 배려 없는 발언이었다는 사실을 퍼뜩 깨달았다.

"미안, 그렇게까지 말하진 않았어. 그저 어딘가 누나랑 겹치는 부분도 있었을까 싶었을 뿐이야. 모습은 전혀 안 닮았지만… 어땠으려나. 내가 누나를 마지막으로 본 건 벌써 한참 전이니까."

아사미가 지금의 히마리를 본다면 뭐라고 할까. 마사코처럼 거부할까. 아니면….

결국 아사미는 마사코에게 반발하며 집을 나갔지만, 히마리가 본 두 사람은 비슷했다.

단 한 번의 반항기는 가출이라는 엄청난 결과로 이어졌지만, 아사미는 가에 아버지와 함께한 일을 후회한 적은 없었을까. 가에 아버지는 아사미가 살아 있을 때부터 이 집의 재산을 노렸을까. 아사미가 집을 뛰쳐나가는 바람에 계획이 틀어졌을까.

그래도 가에라는 아이가 생겨 나름대로 행복한 시간도 있었을 것이라고… 히마리는 그렇게 생각하고 싶었다.

"엄마와의 추억이 있으세요?"

가에는 히마리의 눈을 똑바로 바라보았다.

"그렇게 많진 않지만. 누나가 집을 나갔을 때 난 초등학생이었으니까."

"그럼 할머니와의 추억은요?"

"뭐… 고등학교 졸업할 때까지 여기 있었으니 누나보다는…."

"들려주세요. 히마리 씨는 할머니를 어떻게 보셨나요?"

"한마디로는 설명 못 해."

"그럼 많이 들려주세요. 전 할머니를 더 알고 싶어요."

아아, 그런가. 이 아이는 이제 과거를 아는 사람들을 통해서만 마사코를 알 수 있다.

"좀 옛날얘기밖에 없는데. 게다가 주관적이고."

"추억이란 게 원래 그렇지 않나요?"

그것도 그런가, 히마리는 이해했다.

가에는 기대에 찬 눈으로 히마리를 쳐다보았다.

"일이 있으니 길게는 얘기 못 하겠지만… 그렇지."

히마리는 어렸을 때부터 예쁜 것, 귀여운 것을 좋아했다.

파랑이나 초록 같은 색보다 분홍이나 빨강, 오렌지 등 선명하고 밝은색을 선호했다. 원하는 옷과 신발은 온통 여자아이용이었다. 그때마다 마사코는 슬며시 '남자아이용'을 권했다. 쇼와* 끝물에 태어난 히마리가 어렸을 무렵엔 사회 전반적으로 남자아이는 이래야 하고 여자아이는 저래야 한다는 분위기가 뿌리 깊게 남아 있었다. 히마리 같은 사고방식이 받아들여지기에는 벽이 너무 높았다.

"어린이집에 다니던 때였는데, 그 사람의 지인이 선물인지 뭔지 여행지 명물 차림을 한 캐릭터를 줬어."

그거 알아? 하는 히마리의 질문에 가에는 고개를 끄덕였다.

"누나에겐 분홍색 손수건. 나한테는 캐릭터랑 전차가 새겨진 컵. 누나는 벌써 중학생이었고 캐릭터가 그려진 손수건에 기뻐할 나이도 아니었던지라 그런 게 태도에서 드러났지. 그런 낌새를 알아챈 내가 바꾸자고 했어. 선물을 준 사람 앞에서."

가에가 아…라고 하는 듯한 표정으로 쓴웃음을 지었다.

* 1926~1989

실례되는 짓이라는 걸 자라면서 알게 되었지만, 당시의 히마리는 전혀 몰랐다.

"그래서 그때 그 사람한테 혼났지. 네가 받은 건 이 컵이잖니? 하면서. 선물을 주신 분은 신경 쓰지 말라고 했지만 그 사람은 용납하지 않았어. 나중에 선물을 준 사람한테 실례되는 짓을 해서 혼났구나 하고 이해했는데 좀 더 커서 보니까 그것도 아니었던 것 같더라고. 물론 상대방에게 실례이긴 했지만 그게 다가 아니었다 이거지. 여자아이용 물건을 내가 갖고 싶어 하는 것을 용납하지 않았던 거였어."

비슷한 일은 또 있었다. 책가방 색깔을 정할 때나 초등학교에서 쓸 학용품을 살 때 남자아이용과 여자아이용 선택지에서 늘 남자아이용을 억지로 골랐다.

"누나가 고등학교 3학년 때 진학 문제로 그 사람이랑 다퉜어. 자세한 건 나도 잘 기억이 안 나는데, 아웅다웅하는 와중에 누나가 '멋대로 재혼을 결정한 사람은 엄마잖아'라는 식의 말을 했어. 누나가 고등학교에 다닐 때 재혼했는데, 역시 졸업할 때까지 기다려줬으면 했겠지."

"그건 좀 이해가 가요."

"자식으로선 당연해. 학교는 똑같아도 생활 환경이 크게 변하는 데다가 갑자기 생판 모르는 남자랑 같이 살게 되는 셈이니까. 아, 지금의 가에도 그런 느낌인가?"

"뭐… 하지만 그렇게 할 수밖에 없으니까요."

"그건 누나도 똑같았어. 어쩔 수 없었지. 그리고 그 사람도 재혼을 서두른 이유가 있었나 봐. 진학 비용 문제도 포함해서."

아사미는 학비가 비싼 학부를 희망했는데, 마사코 혼자 벌이로 그걸 감당하기는 어려웠을 것이다. 어른들 사이에서 어떤 이야기가 오갔는지 히마리는 모른다. 다만 마사코는 나름대로 생각이 있어서 그렇게 행동했을 거라고 상상은 할 수 있었다.

"누나로서는 그때 이미 집을 나갈 각오를 했겠지. 그리고 남겨질 내가 마음에 걸렸던 것 같아. '마지막엔 결국 고타로한테 이 집을 잇게 할 거지?'라고 했으니까."

아사미가 마사코에게 심하게 말대꾸하는 모습을 그때 처음 보았다.

"그 사람 생각이 어땠는지는 몰라도 장남을 떠받드는 경향이 없었다고는 말 못 하겠어. 누나는 아무래도 내가 집에 매였다는 사실을 신경 썼던 것 같아."

아사미가 히마리 자신조차 깨닫지 못했던 성性 문제를 알아차렸으리라곤 생각지 않는다. 막연하게 미래에 대해 마사코를 견제했을 뿐이겠지. 단지 집을 나올 때 한 번도 쓴 흔적이 없는, 선물로 받았던 그 손수건을 히마리의 공부 책상에 올려두었다.

분홍색 손수건을 히마리가 쓰는 일은 없었지만 책상 서랍에 소중하게 넣어두었다.

"왜 그러세요?"

어느새 고개를 숙였는지 가에가 밑에서 히마리를 빤히 쳐다보았다.

"아니, 아니야."

"이야기를 듣다가 생각났는데, 전차가 그려진 컵이란 게 혹시 파란색 플라스틱으로 된 건가요?"

"알아?"

"똑같은 건지는 모르겠는데 그거 식기 보관함에 있어요."

"거짓말…."

"진짜예요. 다마키 씨도 모르시는 눈치긴 했는데, 상자에 든 채 안쪽에 있었어요."

마사코가 그때의 컵을 보관했을까. 그냥 멀쩡하니까 버리지 않았을 뿐인지도 몰랐다.

"그렇게 안쪽에 있는 걸 어떻게 알았어?"

"다마키 씨한테 부탁받았거든요. 조금씩이라도 좋으니 한가할 때 정리해달라고. 리사코 씨는 결국 이 집을 팔 생각 같으니까…."

"그렇구나. 뭐, 그렇겠네. 정리가 됐다고 해도 옛날부터 살던 집이라 물건이 이것저것 있을 테니까."

"네. 요전에 창고로 쓰던 방에서 검은색 전화기를 발견했어요."

가에가 검지손가락을 빙글빙글 돌렸다. 다이얼식 전화기 겠지.

히마리도 이 집에서 쓴 기억은 없다. 왜 그런 물건을 보관해뒀는지 모르겠지만, 어쩌면 아직 '쓸 수' 있는지도 모른다.

"진짜 이 집을 뒤지면 별게 다 나올 것 같네."

"하지만 아무리 정리해도 반지는 안 나왔어요. 할머니 방은 리넨도 있고 해서 맨 마지막에 정리하자고 다마키 씨가 말씀하시긴 했는데…. 히마리 씨는 반지 실물을 본 적이 있으세요?"

"한참 전인데. 처음 본 게… 초등학교 4학년쯤이려나."

평소에는 비밀 장소에 숨겨놓는다고 했다. 누군가가 훔쳐 가지 않도록 꼭꼭 숨겨둘 수 있는 장소에.

"손가락에 껴보셨어요?"

"응."

"몰래?"

"아니, 그때는 그 사람이 먼저 말했어. 껴볼래? 하고…."

애당초 반지는 히마리의 새아버지의 아버지, 즉 할아버님이 산 것이라고 했다. 마사코가 재혼했을 때는 이미 돌아가신 후라 소유자는 새아버지였다. 그걸 재혼한 마사코가 물려받았다고 했다. 3.5캐럿짜리 다이아몬드 반지는 일상에서 낄 법한 액세서리가 아닌 자산이다. 그렇기에 히마리는 소망을 이루었다.

"어땠어요?"

"묵직했어. 반지가 너무 커서 어린애 손가락에는 헐거워 떨어뜨릴 뻔했지. 그래서 두근거렸지만…."

보석은 무색투명하고 반짝반짝 빛을 반사해서 눈이 부셨지만 시선을 돌릴 수 없었다.

어렸을 때부터 좋아했던 '반짝이는 물건.' 그건 여자용 아이템으로 히마리가 가지기 힘든 것이었다. 동급생인 여학생 옷에는 반짝이는 라인스톤이 붙어 있었는데 귀여운 프릴이 달린 치마도, 긴 머리를 묶는 액세서리도 히마리는 무엇 하나 가지지 못했다. 그러나 그 반지는 그 전부를 모두 응축한 것보다 훨씬 더 아름다운 빛을 냈다.

"두근거렸어. 진정한 의미로 허락을 받은 건 아니었지만, 그 반지를 낀 순간만큼은 속마음을 감추지 않아도 될 듯한 기분이 들었거든. 그 김에 달라고 했어도 안 줬겠지만 말이야."

아닌 게 아니라 고급 자동차보다 비싼 반지라는 걸 알면 농담으로라도 말 못 했을 것이다.

"하지만 결국 받으셨잖아요. 할머니는 역시 히마리 씨를 인정해주신 게 아닐까요?"

"…그건, 어떨까나."

유언장이 공개되기까지 그런 생각은 조금도 하지 않았다. 그런 일만큼은 없으리라고 생각했다. 그래서 유언장이 공개

되었을 때는 놀랐지만… 시간이 흐르며 마사코가 어떤 마음으로 히마리에게 반지를 남기기로 결심했는지를 알고 싶어졌다.

"자, 슬슬 옷 갈아입고 일 가야겠다."

"죄송해요. 일 가시기 전인데."

"괜찮아. 너도 공부해놔."

네. 영혼 없는 대답이 돌아왔다.

수험생이라는 자각은 있는지 미심쩍었다.

히마리는 자기 방으로 돌아와 거울 앞에 섰다. 집에 있을 때는 거의 치마를 입는다. 그러나 외출할 땐 남성용 옷을 걸친다. 거리감이 없는 건 아니지만 거부감까지는 아니었다. 게다가 여자도 늘 치마만 입는 건 아니지 않나.

일종의 코스프레라고 생각하는 부분도 있다. 외출할 때는 '유미하마 고타로'라는 옷을 입는 느낌이다. 하지만 그렇게 생각할 수 있게 되기까지 몇 개나 되는 벽에 부딪히고 상처받으며 극복해냈다.

"설마 이 차림새로 이 집에 있을 줄이야."

*　　*　　*

히마리가 제 성性을 자각하기 시작한 것은 중학교에 들어갔을 무렵이었다.

물론 그때까지도 위화감은 있었고 혹시나… 싶은 적은 몇 번이나 있었다. 그러나 너무 깊이 생각하지 않기로 했다. 남자다운 행동을 요구받았으므로 생각하는 것만으로도 큰 죄를 짓는 느낌이었다.

그래도 자라면서 눈을 돌렸던 것들과 마주해야 할 때가 왔다. 학교 동급생이 이성 이야기를 한다거나, 성적인 영상을 봐도 영 흥미가 없었기 때문이다. 그리고 비슷한 시기에 지금껏 못 견딜 정도는 아니었던 옷차림도 고통스럽게 느껴질 때가 많았다.

다만, 히마리는 복합적이라 여자로 태어나고 싶었다는 경우와는 조금 달랐다. 여자가 되고 싶은 때와 남자로 있어도 괜찮을 때, 어느 쪽이든 때에 따라 기분이 바뀌었다.

분명한 것은 부모가 바라는 아이가 될 수는 없다는 사실 뿐이었다. 그래서 새아버지에게는 말하지 못했고 친엄마에게는 더 말할 수 없었다.

나이를 먹어감에 따라 거세지는 거리감을 떨쳐버릴 수는 없었지만, 모른 척했던 것 같다. 그러나 고등학교 3학년 1학기 기말시험이 끝난 날 점심때가 지난 뒤 집에 돌아온 히마리의 인생이 바뀌었다.

평일 낮이라 부모님은 일을 나가셨고, 누나는 집을 나간 후 한 번도 돌아온 적이 없어 히마리는 남아도는 혼자만의 시간을 주체하지 못했다.

누나의 방문을 연 까닭의 7할은 변덕, 2할은 호기심, 그리고 1할은… 넘쳐버릴 듯한 감정을 내보낼 곳을 찾았기 때문이다.

　방은 쓰지 않은 그대로 시간만이 멈춰 있었다. 가구뿐 아니라 교과서도, 인형도, 옷도, 아사미가 뛰쳐나갔을 때 그대로 놓여 있었다. 지금이라도 '다녀왔어~' 하며 돌아온 아사미가 이 방에서 쉬고 있는 게 아닌가 하는 듯한 착각마저 들 정도였다.

　옷장을 열었다. 곰팡내나 습한 느낌은 없었다.

　옷장에서 원피스를 한 벌 꺼냈다.

　얇은 옷감으로 된 넉넉한 실루엣의 롱 원피스는 사이즈 구분 없이 입을 수 있을 듯했다.

　"이런 옷이 있었나…."

　디자인은 단순했지만 색은 화려했다. 오렌지는 원색에 가까워 화려한 분위기를 풍겼다.

　히마리는 그 옷을 몸에 대고 방에 있던 큰 거울 앞에 섰다. 오렌지색이 히마리의 얼굴을 밝아 보이게 했다.

　아사미가 입었던 기억은 없다. 그렇다고 해도 아사미가 나간 건 벌써 십 년 전 이야기다. 누나가 어떤 옷을 입었는지 기억하지 못하는 것도 당연했다.

　"…들어가려나."

　크기로 봐서는 불가능하지 않아 보였다. 남고생치고는 체형이 가느다란 히마리는 디자인에 따라서는 여자 M사이즈도 맞을 듯했다.

히마리는 입고 있던 셔츠와 바지를 벗고 옷을 걸쳤다.

옷은 풍성하게 히마리의 몸을 감쌌다. 그 순간 히마리는 마음이 가벼워졌다.

마음속에서 바람이 살랑 하고 통과하는 듯했다. 차갑지도 따뜻하지도 않은 바람이었지만 히마리의 감정이 바뀌는 순간이었다.

히마리는 거울 앞에 섰다.

다리 쪽이 바지와 달리 시원했다. 더위도 조임도 없는 가벼운 느낌에 하늘도 날 듯한 기분이었다. 그러나.

"안 어울려. 전혀 안 어울려!"

사이즈는 문제없어 보였다. 이게 맞는지 안 맞는지는 모르겠지만 답답하지는 않았다. 길이가 길어서 정강이 털이 보이지도 않았다. 어깨 폭만큼은 감출 수 없었지만, 어깨가 넓은 여자도 있어서 허용 가능한 범위였다. 무엇보다 밝고 따뜻한 색감이 히마리의 흰 피부를 돋보이게 했다.

그렇지만… 안 어울렸다.

히마리는 정수리의 짧은 머리를 움켜쥐었다.

"…머리를 기르면 좀 괜찮으려나."

야구부만큼 짧지는 않았지만, 교칙 위반은 아닐 정도의 길이였다. 교칙에 아슬아슬한 선에서 공방전을 펼치는 선생님과 학생들도 있었지만 히마리는 그런 귀찮은 짓은 하지 않았다.

"으음…."

거울 앞에서 치마를 펄럭이며 포즈를 취해봤지만, 역시 무언가가 달랐다.

원피스를 입어보고 사흘 후 히마리는 가발을 구했다. 백엔숍에서 산 가발은 인형 머리카락 같은 나일론으로 만들어져 있었다. 가능하면 좀 더 진짜 머리카락과 비슷한 가발이 갖고 싶었지만 고등학생 용돈으로 살 만한 거라야 뻔했고, 이거라면 엄마한테 들켰을 때 학교 행사에서 쓸 거라고 변명할 수 있었다. 가게에 금색과 갈색 두 가지 색이 있어서 조금이라도 제 머리 색에 가까운 갈색을 골랐다.

가벼운 발걸음으로 집에 돌아온 히마리는 아직 마사코가 돌아오지 않았음을 확인한 다음 사흘 전과 마찬가지로 2층에 있는 아사미의 방에 들어갔다.

옷장에서 원피스를 꺼내 갈아입고 막 사온 가발을 썼다.

"좀… 괜찮을지도."

긴 가발 덕분에 남성 특유의 턱 라인이 감춰졌다. 가발은 눈썹보다 앞머리가 길어서 여자처럼 보였다. 물론 머리카락은 이질감이 느껴졌지만 지금은 찬밥 더운밥을 가릴 때가 아니었다.

"후후."

지난번보다 더 기분이 가벼워졌다. 히마리는 거울 앞에서 빙그르르 한 바퀴 돌았다. 치맛자락이 바람을 타고 펄럭이며 원을 그렸다. 치마가 날개가 되어 진짜 날아갈 것만 같았다.

"뭐 하니?"

등 뒤에서 들린 목소리에 히마리의 온몸에서 땀이 쏟아졌다. 돌아볼 수 없었다. 누가 방문 앞에 서 있는지 보지 않아도 알 수 있었다.

"저, 저기…."

"뭐 하냐고 묻잖니."

성난 목소리는 아니었다. 그러나 감정을 모두 지운 듯한 목소리였다. 땀에 젖은 히마리의 살갗이 순식간에 차가워졌다.

"문화제 분장 같은 거니?"

히마리의 학교에서는 2학기 시작 후 바로 문화제가 열린다. 그 때문에 1, 2학년은 여름방학 중에도 학교에 나와 준비하는 애들도 있었다.

그러나 수험을 앞둔 3학년은 구경만 할 뿐이었다. 1, 2학년이 왁자지껄한 사이, 수험용 모의시험을 치르고 짧은 시간만 문화제에 참가할 수 있다.

"어… 그게…."

히마리는 주춤거리면서도 엄마 쪽으로 몸을 돌렸다. 그러나 머리가 새하얘져 아무 말도 나오지 않았다.

"아니면 무슨 벌칙 게임이라거나?"

"아니…요."

"그럼, 좋아서 하는 거니?"

방 입구에 있던 마사코가 서서히 거리를 좁혀왔다.

히마리는 조금씩 뒤로 물러섰지만 이내 등에 벽이 닿았다.

마사코와 히마리가 말없이 서로 마주 보고 얼마나 시간이 흘렀을까.

온몸에서 피가 빠져나간 듯해서 서 있기도 힘들 정도로 두려운 시간이었다.

"벗으렴. 그건 고타로 네 옷이 아니니까."

마사코는 한 번도 소리를 높이지 않았다. 그런데도 한마디 변명도 못 하게 하는 힘에 눌려 반박할 수 없었다.

엄마에게 들킨 타이밍이 좋았는지 나빴는지는 모르겠지만, 수험생이던 히마리는 대학 진학을 희망했기에 공부를 핑계로 방에 틀어박혔다. 가능한 한 수험에 몰두하는 모습을 계속 보여주어 부모의 눈을 돌리려 했다.

그러나 이때는 이미 진학할 마음 따위는 없었다. 1차 시험도 2차 시험도, 시험장에서 연필을 쥔 채 시간이 지나가기를 기다렸다.

3월이 되어 모든 대학에서 불합격 통지를 받은 히마리는 '잠깐 나갔다 올게'라고 말한 뒤 그대로 도쿄로 향했다.

집을 구해야 하는데 보증인 없이도 들어갈 방이 있을까.

아무튼 살 곳을 찾아야 했다. 히마리의 머릿속은 앞으로의 생활로 꽉 차 있었다.

집을 나올 때 히마리는 '부피가 크지 않고, 비싸고, 돈으로 바꾸기 쉬운 물건'을 들고 나왔다.

다이아몬드 반지였다. 문제는 미성년자였던 히마리가 돈으로 바꿀 수 없다는 것이었다.

그러나 도쿄에는 아사미가 있었다. 집을 나와 어디로 갔는지, 무얼 하는지 히마리는 몰랐지만 마사코의 방을 뒤져 아사미의 연락처를 찾아냈다.

전화를 걸어 집을 나왔다고 설명하자 놀라면서도 금방 만나러 와주었다.

신주쿠역 근처에 있는 커피숍은 평일 낮인데도 거의 빈 자리가 없었다.

해마다 골든위크 직전에 미리 공개되는 애니메이션 영화 광고지를 테이블 위에 올려놓기로 약속한 덕에 거의 십 년 만인데도 금방 아사미를 찾을 수 있었다.

"어? …어어… 축하해."

누나는 아기를 안고 있었다. 아직 걸음도 못 걸을 정도로 작은 아이였다.

"고타로도 삼촌이야."

"열여덟에 삼촌이라…. 하지만 행복하구나, 다행이야."

아사미는 그렇다고 말 못 한 채 조금 쓴 것을 씹은 듯한 미소를 지었다.

십 년 만에 만난 아사미는 처음엔 다른 사람인 줄 알았다. 겉모습이 지난 세월보다 더 많이 달라져 있었다. 볼은 핼쑥했고 머리카락도 뒤로 질끈 묶어 한동안 미용실에 가지 못한 모습이었다. 화장도 거의 하지 않았다. 옷도 목덜미가 늘어져 있었고 계속 빨아 입은 탓인지 색도 바래 있었다.

하지만 아이가 어릴 때 엄마는 잠도 잘 못 자고 몸치장에 신경을 못 쓸 수도 있다. 분명 그럴 거야. 히마리는 생각했다.

"이름은?"

"가에."

"한자는?"

"사람 인 변에 흙 토 두 개를 쓴 아름다울 가佳 자. 에는 은혜 혜惠 자야."

"아하. 그래서 가에구나."

아사미의 품 안에 있는 아이는 가게 안의 소음에도 아랑곳하지 않고 새근새근 자고 있었다. 가능하면 가에가 앞으로 큰 고생 없이 자라줬으면 싶었다.

아사미는 아까보다 더 쓴웃음을 지었다.

"둘 다 집을 나오다니. 괜찮아?"

히마리와 마사코 사이에 무슨 일이 있었는지는 설명하지 않았다. 그래도 짐작 가는 구석은 있었을 터였다.

"미안. 사실 누나한테 기댈 생각은 없었는데."

"그건 신경 쓰지 마. 내가 집을 나와버린 탓에 너한테 부담을 지웠다고 여겼으니까. 그런데 내가 팔아줬으면 하는 게 있다니, 무슨 소리야?"

이거 하고 히마리는 아사미 앞으로 반지를 내밀었다.

아사미는 한동안 상자 안의 반지를 물끄러미 쳐다보았다.

"미성년자는 보호자 동의 없으면 못 팔아서…."

"…이 반지는 누구 거니?"

히마리가 말이 없자 아사미는 한숨 섞인 말을 내뱉었다.

"엄마 거구나…."

"응."

"그럼 진짜 보석이겠네."

관혼상제 같은 자리가 아니면 마사코는 액세서리를 하지 않았다. 결혼반지조차 집안일에 방해가 된다며 평소에는 보관해둘 정도였다. 그러나 필요할 때 착용하는 보석은 가짜가 아니었다. 모두 진짜였을 것이다.

"아, 하지만 이건 원래 새아버지가 주신 거래."

"그럼 더더욱 금액을 묻기가 무서워지는데. 게다가 이 반지를 나한테 팔아달라고 부탁한다는 말인즉, 몰래 가지고 나왔단 소리잖아? 엄마가 경찰에 신고하면 어쩌려고? 그 사람이라면 친아들이어도 가차 없을지 몰라."

"응, 그건 알아. 하지만 평소에는 안 끼니까 금방은 눈치 못 챌 테고…. 그 일은 그때 가서 생각하자 싶어서."

아사미는 팔짱을 끼고 눈을 감았다. 아직 이십 대인데 나이보다 더 들어 보였다. 열 살 차이다 보니 히마리 기억 속에서는 고등학생인 아사미도 어른이었다. 그러나 실제 자기가 그 나이가 되고 보니 그렇지 않다는 걸 알았다. 반지 하나 팔 수 없었다. 어른이 아니야.

십 년 동안 아사미가 어떤 심정으로 지금까지 생활해왔는지 히마리는 알고 싶어졌다.

"집을 나오길 잘했다고 생각해?"

"내 대답을 들으면 넌 집에 돌아갈 마음이 들 것 같니?"

누나를 염려하면서도 히마리는 제 앞일을 걱정했다. 솔직히 불안하기만 했다. 집에 있었다면. 혹은 대학 진학을 이유로 집을 나왔더라면. 분명 이렇게 불안해지지 않고 끝났을 텐데. 하지만 그래서는 그 답답함에서 도망칠 수 없었다.

그렇다 해도 한마디로 누나에게 그걸 설명하기는 어려웠다. 지금의 히마리는 치노팬츠에 후드티라는 '무난함의 정석' 같은 차림새였기 때문이다.

"미안. 내가 먼저 집을 나와버려서 힘들었지?"

아사미가 있어줬다면. 그렇게 생각한 적이 몇 번 있었다. 그러나 도망치고 싶은 마음도 모르는 바 아니었다.

한동안 두 사람은 침묵한 채 시간을 보냈다. 이윽고 아사미가 고개를 들었다.

"가게는 정했어? 반지를 사줄 곳."

"인터넷으로 알아봤는데 잘 모르겠더라."

"여기서 좀 떨어져 있기는 한데 내가 가본 적 있는 가게여도 괜찮아?"

"물론이지."

"그럼 지금 가자. 통장은 가져왔어? 분명 바로 현금으로 주진 않을 거야."

빠삭하네. 자주 이용해? 그렇게 말하고 싶었지만 굳이 묻지는 않았다. 그저 행복하기만을 바랄 뿐이었다.

아사미는 삼십 분쯤 지나 전당포에서 나왔다. 금액이 너무 큰 탓에 조금 시간이 걸린 모양이었다.

"자."

통장을 건네받았다. 뒷날 입금된다고 했다. 아사미의 신분증명서를 썼기 때문에 명세서는 아사미가 가지고 있겠다고 했다. 금액을 확인하자 오백만 엔이라고 했다.

"어쩌면 더 비싼 값으로 사줄 가게도 있었을지 모르지만 시간을 들이기 싫어서 여기로 정했어."

"응, 고마워…."

그다음 히마리는 아사미와 함께 집을 계약했다. 보증인이 있어야 금방 집을 구할 거 아니냐는 제안을 받아서였다. 동시에 더는 연락하지 말라는 소리 없는 말을 들은 것만 같았다. 만남은 오늘뿐이라고.

아사미로서는 히마리가 한심해 보일 수도 있다. 다 버리고 왔다는 것치고는 부모의 반지를 몰래 갖고 나온 데다가 저 좋을 대로 누나에게 의지했으니 말이다.

히마리의 입에서 미안하다는 말이 나왔다. 하지만 무엇에 대한 사과인지 히마리조차 몰랐다.

입을 다물자 아사미가 시간을 확인하고는 '슬슬 가야 한다'고 말했다.

"펑펑 쓰지 마."

"알아."

그것이 히마리와 아사미의 마지막 대화였다.

* * *

도쿄로 생활 터전을 옮긴 히마리가 니이가타에 간 적은 딱 한 번뿐이다.

주민등록표를 변경했으니 있는 곳은 알았을 테지만 실제로 연락이 와서 놀랐다.

전보를 받고 새아버지의 죽음을 알게 된 것은 스물다섯 살 때였다. 전보에는 장례식장과 날짜, 시간이 적혀 있었다.

연락을 줬으니 가봐도 되겠지 하고 해석한 히마리는 장례식장으로 향했다. 집에서는 치마 차림으로 지냈어도 직장에서는 가발도 쓰지 않고 남자용 양복을 입었다. 그러는 편이 업무적으로 무난했기 때문이다.

허리에 리본 장식이 달린 재킷을 원피스 위에 걸치고 머리에는 망사가 달린 헤드 드레스를 썼다. 레이스 장갑까지 꼈다. 물론 검은색으로 통일했다. 액세서리도 진주 목걸이를 준비했다. 5센티 높이의 펌프스를 신자 히마리의 키는 170센티를 넘겼다. 그리고 가발. 처음에 구했던 튀는 색상의 나일론 가발이 아닌, 인공적 느낌이 나지 않는 새까만 긴 인모 가발을 마련했다. 장례식장이 허용하는 범주 안에서 히마리는 더할 나위 없을 만큼 여자로 보이게 준비했다.

장례식장에 들어선 히마리는 입구에서 마침 지나가던 마사코와 딱 마주쳤다.

눈이 마주친 순간 땀이 났다. 10월이라 덥지는 않았다. 뛰어오지도 않았다. 그러나 온몸의 땀구멍에서 땀이 솟았다.

마사코는 딱딱한 마루 위를 구둣발 소리도 내지 않은 채 히마리를 향해 걸어왔다.

7년 만의 모자 상봉이었다. 남편을 잃은 슬픔에도 나이에 맞게 늙었다는 느낌은 있었지만, 여전히 냉철한 분위기를 띠었다. 몸 안의 심지는 전혀 변하지 않은 듯했다.

"돌아가세요."

1월의 니이가타 눈보다 차가운 목소리였다. 표정은 얼음처럼 딱딱해 전혀 온기를 느낄 수 없었다.

그 후로 시간이 흘러 떨어져 있는 동안 마사코도 시대도 조금은 바뀌지 않았을까, 받아들여 주지 않을까 하고 내심 기대했다.

그러나 그 기대는 이루어지지 않았다.

히마리는 마사코가 살아 있는 동안 더는 만날 일은 없겠다는 각오를 다졌다. 그래도 온통 나쁜 기억만 있지는 않았다. 즐거웠던 추억도, 행복한 기억도 있다. 무엇보다 크나큰 후회를 끌어안고 있던 히마리는 마사코가 살날이 얼마 남지 않았다는 사실을 알고 난 다음, 만나지는 못하겠다는 생각을 하면서도 니이가타로 돌아왔다.

마사코가 히마리에게 반지를 남겨준 까닭은 어쩌면 모든 것을 용서해주겠다는 뜻일까.

아니면 결단코 용서하지 않겠다는 증거일까.

히마리는 후자라고 생각했다.

3

"히마리 씨, 이렇게 일찍부터 일 나가세요?"

현관에서 구두를 신는데 다마키가 불러세웠다. 아침 여섯 시 전이었다. 아무리 바쁜 시기라고 해도 아직 출근할 시간은 아니었다.

"나 때문에 깼어요?"

"아뇨. 늘 이때쯤 일어나서요. 그보다 히마리 씨, 오늘은 이르시네요."

원래대로라면 다마키에게 말을 하고 나갈 생각이었지만 말을 꺼낼 타이밍을 놓친 채 오늘을 맞이했다. 물론 나중에 연락하려고 했다.

"오늘은 일 아니에요. 볼일이 좀 있어서 휴가 썼어요."

예상과 달리 다마키는 '그러시군요. 조심히 다녀오세요'라는 말만 건넸다.

어딜 가느냐고 물어볼 줄 알았던 히마리는 조금 이상함을 느꼈다.

집 안은 조용했다. 리사코는 물론이고 가에도 아직 자고 있겠지.

"오늘 중에는 돌아올 예정이긴 한데 저녁밥은 됐어요. 다녀올게요."

밖으로 나서자 입김이 하얗게 얼어붙었다. 아침저녁에는 추위가 뼛속까지 스몄다.

히마리가 도로로 나서자 택시가 앞에 섰다. 어제저녁에 예약해둔 택시였다.

"니이가타역까지 가주세요."

아직 버스는 다니지 않아 택시를 탈 수밖에 없었다.

이른 아침 도로는 한산했고 신호에 걸리지도 않았다. 예상보다 더 빠르게 역에 도착한 히마리는 발권기 앞에 섰다.

역에는 벌써 사람이 있긴 했지만 그래도 한산했다.

목적지는 도쿄였다. 첫 신칸센을 타면 8시 넘어 도쿄에 도착한다. 무엇보다 목적지에 여유롭게 도착하고 싶었다.

히마리는 신칸센에 올라타 좌석에 등을 기대고 눈을 감았다.

오늘 쉬려고 어제는 야근했다. 요즘은 늦은 시간까지 일하니 세 시간 정도밖에 자지 못했다.

그래도 가야만 했다.

바로 졸음이 밀려들었다. 작은 흔들림에 열차가 움직이기 시작했음을 느꼈다.

12월의 신주쿠는 빨강과 초록과 세일 글자로 넘쳐나 딱히 이벤트에 관심이 없어도 뭔가 해야만 할 듯한 기분이 들었다. 백화점 개점 전이라 인파는 그렇게 많지 않았지만 빨리 도착해서 다행이라는 안도의 마음은 금세 사라졌다.

"말도 안 돼⋯."

히마리가 신주쿠백화점 앞에 도착하자 개점 20분 전인데도 이미 사람들이 줄 서 있었다. 줄 끝에는 양복 차림의 남자가 '전당포 물건, 대바겐세일 끝줄'이라는 플래카드를 들고 서 있었다. 줄지어 오는 손님에게 '여기가 제일 끝줄입니다' 하며 두 줄로 서라고 안내하고 있었다.

백화점 특별 전시장에서 열리는 이 바겐세일은 1년에 몇 번 열리지 않는다. 그렇다고는 해도 설마 개점 전부터 줄을 서 있을 줄은 몰랐다. 추위 속에서 그렇게까지 해가며 사고 싶은 물건이 있다니 한가하기도 하지… 하는 생각을 하며 히마리도 그 줄에 섰다.

12월이었다. 게다가 줄을 선 곳은 음지라 건물 틈새로 칼바람이 불어왔다. 추웠지만 그래도 오늘은 치마를 안 입어서 어느 정도는 괜찮았다. 가발도 안 썼다. 데님 팬츠에 스웨터, 체스터 코트라는 무난한 차림새는 단순히 추위를 막아주고 움직이기 편하다는 이유만으로 골랐다.

개점 시간이 되자 줄이 움직이기 시작했다. 입구에 다다르자 출발 신호를 기다리는 육상선수처럼 앞에 있던 중년 여성이 갑자기 뜀박질을 시작했다.

"위험하니까 뛰지 마세요."

확성기를 든 점원이 여성에게 소리쳤다. 그러나 오히려 그 소리가 다시 출발 신호가 되었는지 히마리 뒤에 있던 사람들도 차례로 뛰기 시작했다. 이미 성별은 상관이 없었다. 여자도 남자도 눈빛이 달라지더니 뛰었다.

그러자 신기하게도 뛸 생각이 없었던 히마리의 발걸음도 빨라졌다. 뛰지는 않았지만 목적지까지 잰걸음으로 향했다.

사람이 몰린 쪽은 가방 코너였던 듯 히마리가 간 곳은 그렇게 사람이 많지 않았다. 유리 케이스 안을 들여다보자 점원이 다가왔다.

"찾으시는 게 있으실까요?"

20대 후반쯤 되려나. 젊은 남자 점원이 살짝 긴장을 머금고 있었다.

"다이아몬드요."

"다이아몬드는 이쪽입니다."

히마리가 본 곳은 컬러 스톤 코너로 루비나 사파이어, 에메랄드처럼 색이 있는 보석 코너였다.

다이아몬드는 다이아몬드만 모아둔 코너가 있었는데 그곳만 무채색인데도 반짝거렸다.

"크기나 질에 따라 가격이 달라지는데요. 어떤 걸 찾으실까요?"

아직 손님이 적어서 그런지 점원이 자꾸 말을 걸었다.

좀 혼자 보게 해주지. 그런 생각을 하며 히마리는 '커다란 보석'이라고 말했다.

"1캐럿 정도이실까요?"

"아뇨. 3캐럿 이상 되는 거요."

"어…."

점원이 당혹스러운 듯 주위를 둘러보았다. 근처에 있던 히마리와 비슷한 연배의 여성이 다가왔다.

젊은 점원이 히마리와 나눈 대화를 설명하는 듯했다. 상사 같은 여성이 몇 번 고개를 끄덕이더니 히마리 앞에 섰다.

점원은 히마리를 머리끝부터 발끝까지 슬쩍 쳐다보았다. 3캐럿 넘는 다이아몬드를 살 수 있는 사람인지를 평가받는 느낌이 들었다.

"3캐럿 넘는 물건은 지금 여기에 준비되어 있지 않습니다만 찾을 수는 있습니다. 손님께서는 혹시 나석*을 찾으시는지요?"

"가능하면 반지를… 아니, 나석도 괜찮습니다."

"마음에 두신 브랜드가 있으실까요?"

"그런 건 없는데 보석 투명도와 색상, 커트는 정해져 있어요."

히마리는 가방에서 메모를 꺼내 점원에게 건넸다.

메모를 훑어본 점원은 바로 '죄송합니다' 하는 말과 함께 머리를 숙였다.

"저희 점포에는 지금 손님이 찾으시는 물건이 없습니다."

"입고될 가능성은 있을까요?"

"없다고 잘라 말할 수는 없지만… 이 정도 퀄리티가 있는 물건을 찾으신다면 금액이 상당할 거예요."

여성의 얼굴이 흐려졌다. 그러나 어딘가 연기 같았다. 히마리가 찾는 다이아몬드는 매장에서 사면 지금은 5천만 엔을 넘는 물건이었다. 판매가와 매매가가 다르다는 사실은 히마리도 잘 알았다.

---

* 세공을 거쳤지만 아직 액세서리로 만들어지지 않은 보석

데님 팬츠에 양산형 스웨터를 입은 사람이 손댈 가격은 아니라고 생각하는 눈치였다.

"돈은 있습니다. 부모님께… 유산을 물려받았거든요."

실제로는 예전에 반지를 팔았을 때의 돈이었다. 일부는 학비 등으로 써버렸지만 학창 시절에는 아르바이트비를, 사회인이 된 후로는 월급을 조금씩 모았다. 언젠가 돌려줘야 한다고 생각했기 때문이다.

메모를 봤을 때는 눈썹 하나 까딱하지 않던 직원도 돈이 있다는 걸 알더니 입가가 헤벌어졌다.

그래도 표정 변화는 한순간뿐 다시 순식간에 영업용 얼굴로 돌아왔다.

"물론 손님께서 원하시는 조건대로 가능하면 도와드리고 싶습니다만… 비슷한 보석을 찾을 수는 있어도 이 종이에 적힌 조건과 완전히 똑같은 보석을 찾기는 힘들지 않을까 싶습니다. 컬러를 조금 바꿔 보시든가, 투명도를 한 단계 낮춰 보시면 더 많이 찾을 수 있을 것 같습니다만."

"아니요. 방금 그 조건을 채워야 해요."

히마리는 그 외에는 관심이 없다는 강한 뜻을 그 말에 실었다.

여성 점원은 더는 시간 낭비라고 여겼는지 '달리 마음에 드시는 상품이 있으시다면 말씀해주세요'라고 인사한 뒤 떠났다.

안 살 사람이라고 판단했겠지. 그렇게 생각해도 별수 없다고 히마리는 이해했다.

처음 히마리를 접객했던 초보 티 나는 점원에게 가볍게 머리를 숙인 다음 북적거리는 가방 코너 옆을 지나 매장을 빠져나왔다.

십여 년 전에 아사미가 데려가 줬던 전당포는 이미 그곳에 없었다.

인터넷으로 검색해도 홈페이지를 찾을 수 없었고, 커뮤니티 사이트 등을 봐도 폐점했다는 것 이상의 정보는 얻을 수 없었다.

희미한 기억을 더듬어 몇 시간 동안 근방을 돌아다닌 끝에 그날 입수한 정보는 전당포 터가 유료주차장이 되었다는 것뿐이었다.

여기까지 왔는데 싶어 도내의 다른 전당포를 둘러보았지만 히마리가 찾는 반지는 어디에도 없었고 시간은 그렇게 다 지나가 버렸다.

도쿄역에 도착한 히마리는 개찰구가 아닌 지하상가 식당으로 향했다.

입구에서 점원에게 일행이 있다고 말하자 좌석에서 손을 흔드는 남자가 있었다. 히마리의 대학 시절 친구인 데지마 미나토였다.

히마리는 미나토와 테이블을 사이에 두고 마주 보는 형태로 앉았다.

"미안, 좀 늦었지."

"괜찮다니까. 나 먼저 먹고 있었어."

테이블 위에는 이미 거의 다 마신 듯한 잔이 있었다. 가게에 온 지 20분쯤 지났을까.

히마리가 약속했던 시간은 5분 전이었다. 업무시간을 생각하면 이른 시간이었다.

"일하던 중 아니었어?"

"오늘은 외근이라 바로 퇴근했거든."

미나토는 살짝 취기가 돌기 시작한 듯 헤벌어진 미소를 지었다.

"땡땡이쳤구먼."

"됐어. 회사로 들어갔다 오면 약속시간에 늦을 것 같기도 했고."

"그렇게 말하면 미안하긴 한데, 땡땡이치게 하려던 건 아니었어."

"알아. 그보다 여기서 하루 자면 더 여유롭게 마실 수 있는데. 우리 집에서 자도 괜찮고."

"단란한 가정에 난입하는 건 사양하겠어."

미나토는 3인 가족으로 도내 맨션에서 살았다. 딱 한 번 가본 적이 있는데, 빈말로도 넓다고는 할 수 없었다. 그러나 가족끼리 거리가 가까워 늘 대화와 웃음이 끊이지 않았다.

그 모습에 히마리는 평생 자신이 가질 수 없는 곳이라는 생각이 들어 머무르기 불편했다.

"바쁜 시기인 건 알아. 학원 강사로 일하는 중이지?"

"오늘도 억지로 휴가 썼어. 그 덕분에 앞으로 열흘 내내 연속 근무하게 됐지. 상상을 초월할 정도로 바빠."

"그야 가르친다는 건 같아도 학교 선생이랑은 다르겠지. 부모가 바라는 점도 다를 테고. 아, 이건 돈을 내는 사람으로서 의견이야."

미나토는 하얀 이를 드러내며 씩 웃었다. 미나토의 아이는 지금 초등학교 4학년일 터였다. 중학 수험을 어떻게 할지 고민 중이라는 이야기는 들었다. 방금 대화 내용으로 미루어 수험을 대비해 학원에 다니기 시작했을지도 모르겠다.

"그건 그렇고 놀랐어. 작년에 갑자기 학교를 그만두고 고향으로 돌아간다고 해서. 이유는 묻지 않았지만."

"뭐… 원인과 계기가 한번에 생겨서."

근무 중에는 남자로서 지냈지만 휴일에는 여장하고 지낸다는 사실을 우연히 학생과 보호자에게 들켜버렸다. 시대가 시대인 만큼 빠르게 퍼졌다. 그다음 월요일에 교장에게 불려가 이유를 설명해야만 했다.

질책당한 것은 아니었다. 여장을 금하지도 않았다. 그런 삶도 있다고, 학생을 대할 때와 똑같이 이해한다고 말했다. 하지만 학생들은 모르게 해달라는 말을 에둘러 했다. 이해는 표면에서 그쳤다.

　그 바로 직후 다마키에게 마사코가 살날이 얼마 남지 않았다는 연락을 받았다.

　여기에는 못 있겠다는 생각이 히마리를 퇴직으로 이끌었다. 그렇다고는 해도 마사코와 얼굴을 마주하면 싸우게 될 것이 뻔했다. 니이가타에 돌아간 다음에도 내일 가자, 모레 가자 하며 하루씩 미루는 사이 한 달이 지나 두 달이 되고, 그리고… 만나지 못한 채 끝났다.

　미나토에게는 왜 집을 나왔는지 이야기는 했다. 그래서 마사코가 세상을 떠났음을 알렸을 때 '그렇구나…' 하는 말뿐이었다. 히마리를 탓하지도, 위로하지도 않고 그저 이야기를 들어주었다.

　세 번째 맥주잔을 비운 미나토가 잔을 내려놓았다.

　"메일을 읽어보니 한동안 니이가타에 있을 듯하던데?"

　"그럴 것 같아. 상속 문제가 정리가 안 되네."

　"도쿄로 돌아올 생각은?"

　"어쩔까나…. 저쪽에 계속 있을 이유도 없지만 도쿄에 올 이유도 없으니까. 다 끝나도 어디든 상관없다 싶어. 자유로운 독신이니 일이 있는 데서 살려고."

　"하지만 바쁜 시기에 일부러 여기 온 건 뭔가 이유가 있어서잖아? 난 당연히 취직할 곳을 찾으려고 온 줄 알았는데."

　"…찾으러 온 건 맞긴 한데."

"찾았어?"

히마리는 고개를 저었다. 미나토는 그래 하고 대답했다.

"유언장은 있었지?"

"있었는데 쉽지 않아. 솔직히 유산 같은 게 없었으면 편했 겠다 싶기도 해."

"그렇게 많아? 구체적인 액수를 물어볼 생각은 없지만."

"액수로 치면 보통보다는 많지만… 그만큼 여러모로 성가 셔."

성가신 이유 중 하나는 히마리에게 있었다.

그렇기에 성가셔도 그 집에서 도망칠 수 없었다. 자신이 열여덟 살 때 저지른 일을 수습하려면.

미나토가 메뉴판을 봤다. 상태가 비교적 얼굴에 잘 드러 나는 미나토는 누가 봐도 취한 걸 알 수 있었다.

"또 맥주? 적당히 해. 여기서 집까지 꽤 가깝아? 지하철에 서 잠들었다가는 큰일 난다."

"확실히 큰일은 났었지. 세 번째엔 와이프한테 쫓겨났으니 까…."

"응?"

"한여름이라 죽지는 않겠구나 했겠지만. 아이가 태어난 후로 와이프도 수면 부족이라 화가 난 것도 이해해."

"그 얘기는 처음 듣는데. 어떻게 됐어?"

"딱히 뭐. 사과하고 용서받았지. 내 잘못이니 그 수밖에 더 있나."

"지하철에서 잠든 정도라서 용서해줬나."

"아니, 굳이 따지자면 와이프가 화난 이유는 택시비 때문이야. 지하철이 끊기면 집에 갈 방법은 택시밖에 없잖아."

"…비즈니스호텔도 있잖아."

"취한 사람한테 정상적인 판단을 바라지 말아줘…."

고개를 떨군 미나토는 그때의 일이 생각났는지 표정이 해쓱해졌다.

"나중에 생각해보니까 호텔비가 더 저렴했고, 어차피 집에 들어가도 도움도 안 될 주정뱅이는 그렇게 해야만 했어. 네, 반성하고 있습니다."

미나토는 테이블에 양손을 올리고는 히마리를 향해 고개를 숙였다.

"나한테 사과한들…."

"응, 그렇네. 아니, 최대한 안 그럴 생각이긴 한데 사고 쳤을 땐 빌 수밖에 없어."

미나토가 고개를 들었다.

"넌 이제 사과할 수 없지?"

"…어?"

"아니라면 미안. 그저… 부모와 연을 끊은 대학생은 그리 많지 않잖아. 아니, 있을 수도 있겠지만 내 주변엔 너밖에 없었거든. 물론 부모랑 서로 이해를 못 하는 일은 있을 테고,

사과하라고 강요하는 건 아니지만…."

뜨끔했다.

미나토에게는 부모와 연을 끊은 이유를 '거의' 설명했다. 그러나 '전부'는 아니었다.

가장 무거운 후회, 반지를 훔친 이야기는 하지 못했다.

"말하기 싫으면 안 해도 되는데, 너희 어머니가 살아 계셨다면 해결 가능했을 것 같은 일이야?"

"무리야."

"대답 빠르네."

"뭐, 딱 한 번, 집에 갔을 때 말하려고 하긴 했지만."

새아버지의 장례식 소식을 접했을 때 히마리는 마사코에게 사과하려 했다. 그러나 얼굴을 마주한 순간 거부당했다.

그때의 마사코는 히마리가 여자 복장으로 장례식에 참석할 줄은 몰랐으리라. 목소리는 차분했지만 히마리를 보는 눈동자는 몹시 흔들렸다.

역시 마사코에게 여장한 히마리는 '올바른' 모습이 아니었다. 시간이 흘러 서로가 변하지 않았을까 기대했지만, 기대와는 완전히 반대 방향으로 변했음을 깨달았다.

여자 차림을 했던 까닭은 전부를 받아들여 주길 바라는 응석 어린 마음이었을지도 모른다.

반대로 마사코로서는 기회를 주었는데도 용서받으려는 마음이 전혀 없는 듯한 아들을 참을 수 없었을지도 모른다.

미나토가 취기가 깬 눈으로 히마리를 쳐다보았다.

"어떡하면 좋을까 계속 생각 중이야. 정답은 지금도 모르겠지만. 그래서 말인데…."

4

니이가타로 돌아온 히마리는 연말연시 내내 일에 쫓겼다. 학교 선생님이 쉴 때 반대로 학원 강사는 바빠진다. 평소 학교에 가던 학생들이 방학 땐 학원으로 오기 때문이다.

초등학생부터 고등학생, 이미 졸업한 사람까지 끌어안은 학원은 오전에 겨울 특강이 시작되어 마지막 수업은 밤 열 시쯤에 끝났다. 학생이 돌아가도 강사의 업무는 끝나지 않았다. 일지를 쓰고 다음 날 수업 준비에 매달렸다. 솔직히 말하면 이 시기는 휴일 없이 매일 업무를 보느라 정신이 없었다.

히마리는 주로 고등학생 영어를 담당했지만, 다른 강사가 쉬면 다른 과목의 수업을 하거나 중학생의 수업을 맡을 때도 있었다. 과거 일을 생각할 여유도, 다이아몬드 찾기도, 여자로 보내는 것조차 물리적으로 힘든 하루하루를 보냈다.

공통 테스트가 다가오자 대학 수험을 앞둔 고등학생 가운데에서는 멘탈이 불안정해지는 아이도 있었다.

"선생님, 어떡하죠. 분명 안 될 거예요…."

한탄할 시간이 있으면 한 문제라도 더 풀지… 하고 싶었지만 예민해진 학생을 못 본 체할 수도 없었다.

"불안한 건 다 똑같아. 여태껏 준비 많이 했으니까 당일에 차분하게 문제 풀면 돼."

표현은 달라도 대개 비슷한 내용을 계속 말했다. 물론 수업은 그래도 진행했고, 개중에는 '지금까지 계속 땡땡이치다가 인제 와서 허둥대본들 무슨 소용'이라는 생각이 드는 학생도 있었지만 그런 소리를 입 밖으로 꺼낼 수는 없었다.

"수험은 무슨 일이 일어날지 몰라."

등급이 전부가 아닌 것도 사실이다.

일이라고는 하지만 다른 학생을 봐주는 동안 가에도 마음에 걸렸다.

바쁘다 보니 아무래도 가에까지 봐주기가 쉽지 않았다. 다른 고등학생과 달리 받쳐주는 사람이 없는 환경을 생각하면 걱정스러웠다. 그래도 없는 시간은 어떻게 할 수 없었다. 하루 24시간 중 18시간은 일을 하는 게 아닌가 싶을 정도로 바쁘게 일했다.

겨울방학이 끝나자 겨우 조금은 여유 시간이 생겼다. 히마리는 가에를 봐주느라 살짝 늦은 점심을 먹으려고 식사도 할 수 있는 카페에 왔다.

"왜 이 가게야? 늘 가던 데는?"

환청으로 여기기엔 익숙한 목소리가 히마리의 귓속으로 날아들었다.

아니야, 사람을 잘못 본 거야. 이런 시간에 움직일 리가 없어. 그렇게 생각했으나….

"왜 오늘은 이 시간이야? 너무 이르잖아."

그 발언은 목소리 주인공의 생활 패턴과 완벽히 일치했다.

모처럼 홀가분하게 맞은 점심인데 마음이 불편했다. 게다가 목소리의 방향과 기척으로 미루어볼 때 히마리 바로 뒷자리에 앉은 듯했다.

행인지 불행인지, 좌석 등받이가 높은 덕에 히마리의 존재는 눈치채지 못한 낌새였다.

"그래서 상속은 어때? 잘 진행되고 있어?"

"최근에 연락이 닿은 한 명은 포기한다고 해줬는데 계속 설득 중인 할아범은 줄 걸 안 주면 안 하겠대."

"줄 거라니, 이거?"

"어. 이 정도는 달라더라."

히마리에게는 상대방의 모습이 보이지 않았다. 이게 뭘까 싶었지만 이야기의 흐름상 돈이겠지. 이 정도라고 했을 때 손가락을 몇 개 세웠을지는 몰라도 토지 가격으로 볼 때 상당한 금액임은 상상할 수 있었다.

"그것도 좀 포함해서 생각 중이야. 더 질질 끌기도 싫고. 타이밍을 봐서 돈을 주면 떨어져 나갈 것 같으니까. 아, 하지만 이런 거 진짜 싫어. 누가 대신해줬으면."

뒤에 앉은 사람은 틀림없는 리사코였다. 목소리는 물론이거니와 상속 이야기가 완벽히 일치했다. 상대방 남자의 목소리는 들은 적이 없었지만 리사코의 지인이겠지. 사정을 자세히 아는 듯했다.

리사코가 하는 일이니 얌전히 상속 절차를 밟아나가지 않을 줄은 알았다. 쉽고 편하게 큰돈을 갖고 싶다는 바람이 그득했다.

더구나 상관없는 제삼자가 개입했다. 까다로운 이야기가 더 까다로워졌다.

"그러니까 내가 말했잖아. 좋은 말로 잘 구슬려서 남이랑 바꾸라고."

"하려고 했어! 그치만 넘어오겠다 싶을 때 방해꾼이 끼어들어 잘 안 풀렸다고. 기껏 여고생 하나 다 흔들어놨더니만."

"다른 한 명은?"

"그쪽은 어려워. 의심도 많고 성격도 꼬인 데다 독설가고 남을 깔보는 듯한 태도에 완전 귀찮은 성격인데 머리는 좋아서 내가 뭔 소리를 해도 속지를 않아."

지금 당장 뒷자리로 쳐들어갈까 하며 히마리는 순간 몸을 일으켰다. 그러나 이야기를 조금 더 듣고 싶었다.

히마리는 주먹을 꽉 쥐고 귀를 기울였다.

"유언장을 무효로 하는 방법을 인터넷으로 찾아봤어. 유언장 자체가 의심스러우면 무효로 할 수도 있다나 봐."

"그건 무리 아닐까? 공증 뭐시기라고 했어. 직접 쓴 게 아니라 법률 뭐라고 하던데."

"공정증서인가. 확실히 효력은 있겠지. 다만. 전원이 유언장에 이의를 제기한다면 달라질 수도 있어."

"무슨 소리야?"

"그러니까…."

부스럭부스럭 종이를 펴는 소리가 들렸다.

무언가를 프린트라도 했겠지. 꽤 준비성이 좋았다. 히마리는 경계심을 높였다.

"그러니까 여기 읽어봐. 이 빨간 글자로 폰트 키운 부분. 가정재판소에 유언장 무효 소송이라고 적혀 있지?"

"소송? 재판해야 무효화할 수 있는 거야?"

"그래. 상속인 한 명 한 명의 주장을 듣고 최종적으로 재판소가 판단해."

"이기면 재판소 앞에서 승소라는 종이를 들고 달리는 그거구나."

그건 매스컴이 밖에 있을 때 퍼포먼스였다. 일반인이 해서 뭘 어쩌겠다는 건가. 히마리는 말없이 일침을 날렸다.

"그럼 재판하지 뭐. 후딱 끝내게."

"그게. 재판으로 가면 길어지는 경우가 있어. 아마 한 달인가 두 달 정도가 아니라 연 단위가 될걸. 게다가 질 가능성도 있고."

"지면 어떻게 되는데?"

"그러니까 그 리스크를 무릅쓰지 않기 위해서라도 리사코 네가 열심히 설득하는 게 낫다 이 말이야."

"아~ 그건 무리."

"그렇다면…. 예를 들어 유언장을 썼을 때 치매였다는 증거를 낸다거나."

"치매? 정신이 온전치 않았음을 증명하는 거야? 그런 건 다마키 씨. 아, 같이 사는 사람이 부정할 게 뻔해. 나도 그 사람이 죽을 때까지 만나보질 못해서 실제로 어떤지 모르고."

"동거인의 증언이 아니라 의사의 진단서가 필요할 거야. 유언장을 작성했을 때 판단능력이 없었다면 효력이 의심스러워질 수 있잖아."

"그럼 의사한테 물어보면 돼?"

물어본들 쉽게 대답해주진 않을 거다. 그건 이미 히마리가 경험했다.

설령 절차를 밟아 의사가 대답해준들 마사코가 치매가 아니었다면 유언장은 유효하다는 증거가 될 뿐이었다.

마사코는 정상적인 판단을 내릴 수 있는 상태였다.

그건 의사에게 확인받지 않아도, 마지막 순간을 지켜보지 않았어도 히마리는 알 수 있었다.

그런 말도 안 되는 유언장을 생각할 사람은 마사코밖에 없었다.

그때 히마리의 스마트폰이 울렸다.

직장에서 온 연락인가. 최근 들어 결근한 사람 대타 연락을 여러 번 받았다.

급히 확인하니 메일이 한 통 와 있었다. 인터넷으로 주문한 물건을 발송했다는 연락이었다.

히마리가 일에서 돌아오자 드물게도 거실에 리사코와 가에가 있었다. 게다가 함께 태블릿 단말기를 보고 있었다. 이미 날짜가 바뀐 시각에 무얼 하나 싶은 히마리는 두 사람의 손 쪽을 들여다보았다.

"뭐 해?"

"리사코 씨가 보고 싶은 동영상이 안 나온다길래 태블릿 사용법을 알려드렸어요."

"아니, 스마트폰으로 웬만한 건 되니까 태블릿은 써본 적이 없거든. 그런데 다마키 씨가 태블릿을 빌려줘서 써보려고."

"노안에 작은 화면은 힘들지."

"시끄러워. 저녁이나 먹지?"

"흐음~ 날 쫓아내고 가에한테 뭔가 음흉한 이야기라도 하려고?"

리사코의 어깨가 움찔 흔들렸다.

"무슨 뜻이야?"

"딱히? 말 그대로야. 자기 가슴에 손을 얹고 생각해보지 그래?"

히마리의 가시 돋친 말은 물론 카페에서 들은 이야기 때문이었다. 가에한테 쓸데없는 소리를 하는 꼴은 두고 볼 수 없었다.

"저… 진짜로 태블릿 사용법만 알려드렸어요."

열을 올리는 리사코와 히마리 사이에 가에가 끼어들었지만 리사코를 곧이곧대로 믿을 수는 없었다.

"가에, 이 아줌마 이야기는 들으면 안 돼."

"왜 내가 가에랑 얘기하면 안 되는데?"

"그야 당연히 멍청해지니까 안 되지."

"뭐? 시비 걸지 마."

"시비 아닌데. 뭐, 나는 의심도 많고 성격도 꼬였고 독설가에 남을 깔보는 듯한 태도를 취한다고? 또 뭐라고 한 것 같긴 한데, 어차피 말한 사람도 기억 못 하지?"

리사코의 얼굴에 물음표가 떠올랐다. 히마리가 한 말을 중얼거리더니 아, 하고 짧게 내뱉었다.

"엿들었어?"

"그쪽이 나중에 들어왔거든. 들려주기 싫으면 대놓고 멍청하다고 광고하는 대화를 내 옆에서 하지 마."

"자꾸 멍청하다고 하지 마!"

"저도 같은 생각이에요."

왜인지 가에까지 참전했다. 게다가 리사코 편이었다.

히마리는 짜증 난다고 소리치고 싶었다.

생각할 일도 해야 할 일도 너무 많았다. 가에는 일단 수험을 최우선으로 생각했으면 좋겠고 리사코는 쓸데없는 짓 좀 하지 말고 차질 없이 상속할 수 있게 절차를 밟아줬으면 좋겠다.

"가에, 오늘 할 분량은 다 끝냈어?"

"끝냈어요."

"그럼 이제 자."

"곧 자긴 할 건데⋯. 히마리 씨야말로 피곤하신 듯한데 빨리 주무시는 게⋯."

"날 피곤하게 만드는 사람들이 뭘 아는 척 왈가왈부하지 마!"

홧김에 내뱉었지만, 가에의 표정을 보고 말이 지나쳤음을 깨달았다.

가에가 당혹해하는 것도 당연했다. 히마리의 시간을 빼앗고 있다는 사실을 자각하고 있는 가에에겐 지나친 한마디였다.

"⋯미안, 화풀이였어."

"아뇨, 제가 민폐인 줄은 잘 알고 있어서."

"민폐 아니야. 내가 제안한 일이니 네가 신경 쓸 것 없어."

'평범한 가정'이라면 이 시기에는 오히려 수험생이 시험을 눈앞에 두고 초조해하거나 불안해져서 가족에게 화풀이를 하겠지.

"완벽하게 내 잘못이야. 리사코 씨는 그만 방으로 가."

"잠깐. 나한테는 태도가 완전 다르잖아!"

솔직히 리사코에게는 할 말을 다 못했다. 카페에서 함께 있던 남자와 나눈 대화를 더 실행하려는 속셈일 것이다. 그걸 알면서 내버려두는 이유는 리사코의 경우 행동이 눈에 불 보듯 뻔했기 때문이다. 같이 살면 결정적인 순간이 되기 전에 막을 수 있을 줄 알았다.

단, 리사코에 한해서였다.

리사코 주변 사람이 어떻게 행동할지까지는 파악할 수 없었다. 애당초 상대를 모르니 생각해본들 소용이 없었다. 가능하면 리사코에게 질려 손을 떼주면 고맙겠지만 돈이 있는 동안에는 접근하겠지. 떨어져 나갈 때는 돈이 되지 않는다고 판단했을 때. 그다음은….

"리사코 씨는 목에 칼이 들어와도 돈을 선택할 것 같네."

"뭔지는 몰라도 너무하네. 아무리 나라도 돈보다는 목숨을 택한다고!"

리사코는 2층으로 올라갔다.

한밤중인데도 발소리를 죽일 생각도 없는 듯했다.

가에가 걱정스러운 듯 히마리를 쳐다보았다.

"괜찮으세요?"

폭언을 내뱉은 히마리를 걱정해주다니 착한 아이였다. 가에에게서 누나의 그림자가 느껴졌다.

"괜찮아. 아까는 내가 정말 잘못했어. 넌 신경 쓰지 말고 공부해."

"신경을 안 쓸 수는 없어요. 하지만 역시 아까는 리사코 씨한테도 말씀이 지나치셨던 것 같아요. 히마리 씨, 뭔가 여유가 없으니까 가장 만만한 리사코 씨한테…."

"그러니까, 미안하다니까."

마지막까지 듣기 싫어 얼버리려는 히마리의 태도에 가에는 바로 앞에 마주 섰다.

"저기! 히마리 씨, 뭔가 숨기시는 거 없으세요?"

"…뭔가라니?"

"잘은 모르겠지만 히마리 씨, 좀 이상해요."

"그 소리는 옛날부터 많이 들었어."

"그게 아니라… 초조해하는 것 같아요."

"그야 초조할 만도 하지. 앞으로 두 달 남짓 동안 상속을 끝내야 하니까."

시간이 너무 없었다. 리사코뿐만 아니라 히마리의 반지도 어떻게든 해야 했다. 슬슬 이 고착 상태에서 속도를 낼 필요가 있었다.

"그러고 보니 다마키 씨의 상처 말인데요…."

"물어봤어?"

"네. 히마리 씨랑 리사코 씨가 외출하셨을 때."

히마리로선 조금 의외였다.

상처를 본 건 우연이었지만 그다음은 훔쳐보기였다. 게다가 지금의 다마키는 건강해 보였다. 그래서 한동안 상황을 살펴볼 줄 알았는데, 아무래도 아니었던 모양이다. 그 정도로 다마키가 걱정스러웠겠지.

"옛날에 병을 앓아 수술하셨대요. 하지만 걱정할 거 없으니 신경 쓰지 말라고 하셨어요."

"음…. 그럼 그 말이 맞겠지."

네 하고 대답은 했지만 가에는 이해가 안 간다는 표정이었다.

"어느 쪽이든 그 일에 관해선 더 물을 일 없잖아."

"그렇긴 한데… 제가 다마키 씨랑 지내는 시간이 가장 길잖아요. 그런데 병원에 다니시는 줄도 몰랐어요."

가에는 다마키를 더 알고 싶은 것이리라. 걱정조차 못 하게 해서 서운할지도.

여기에 막 왔을 무렵의 가에는 주변 상황에 떠밀렸을 뿐 스스로 움직이려 하지 않았다. 히마리에게 의견을 낸 적도 없다. 이해할 수 있는 방향으로 움직이려는 모습은 가에 나름의 변화로 느껴졌다.

그리고 히마리 자신도 이대로는 안 되겠구나 싶었다.

평소보다 조금 일찍 일어난 히마리는 부엌이 아닌 마사코의 방으로 향했다.

　문을 열자 침대 위에 있었을 리넨이 발소리도 없이 옷장 위로 올라갔다. 침대 위를 만져보자 리넨이 자고 있던 곳이 아직 따뜻했다. 문을 연 순간 후다닥 일어난 모양이었다.

　"그래, 나한테는 그래도 돼. 하지만 가에한테는 슬슬 마음 좀 열어라. 이제 널 돌봐줄 사람은 가에밖에 없으니까."

　말이 통했는지 리넨의 꼬리가 아주 약간 흔들렸다.

　"경계하는 모습이 영락없이 전 주인이네. 틈을 보이지 않는 것까지 쏙 빼닮았어. 그 사람도 철벽같은 갑옷으로 본심을 숨겼으니까. 설마 죽은 뒤에 빙의된 건 아니겠지?"

　리넨은 아무 반응이 없었다.

　"만약 그렇다면 가에가 좀 안됐는데."

　요즘에는 전보다 조금 더 리넨과 가까워진 듯하다며 가에는 기뻐했다. 일단 쓰다듬기는 허락해준 모양이고, 기분이 좋으면 가에의 손에 있는 먹이도 먹는다고 했다.

　'부탁'을 하면 열 번에 한 번은 안을 수 있게 해주는 듯했다. 그걸 따른다고 표현해도 될지는 모르겠지만 진전은 있어 보였다.

　여전히 리넨은 내려오지 않았다.

　"네가 말을 못 해서 다행이야."

　히마리는 마사코의 방 벽장문을 열었다.

제3장 다이아몬드가 있는 곳

전에 리사코가 뒤집어엎은 통에 안에 들어 있던 종이 상자
도 구깃구깃해졌지만, 지금은 깔끔하게 정리되어 있었다.

히마리는 벽장 위쪽에 넣어둔 상자를 하나씩 꺼내 바닥에
쌓았다.

－ 평소에는 숨겨둬.

－ 어디에?

－ 비밀 장소에. 누가 훔쳐가지 못하게 꼭꼭 숨길 수 있는 곳에.

히마리에게 반지를 보여줄 때 마사코는 구체적인 보관장
소를 언급하지 않았다. 그러나 순간 시선을 움직인 곳이 있
었다.

히마리는 벽장 윗단에 올라가 천장 판자에 손을 뻗었다.
살짝 힘을 주자 판자 한 장이 쉽게 들렸다.

"고전적이네."

팔을 뻗어 더듬거리자 손가락 끝에 뭔가가 닿았다. 조금
더 팔을 뻗었다. 벨벳으로 된 자그마한 상자가 잡혔다.

상자를 열기 전 히마리는 벽장 윗단에서 뛰어내렸다. 착지
소리가 크게 울렸다.

옷장 위에 있던 리넨이 무슨 일인가 하고 소리가 난 쪽을
쳐다봤다가 이내 도로 고개를 돌려 눈을 감았다.

히마리는 손바닥에 올린 작은 상자를 바라보며 후 하고

한 번 크게 심호흡을 했다.

그때 의도대로 문이 열렸다. 머리카락이 헝클어진 리사코가 눈을 반쯤 감은 채 들어왔다.

"뭔데 이렇게 퉁탕거려? 시끄러워서 잠을 못 자겠잖아."

"11시인데 일어나도 되지 않나? 아니면 조그만 소리에도 민감해져서 잠이 안 오는 나이야?"

"시끄러워. 대체 뭐 하는데?"

"찾았어."

"뭘?"

"이거."

오른손에 올려놓은 상자에 리사코의 눈이 크게 떠졌다.

"설마 그거!"

"아직 안 열어봤어."

"뭘 꾸물대! 이리 내봐!"

리사코는 히마리가 대답하기도 전에 상자를 빼앗아 망설임 없이 뚜껑을 열었다.

"우와… 크다."

무색투명한 보석은 빛을 모아서 반사하듯 반짝반짝 빛났다.

"유언장의 반지! 어디 있었어?"

히마리는 벽장 천장을 가리켰다.

물론 히마리가 숨겨두었다. 옛날에 마사코가 여기를 숨겨놓는 곳으로 썼기 때문이다.

가능하면 다른 사람이 발견해주길 바랐건만 며칠이 지나도 변화가 없어 히마리가 직접 움직였다.

허? 리사코가 새된 소리를 냈다.

"그런 데에 있었단 말이야? 어떻게 알았어?"

"잠깐… 옛 생각이 나서."

"흐음…. 뭐, 찾아서 다행이긴 한데 마냥 기뻐할 수만은 없네. 일단 사진이랑 비교해봐야지."

리사코의 행동은 빨랐다. 부엌에 있던 다마키를 잡아다 유언장에 첨부되어 있던 반지 사진을 꺼내왔다.

공부하던 가에도 시끌벅적한 소리를 듣고 나와 거실에 모두가 모였다.

리사코는 왼손에 반지, 오른손에 사진을 들고 몇 번이나 고개를 좌우로 움직였다.

"똑같…네. 완전히 일치해."

리사코의 손에 있는 다이아몬드를 가에는 하아 하고 한숨을 내쉬며 바라보았다.

"굉장하네요. 아름다워요."

"그야 다이아몬드니까."

"그렇긴 하지만 저는 다이아몬드랑 유리도 잘 구분을 못 해서요."

"…그러고 보니 예전에 같은 가게에서 일하던 애가 큐빅 지르코니아를 사서 자랑했는데. 다이아몬드라고 했다가 거짓말인 게 들통나서…. 듣고 보니 이게 분명히 무색투명한 보석에다가 유리가 아니라는 건 나도 알겠지만, 다이아몬드인지 아닌지는 잘 모르는 사람이 보기만 해서는 판단을 못하겠…."

히마리가 리사코의 손에서 다이아몬드를 빼앗았다.

반짝이는 반지는 옛날에 본 것과 조금도 다르지 않은, 똑같은 디자인이었다.

"어머니가 가짜를 준비해뒀을 거란 소리야? 그렇다면 유언장이랑 함께 있던 감정서는 뭔데?"

"딱히 가짜라고 하진 않았어. 하지만 보석이란 속아서 가짜를 사는 경우도 있잖아. 그러니까 감정을 받는 게 어때?"

"…뭐?"

"확실하게 해두는 편이 좋지. 만약 가짜라면 유언 자체가 미심쩍어지잖아?"

리사코가 다마키를 쳐다보며 물었다.

그렇군. 리사코는 이게 가짜여야 지금 상황을 뒤집을 수 있다고 생각하는지도 몰랐다.

갑작스러운 상황에 다마키는 곤혹스러워했다.

"변호사 선생님과 상의 없이는 전 아무것도…. 여러분의 상속분에까지 영향을 미치는지, 아니면 히마리 씨 몫에만 한정되는 문제인지는 모르겠어요."

"어느 쪽이든 일단 감정을 받아보자. 그 사람이 고타로에게 반지를 남겼다는 게 뭔가 마음에 걸려."

"보석방에 가지고 가면 되려나요? 매물도 아닌데 감정해 줄까요?"

"그렇게 귀찮은 짓 하지 않아도 매입 점포에 가지고 가면 봐줄 거 아냐."

"팔지도 않을 건데 괜찮을까요?"

"흔해. 손님이 준 명품 가방의 진위를 확인하려고 가지고 오는 술집 아가씨."

"좀 마음에 걸리네요…. 팔 것도 아닌데."

"괜찮다니까. 이건 내가 다녀올 테니 댁들은 딱 기다리고 있어."

리사코는 들뜬 모습으로 재빨리 방에서 나서려 했다.

"진짜라면 상당한 금액이지만 가짜라면 꽝이야. 이야기는 그다음에 하자고. 고타로도 그러는 게 낫지? 상속한 뒤에 가짜라는 걸 알게 되면 혼자만 낙동강 오리알 신세잖아."

아무도 이의를 제기하지 못했다.

알겠습니다 하며 다마키가 리사코의 뒤를 따랐다.

"함께 가지요. 그 반지는 유언집행자로서 제가 처리하겠습니다."

"날 못 믿겠다는 거야?"

"네."

즉시 대답한 다마키는 평소 다마키로 돌아와 있었다.

결과는 그날 바로 나왔다.

집에서 기다리던 가에와 히마리는 리사코의 '다녀왔습니다~'를 들은 순간 현관으로 뛰쳐나갔다.

"결과는요?"

가에의 질문에 리사코의 볼이 헤벌어졌다.

"어느 쪽일 것 같아?"

웃음을 띠는 리사코의 모습을 보면 결과는 뻔했다.

"그럼 정답을 발표하겠습니다. 이 반지는 다이아몬드가 아닌 모이사나이트였습니다."

"모이사나이트?"

가에가 고개를 갸웃했다.

다마키가 설명했다.

"네, 모이사나이트는 쉽게 들은 적이 없을 수도 있는데, 가짜 다이아몬드로는 흔히 쓰이는 보석인 듯해요. 가게 사람 말로는 감정서가 필요하다면 전문기관에 제출하는 게 좋겠다고 하더군요. 일단 몇 가지 알려주셔서 이제부터 문의를 해보려 합니다. 참고로 모이사나이트는 천연 제품도 있다고 하셨는데, 이 반지의 보석은 합성이었습니다. 가격도 다이아몬드의 100분의 1 이하이고, 아는 사람이 보면 금방 차이를 느낄 수 있답니다. 반지 링의 백금은 진짜였지만요."

카페에서 나눈 대화를 들었던 히마리는 반지가 가짜임을 알았을 때 리사코의 태도는 예상하고 있었다. 단지, 생각보다 잽싼 리사코의 행동은 예상 밖이었다.

"그 사람이 왜 이 반지를 갖고 있었는지는 나도 모르겠지만, 이게 유언장의 반지가 아니라는 게 틀림이 없다면…"

어떻게 될까? 리사코는 웃으며 히마리를 쳐다보았다.

제 4 장

생명의 바통

1

바깥은 온통 새하얬고 아침부터 내리기 시작한 눈은 점점 더 거세졌다. 2월에 접어든 후로 며칠이나 이런 날이 이어졌다. 이대로 영원히 봄이 오지 않으면 좋을 텐데. 다마키는 태어나서 처음으로 그런 생각을 했다.

아침 식사는 평소대로 가에와 다마키뿐이었다. 가에는 수험 시간을 고려해 시험이 시작할 때에 맞춰 생활 리듬을 아침형으로 맞춰두는 편이 좋겠다는 히마리의 조언을 따랐다.

점심은 히마리의 일에 따라 달랐지만 넷이서 식탁에 앉을 때가 많았다. 처음엔 거의 말이 없었고 오가는 말이라 해도 간장을 집어달라, 밥 더 있냐, 양이 좀 많다는 대화가 전부였지만 조금씩 그런 분위기도 변해갔다.

"나 어제 복권 2등 당첨됐다. 상품권 5천엔어치."

"오, 그거 잘됐네."

리사코에게 맞장구치는 히마리의 말투는 누가 봐도 국어책 읽기였다. 조금도 잘됐다고 들리지 않았다. 하지만 다마키에게는 히마리의 입가에 지어진 아주 약간의 웃음이 보였다.

"너, 하나도 잘됐다는 생각 없지?"

"아, 닌, 데."

"없는 거 맞네! 가에, 넌 아까부터 뭘 중얼거려? 먹을 때만큼은 공부 내려놔."

가에는 반응하지 않았다. 중얼거림은 계속됐다. 눈은 죽어 있었지만 일단 젓가락은 움직였다. 다마키는 틈을 봐서 가에 앞의 접시를 옮겨 아직 손대지 않은 음식을 가까이에 두었다.

가에는 지망학교를 정했다. 공통 테스트를 스스로 채점해본 결과 생각보다 성적이 좋았다. 히마리는 후보 학교 중 하나로 찍어둔 모양이었지만 눈앞의 일로 벅찼던 가에는 거기까지는 생각하지 못했던 듯했다. 제의받은 대학 원서를 봤을 때 가에는 '진심이세요?'라며 의심의 눈초리로 히마리를 보았다.

불합격했을 때도 생각해 다른 곳에도 원서를 몇 개 제출했지만, 가고 싶은 학교가 정해져 2차 시험을 위해 마지막 힘을 내는 중이었다.

"요즘 리넨이랑은 잘돼가? 얼굴 까먹은 거 아냐?"

"그게, 그렇지도 않은 것 같아요."

가에 대신 다마키가 대답했다.

"가에 씨가 리넨이랑 노는 시간이 줄어드는 게 싫다고 요즘 마사코 씨 방에서 공부하거든요."

"공부하면 방에 있어도 노는 게 아니잖아."

"그게 리넨한테는 그 정도 거리가 딱 좋았던 모양이에요. 원래 마사코 씨도 계속 놀아주던 게 아니었고요. 가끔 방에 가서 참견하기보다는 한 방에 있는 정도가 좋은가 봐요."

"그랬더니 요즘은 안기기도 하더라. 나도 요전에 봤어."

히마리가 의기양양한 표정을 지었다. 자기가 가에를 더 잘 안다고 말하고 싶은 낌새였다.

"난 고양이를 안은 가에 모습, 딱히 안 봐도 돼."

"그래? 하긴 치사한 수를 쓴 사람이랑은 상관없겠지."

냉동 완두콩 건은 다마키도 히마리에게 들었다. 언뜻 날이 서 보이는 두 사람의 대화도 요즘엔 선을 넘지 않았다.

마사코가 바라던, 가족 흉내 내기는 일단 달성한 것일까. 아니면 지금 이 세 사람을 보면 아직 멀었다고 하려나.

하지만 이건 일시적인 풍경이었다.

열흘 전에 떨어진 '히마리의 반지는 가짜였다'는 폭탄은 이 집에 적지 않은 피해를 남겼다.

모두 그걸 알면서 가족 놀이를 계속했다.

히마리가 다마키의 접시를 들여다보았다.

"다마키 씨, 별로 안 먹었네?"

"오늘은 아침밥을 많이 먹어서 아직 배가 안 꺼졌어요."

"그래? 안색이 나빠 보이는데 괜찮아?"

"괜찮습니다."

머릿속이 온통 수험 생각뿐인 가에도 걱정스러운 듯 다마키를 쳐다보았다.

요즘 들어 히마리와 가에는 다마키의 컨디션을 염려했다. 전에 수술받은 적이 있다는 말을 들은 탓이다.

"그보다 오늘 저녁은 만두라도 만들까요?"

리사코가 짝 손뼉을 쳤다.

"나, 다마키 씨 만두 좋아. 소가 다양하게 들어가 있어서 파는 만두랑은 좀 다르거든. 하지만 오늘은 볼일이 있어서 좀 늦을 수도 있어."

평소 리사코가 어딜 가는지 다마키는 자세히는 몰랐다. 상속을 위해 돌아다니는 것도 있겠지만 좋은 일로만 다니지는 않으리란 것도 상상은 갔다.

그보다 반지 감정 때는 당혹스러웠다. 리사코가 그렇게 빨리 움직일 줄은 몰랐다. 하지만 더는 리사코 마음대로 하게 둘 수는 없었다. 상속의 주도권은 리사코도 히마리도, 당연히 가에도 아닌 다마키가 쥐고 있어야 했기 때문이다.

딩동.

현관 벨 소리를 들은 다마키는 순간 숨을 멈췄다. 시계를 보았다. 평소보다 늦은 이유는 눈 때문일까. 오토바이 소리가 들리지 않은 까닭은 근처에 세워두고 걸어와서일지도 몰랐다.

다마키는 서둘러 현관문을 열었다.

"우체국입니다. 곤노 다마키 씨 앞으로 온 우편물 맞죠?"

내민 봉투는 눈 때문인지 조금 젖어 있었다.

"네."

"서류라서 도장이나 사인 부탁드립니다."

다마키의 손에는 도장이 있었다. 슬슬 오겠구나 싶어 현관을 열기 전에 준비해두었다.

도장을 찍고 우편물을 한 통 받았다.

"고맙습니다."

흰 입김을 내뱉으며 우체부는 문밖으로 나갔다.

봉투를 보낸 사람을 확인했다. 드디어 받았다. 애당초 다마키가 의뢰했지만 마음이 무거웠다.

다마키는 부엌으로 갔다. 서두른 탓에 문이 조금 열려 있었다. 세 사람의 웃음소리가 들려왔다.

한동안 안에 들어가지 못한 채 다마키는 복도에서 웃음소리를 들었다. 봄이 오면 끝나버릴 이 시간을 조금 더 만끽하고 싶어서였다.

거실 테이블 위에는 아까 도착한 봉투가 있었다. 전문기관에 의뢰한 보석의 감정 결과가 안에 들어 있었다. 이게 올 때까지는 여태처럼 지내자는 다마키의 말을 모두 따라주었다.

"열겠습니다."

"빨리!"

리사코의 재촉을 받으며 다마키는 봉투 안에서 서류를 꺼내 모두가 볼 수 있게 테이블 가운데에 놓았다.

감정서에는 히마리가 천장 위에서 발견한 반지는 역시 '모이사나이트'라는, 다이아몬드와 다른 보석이라는 내용이 기재되어 있었다.

그걸 본 히마리는 크게 놀라는 낌새 없이 일어섰다.

"잠깐, 고타로. 어디 가? 앞으로 어떡할지 이야기해야지!"

"일. 시간 됐어."

"아, 진짜. 그럼 오늘은 빨리 집에 와."

"네, 네. 다녀오겠습니다."

히마리는 평소대로 집을 나섰다.

반지의 상속인인 히마리가 없으면 할 일이 딱히 없다고 다마키는 생각했다. 감정서를 앞에 둔 가에는 스마트폰을 만졌다.

"어?"

한동안 스마트폰을 만지던 가에가 소리를 높였다.

리사코가 즉각 반응했다.

"왜 놀라?"

"저… 저기. 인터넷에는 모이사나이트가 인공보석으로 발표된 시기는 1998년. 특허 유효기간이 만료되어 전 세계에서 제작 가능해진 때는 2015년 이후라고 쓰여 있어요. 이러면 최근에 만들어진 건 24년 전이라는 말이 돼요. 하지만 히마리 씨가 어렸을 때 반지를 봤다면, 그보다 훨씬 전이라는 뜻이겠죠? 그렇다는 말인즉… 사실은 더 예전부터 판매되었다는 뜻일까요?"

"뭐? 무슨 소리야? 그럴 리가 없잖아."

"하지만 이런저런 사이트를 다 봐도 똑같은 내용이 적혀 있어서…."

자요 하고 가에는 스마트폰 화면을 리사코와 다마키 쪽으로 돌렸다. 두 사람은 이마를 맞대고 작은 화면을 들여다보았다. 확실히 인공적으로 만들어지게 된 연도는 어느 사이트든 똑같이 기재되어 있었다.

"천연 모이사나이트는 백 년도 더 전부터 있었나 봐."

"하지만 인공보석으로 감정 결과가 나왔잖아. 그렇다면 옛날엔 없었다는 소린데."

"옛날이죠. 24년 전이니까."

그때만큼은 다마키도 리사코도 둘 다 거북함을 느꼈다.

확실히 고등학생일 때는 자신이 태어나기 전의 일은 옛날

일처럼 느껴졌다. 그러나 가에에게는 역사일지언정 리사코나 다마키에게는 이미 살았던 시대였다. 24년 전은 나름대로 예전이긴 해도 옛날은 아니었다.

"시끄럽게 됐네. 24년 전은 좀 예전이긴 하지만 아주 옛날은 아니거든. 그보다 문제는 이게 예전부터 이 집에 있던 반지랑 다르다는 거야!"

리사코는 흥분하며 억지로 이야기를 되돌렸다.

"난 고타로보다 먼저 반지를 봤어. 이 집에 다이아몬드 반지가 있었던 건 분명해. 그렇게 생각하면 전에 본 반지는 3.5캐럿짜리 진짜 다이아몬드 반지고, 어느 틈엔가 모이사나이트로 바뀐 셈이지. 디자인에 따라 다르겠지만 이거면 여대생이 선호하는 명품 지갑 정도의 가격으로 살 수 있어."

"네에? 그렇게 저렴… 저렴하지는 않지만 다이아몬드랑은 완전히 다르네요."

"스포츠카와 세발자전거만큼의 차이일걸 아마? 어떻게 생각해?"

리사코는 눈을 부라리며 다마키에게 물었다.

"어떻게라니요?"

"시치미 떼지 말지? 다마키 씨는 그 사람한테 이것저것 들었을 거 아니야. 천장 위에서 찾은 반지가 언제 어떻게 바꿔치기됐는지 알고 있지?"

"그런 건 모릅니다."

"거짓말!"

"진짜예요. 가짜…라는 표현이 적절할지는 모르겠지만, 적어도 유언장에 적힌 다이아몬드 반지가 사실은 다른 거였다는 이야기는 마사코 씨한테 한 번도 들은 적 없어요."

"그럼 왜 다른 반지가 튀어나왔는데? 게다가 보석이 다른데 누가 봐도 원래 반지랑 똑같아 보이는 디자인의 반지를 왜 준비했을까? 누가? 언제?"

리사코는 흥분했고 가에는 어쩔 줄 몰랐다.

다마키가 입을 다물자 리사코는 한층 더 끓어올라 소리를 높였다.

"이럴 때 고타로는 왜 일을 가고 그런담! 묻고 싶은 게 산더미 같은데. 애당초 이 감정서를 봤을 때의 태도는 뭔데? 놀라거나 충격받은 낌새도 없었잖아. 천만 엔 넘는 유산이 100분의 1이 됐는데? 보통은 더 놀라지 않나? 일을 못 갈 정도로 충격받지 않겠느냐고."

"하지만 히마리 씨는 처음부터 유산을 받지 않을 가능성도 내비쳤습니다."

"그거야말로 이상하지 않아? 자산이 몇십억이나 되는 사람이면 모를까 고타로가 저축을 했다 한들 평생 일하지 않고 놀고먹을 수 있을 정도는 아닐 거 아냐? 그럴 때 천만 엔이라고. 지금 당장 쓸 데가 없어도 보통 받아놓지 않겠어?"

다마키도 '그건 리사코의 가치관'이라고 잘라버릴 수 없었다. 돈이 필요치 않은 사람이 있을지언정 부모가 남긴 천만 엔 상당의 유산을 받지 않겠다는 건 뭔가 이유가 있기 때 문…이겠지.

"유산을 안 받을 만큼 히마리 씨… 고타로 씨는 이 집에서 지낼 때 마사코 씨와 무슨 일이 있었을지도 모르죠."

"나 같으면 무슨 일이 있어도 받아!"

"리사코 씨라면 못 받을 돈도 빼앗을 것 같지만요…."

가에의 중얼거림에 리사코의 분노는 더 치솟았다.

"뭐? 가에 너도 남 얘기할 자격 없어. 애당초 고양이를 싫 어하면서 좋아하는 척했잖아."

"그건! …그렇지만 그렇지 않달까."

"뭐야. 인제 와서 사실은 좋아한다고 할 참이야?"

"아니에요. 고양이를 싫어했던 것까지 숨길 생각은 없어 요. 숨기다…. 그것도 좀 다른가…."

가에가 으음 하며 자문자답하듯 고개를 숙였다. 한동안 침묵의 시간이 이어졌다.

"그래서 뭔데?"

기다리다 못한 리사코가 대답을 재촉했다.

가에가 고개를 들었다.

"아마 엄마가 할머니를 무서워했던 것 같아서요."

"무슨 소리야?"

"저도 잘은 설명 못 하겠지만요…."

제3장 다이아몬드가 있는 곳

가에의 말로는 어려서 이 집에 놀러 왔을 때 엄마가 문으로 들어서자 잡고 있던 엄마 손에서 긴장이 퍼지는 느낌을 받았다고 한다. 가에는 마사코를 무섭다고 생각한 적이 없었지만 엄마는 마사코를 무서워했다고.

"물론 어렸을 때는 그걸 이해 못 했죠. 하지만 이 집에 살게 된 후 나갔다가 들어올 때마다 뭔가가 떠오를 것 같더라고요. 그게 뭐였을까 생각하다가 연결된 게 리넨이었어요. 나는 왜 리넨이랑 놀려고 했을까 하고. 그건 엄마가 조금이라도 이 집에 편하게 있게 하려고 그랬었다는 걸 깨달았어요. 할머니가 아끼는 고양이니까 제가 리넨이랑 있으면 할머니는 엄마 옆이 아닌 내 옆으로 오겠구나 하고."

다마키는 잘 모르는 시절의 이야기였다. 마사코가 가에의 마음을 알아차렸는지는 모르겠지만 이 이야기는 들은 적이 없었다.

리사코는 바보 같다고 내뱉었다.

"유언 남긴 걸 봐. 그 사람, 하나도 몰랐을걸. 가에 네가 고양이를 싫어한다는 사실도, 제 딸이 겁을 먹고 있었다는 사실도."

그건 어떨까. 마사코는 모든 걸 알고 유품의 행방을 결정했다는 느낌이 들었다.

게다가 마사코는 결코 애정이 없는 사람이 아니었다. 오히려 남을 위해 목숨도 던질 수 있는 사람이었다는 걸 다마키는 알고 있었다.

"마사코 씨는 본인이 이상적으로 여기는 어머니상에 갇혀 있던 사람이라 마음을 잘 전하지 못했던 것 같아요."

"그렇다고 해도 그 사람은 자기 좋을 대로 했잖아?"

리사코에게는 리사코 나름대로 할 말이 있을 것이다.

다마키만 이 집에 모인 사람 중 유일하게 '어른'으로서 마사코와 접했으니 처음부터 마주한 상황이 달랐다. 다르기 때문에 반발할 수 없었다. 하지만 부럽기도 했다.

"사실이라면 마사코 씨가 여러분을 이해했어야 했겠지만, 의외로 서툰 구석이 있는 분이셔서."

"서툴다고? 뭐든 척척 해냈으면서."

"솜씨 이야기가 아닙니다."

인간관계 이야기였다. 이상이 높고 그에 가까워지려 노력한다는 그 마음가짐은 훌륭하지만, 너무 훌륭한 나머지 자신의 신념을 굽히지 못한다. 그리고 그 때문에 다마키는 마사코를 죽게 하고 말았다.

다마키는 일어나 부엌으로 갔다.

"커피라도 마실래요?"

"됐어! 그보다 앞으로 어쩔 건지를 논해야지!"

"그렇지만 저희가 생각해봐야 소용없어요. 히마리 씨 확인 없이는 진행이 안 되니까요."

리사코도 반박할 수 없다고 여겼는지 '우유는 넣지 마!'라고 말했다.

일하러 간 히마리는 돌아오지 않았다.

날짜가 바뀌어도 돌아오지 않았고 전화도 받지 않았다. 다마키와 리사코, 가에가 번갈아가며 연락했으니 모를 리가 없었다.

별일 없는 날이면 진작 잠자리에 누웠을 다마키도 오늘만큼은 도무지 잠을 자지 못했다.

당연히 리사코도 일어나 있었고 가에도 자기 방에서 아직 깨어 있을 터였다.

거실에는 다마키와 리사코가 있었다. 텔레비전을 켜놓긴 했지만 내용은 전혀 머릿속에 들어오지 않았다. 연예인의 말소리가 잡음으로 느껴져 전원을 껐다.

"무슨 일이 생긴 걸까요?"

"도망쳤겠지."

리사코가 곧바로 대답했다. 낮부터 계속 같은 생각을 지우지 못하던 다마키는 리사코의 말을 부정하지 않았다.

"왜 그런 짓을 했는지 모르겠지만, 발견한 반지는 고타로가 준비했다. 그게 맞겠지?"

부정하고 싶었지만 지금으로선 부정할 근거도 없었다.

"이러면 상속은 어떻게 되는 거야? 설마 다이아몬드를 제한 유산을 나랑 고타로랑 가에가 3분의 1씩 가지게 되나?"

"법정상속이면 그렇게 되겠지만…."

"그건 싫어. 만약 그렇다 해도 그동안의 고생도 포함해줬으면 좋겠어. 가에는 고양이랑 놀기만 했고, 고타로는 가짜 반지를 준비했으니까."

리사코는 더 많은 유산을 상속받고 싶다고 소리 높여 주장했다.

"그런데 앞으로의 일을 생각하기 전에 해결하고 싶은 문제가 있습니다."

"뭔데."

"유언장에 적힌 반지를 상속받는 사람은 히마리 씨잖아요? 자기가 가짜를 준비해서 얻을 이익이 뭐가 있죠?"

"그야 빨리 상속을 끝내고 싶어서겠지."

"그렇다면 처음에 상속 포기를 했으면 끝인데요. 포기할 권리는 여러분에게도 있으니까."

"포기하면 자선단체에 가잖아? 아무리 고타로라도 모르는 인간한테 유산을 넘겨주기 싫었던 거 아니야? 그러면 가에가 받을 몫도 어떻게 될지 모르고. 애당초 고타로가 무슨 생각이었는지 그걸 내가 어떻게 알아. 고타로한테 물어봐."

"네. 그러니까 그걸 알기 위해서라도 지금은 히마리 씨의 귀가를 기다리려고요. 모든 건 거기서부터입니다. 물론 히마리 씨의 대답에 따라 앞으로의 이야기가 달라지겠지만요."

"…그렇네. 알았어. 돌아올 때까진 기다려줄게."

리사코는 이대로 히마리가 돌아오지 않으리라고 생각했

을까.

그건 다마키도 몰랐다. 다만, 이건 마사코가 원한 결과가 아니라는 사실만큼은 알았다.

그대로 거의 대화도 없이 새벽 1시를 넘겼지만 히마리는 돌아오지 않았다.

더 깨어 있어도 소용없겠구나. 그렇게 판단한 다마키가 자기 방으로 가려던 때 리사코가 갑자기 신음했다.

"왜 그러세요?"

호흡이 옅고 몸을 웅크린 채 괴로워했다.

"괜찮아요? 어디가 아파요?"

"배… 배. 그리고… 속이… 안 좋아…."

말하기도 힘든 듯했다. 입을 열 때마다 토기가 올라오는지 입을 손으로 가렸다.

"구급차를 부를까요?"

"…뭐야?"

"네?"

"저녁…밥에… 독….."

말은 흐렸지만 리사코는 엄니를 드러낸 짐승처럼 날카로운 눈빛으로 다마키를 노려보았다.

"혹시 제가 요리에 뭘 넣었다고 생각하시는 건가요?"

리사코는 괴로워하면서도 고개를 끄덕였다.

"전 아무것도…!"

"윽…."

리사코는 입에 손을 댄 채 비틀거리며 화장실로 달려갔다. 괴로워하는 목소리가 화장실 안에서 들려왔다.

다음 날, 병원에 다녀오자 히마리가 집에 있었다.

연락도 없이 어디 갔냐고 캐물어도 입을 열지 않았다. 반지 이야기를 하려 해도 지금은 리사코가 앓아누운 상태였다.

입씨름을 반복해봐야 시간 낭비라고 생각한 다마키는 두 번 다시 연락이 안 되는 상황은 만들지 않겠다는 약속만 받아냈다.

"병명은?"

"노로바이러스 같다고 합니다."

"아… 정점이 지나긴 했지만 아직 유행이지. 아, 리사코 씨는 가에한테 가까이 가지 마. 화장실도 혼자 따로 쓰고. 시험 전에 가에한테 옮기면 큰일이니까."

해쓱해진 리사코는 침대에서 다마키에게 의심의 눈초리를 보냈다.

"뭐 넣었지?"

"그런 짓은 하지 않아요."

"거짓말. 정원에 수상한 식물 키우잖아."

"먹지 못하는 식물도 키우긴 하지만 쓸 리가 없잖아요."

"입으로는 무슨 말인들 못 하겠어."

"안 합니다."

"어떨… 욱."

몸이 안 좋은 리사코는 침대에서 일어나 다시 화장실로 뛰어갔다.

한동안은 대화도 힘들겠지. 주인 없는 방에 있어 봐야 별수 없었다. 히마리와 다마키는 거실로 향했다.

"가에 씨, 공부하세요. 사흘 뒤에 시험이잖아요?"

"인제 와서 허둥거려 봤자 소용없어요."

혹시 의심하는 걸까. 그런 생각이 다마키 머리를 스쳤다.

정원에서 키우는 식물 중에는 식중독을 유발하는 종류도 있긴 했다. 다른 식물과 착각해서 먹는 사람도 있었다. 그리고 가에는 그 사실을 알았다. 다마키에게는 의심받을 요소가 확실히 있었다. 하지만….

"전 정말 독 같은 건 넣지 않았어요."

"그렇겠지."

히마리가 당연하다는 듯 말했다.

"반년 넘게 같이 살았는데, 독을 넣을 거면 더 빨리 넣었을 테고 지금은 정원에 눈이 쌓였잖아. 식물도 진작 다 말라 비틀어졌을걸."

"저도 식사 준비를 돕는데 다마키 씨는 이상한 걸 넣지 않아요."

가에도 전혀 의심하지 않는 눈치였다.

"내가 다마키 씨였다면 같이 산 지 사흘째에 리사코 밥에 독을 탔을걸. 아니, 첫날일지도."

히마리의 농담이라고 생각하니 굳어 있던 다마키의 어깨가 자연히 풀렸다.

"그러니까 리사코 씨는 그냥 노로바이러스야. 병원에서 그렇게 얘기했고."

"바이러스 검사는 하지 않아서 다른 가능성이 있을 수도 있는데, 어제 점심에 레스토랑에서 생굴을 먹었다고…."

바보 같다는 듯 히마리는 어깨를 으쓱했고 가에는 쓴웃음을 지었다.

"그보다 히마리 씨. 묻고 싶은 게 이것저것 있는데요…."

"그렇겠지. 가에가 리사코 씨가 죽을 것 같다고 메시지를 보내서 돌아오긴 했는데… 가능하면 가에의 시험이 끝난 다음에 해도 될까? 난 여기 있을 테니까."

마지막 말은 다마키가 아닌 가에에게 한 말이었다.

가에가 그래도 괜찮겠냐며 다마키에게 눈짓으로 물었다. 불안한 표정이었다.

여기서 다마키가 거부하면 어떻게 될까. 히마리는 집을 나가 연락이 닿지 않는 곳으로 갈 가능성도 있었다.

시험은 이미 코앞에 다가왔다. 다마키는 두 사람의 부탁을 거절할 수 없었다.

"알겠습니다."

"고맙습니다."

감사 인사를 말한 사람은 가에였다.

돌아갈 집이 없는 가에에겐 지금 쫓겨나는 것이 가장 힘들지도 몰랐다. 갈 곳이 정해지고 대학생이라는 새로운 포지션이 생기면 긍정적으로 움직일 수 있을 테지만 지금 상황에서는 짐밖에 되지 않는 아빠를 둔, 갈 곳 없는 고등학생이었다.

게다가… 하고 다마키는 생각했다.

리사코 때문에 확실히 드러나 버렸지만, 가짜 반지에 대해서는 히마리 나름대로 생각이 있으리라고 다마키는 믿고 싶었다.

가에가 갑자기 다마키의 이마에 손을 짚었다.

"열은 없는 것 같은데…."

"갑자기 왜 그러세요?"

"다마키 씨, 몸 상태 안 좋죠? 안색이 너무 나빠요."

"잠을 못 자서 그래요. 어젠 거의 못 잤으니까요. 리사코 씨 상태가 좋지 않아서 가끔 들여다보러 갔고."

"아… 그렇네요."

"괜찮아요. 하지만 오늘은 너무 졸려서 점심 먹고 낮잠 좀 잘게요."

히마리도 걱정스러운 듯 말을 걸었다.

"진짜 괜찮아요? 간호했으면 감염성이 있어서 옮았을지

도 모르는데."

"마스크도 쓰고 소독도 잘해서 괜찮을 거예요. 컨디션은 평소랑 별반 다르지 않아요."

두 사람이 걱정해주는 마음은 알았지만 캐묻는 느낌도 들었다.

사실이 알려지는 게 두려웠다. 알려졌을 때 히마리도 가에도 그리고 리사코도 다마키에게 어떤 감정을 품을지 몰랐다.

가에가 다마키의 팔을 붙잡았다.

"다마키 씨, 진짜 괜찮으세요? 아무 데도 안 아파요?"

가에는 머릿속까지 들여다볼 듯한 눈으로 다마키를 물끄러미 쳐다보았다.

다마키에게는 아이가 없었다. 하지만 만약 있다면 가에쯤 되는 나이의 아이가 있어도 이상할 것은 없었다. 엄마는 되지 못했다. 나이상 앞으로도 될 일은 없겠지. 하지만 만약 다마키에게 아이가 있었다면 이렇게 걱정해주었을까.

그렇게 생각하자 마사코가 다마키를 유언집행자로 지정한 이유를 알게 되었다.

2

며칠이 지나자 리사코의 상태도 많이 회복됐다. 식사를 제대로 하지 못해 홀쭉해진 리사코의 식사량은 아직 적었다.

다마키가 준비한 소화에 좋은 음식을 조금씩 먹었다.

"그 죽, 제가 만들었습니다만."

의사의 진단대로 회복된 것에 대한 핀잔이리라. 머쓱한 듯 리사코는 시선을 돌렸다.

"가에, 시험은 어땠어?"

"으음…."

아무리 기다려도 가에는 고개를 숙인 채 대답하지 않았다. 리사코는 젓가락을 휘두르며 캐물었다.

"조금은 공부한 보람이 있었어?"

"음… 글쎄요."

"그럼 떨어질 것 같아?"

"리사코 씨, 말 좀 가려 하세요."

다마키가 황급히 끼어들었지만 리사코는 들은 척도 하지 않았다.

"확실히 물어봐야 알 수 있잖아. 조금은 가능성이 있을 것 같아?"

"전혀 모르겠어요."

"이거 떨어지겠네."

"리사코 씨!"

하지만 다마키도 심적으로는 리사코와 똑같았다. 가에의 반응은 알기 어려웠다.

"고타로는 태연한 척하는데 신경 안 쓰이나?"

"히마리 씨는 업무상 익숙하신 게 아닐까요?"

말은 그렇게 했어도 다마키는 사실 히마리가 안절부절못한다는 사실을 알고 있었다.

다마키가 한창 점심을 준비할 때 스마트폰을 조작하며 미간을 찌푸린 채 화면을 바라보는 히마리를 봤기 때문이다. '이 학교 결과가 나오기 전에 이쪽 시험이 있고… 입학금 수납은…' 하며 거의 보호자처럼 웅얼거렸다. 단지, 가에는 원래대로라면 뒷받침해줘야 할 보호자가 제 역할을 못 하고 있었다. 그 사실을 아는 만큼, 히마리는 제가 할 일이라고 생각하는지도 몰랐다.

"가에, 떨어져도 신경 쓰지 마. 대학 같은 데는 안 가도 상관없어."

"하지만 리사코 씨는 단기 대학 졸업하셨잖아요."

"그래서 하는 말이야. 난 내가 뭘 공부했는지 기억도 안 나. 쓸데없는 돈 낭비였어."

"히마리 씨는 대학에서 한 공부를 바탕으로 일을 하고 계세요."

"그야 이러니저러니 해도 고타로는 그 사람 자식인걸. 싫어하는 것처럼 굴면서 세상에서 벗어나지 않는 방식으로 살려니까 이상하게 꼬인 거야. 겉모습이야 그렇다 치고, 성격이 꼬였잖아."

히마리가 들으면 화낼 것 같았다.

"리사코 씨에게 할머니는 그렇게 싫은 사람이었나요?"

"응. 난 그 사람이 지금도 너무 싫어. 유산을 노리고 재혼했으면서 아주 약아빠지게도 그런 내색을 안 했거든. 실제로는 속이 아주 음흉했을 텐데."

리사코는 어떤 의미로 진실을 간파하고 있었다. …마사코 본인이 비슷한 말을 했었다.

…난 결코 남들에게 칭찬받을 만한 행동만은 하지 않았어. 용서받지 못할 짓도, 꼬인 부분도, 틀린 점도 많지. 하지만 그때마다 반성해. 잘못된 일을 하면 또 후회하게 되니까. 늦잠을 많이 잤을 때라든가, 말리던 빨래를 비에 적셨을 때라든가, 장을 보러 갔는데 살 물건을 깜빡했을 때라든가. 그런 작은 후회를 하지 않으려고 매일 점점 더 딱딱해졌는지도 몰라.

다마키가 아는 마사코는 리사코나 히마리가 아는 마사코와 전혀 같지 않겠지. 모두가 떠나고 생의 끝을 알게 된 마사코이기에 할 수 있는 말이었다고 생각했다.

"마사코 씨는 자기가 품은 이상에 가까워지고 싶었던 것 같습니다."

"할머니가 그렇게 말씀하셨나요?"

"네. 그 이상을 행동으로 보여주셨어요."

"난 말로 들어야 아는데."

리사코의 발언에 가에가 미묘한 표정으로 입을 다물었다. 히마리가 있었다면 '바보는 조용히 하라'고 했을지도 모른다. 요즘의 히마리는 이전보다 훨씬 부드러워졌지만 그래도 리사코에게는 가차 없이 말했다. 다만 그것도 미움받는 역할을 자처한 것 같다는 생각이 들었다.

"말보다도 더 전해지는 게 있지요."

고개를 살짝 갸웃거리며 가에는 흥미롭다는 눈으로 다마키를 쳐다보았다.

"다마키 씨가 본 할머니는 어떤 분이셨어요?"

이 집에 막 왔을 무렵, 가에는 같은 질문을 했다. 시간이 흐른 지금 그때보다 더 전해주고 싶은 게 늘어났다.

"다정한 분이셨어요. 하지만 고집쟁이셨죠. 본심을 숨겨서라도 한번 내뱉은 말은 굽히지 않는 성격이었어요."

"본심을 숨겨요?"

"사실은 서툰 분이거든요. 그리고… 자기 신념을 굽히지 않는 분이기도 했답니다."

그렇기에 다마키는 마사코의 목숨을 빼앗았다고 지금도 생각한다.

제3장 다이아몬드가 있는 곳

다른 방법은 없었을까.

몇 번이나 스스로에게 되물었지만 대답은 '없다'에 이르렀다. 그래도 질문을 멈출 수 없었다.

식사를 끝내고 리사코가 방으로 돌아간 다음에도 가에는 다마키 옆에 있었다. 왜 그러냐고 다마키가 묻자 곧바로 질문이 날아왔다.

"다마키 씨는 왜 할머니랑 같이 살게 되셨어요?"

가에가 마사코를 알기 위해 리사코와 히마리에게 질문을 했다는 이야기는 들었다. 마사코는 가에에게 자기에 대해 알려주라는 말까지는 다마키에게 하지 않았다. 그러나 다마키는 히마리나 리사코가 얘기한 것과는 다른 모습의 마사코도 기억해줬으면 했다.

"한마디로 말하자면, 어쩌다가요."

"어쩌다가?"

"네, 7년 10개월 전에 친척 결혼식에 참석했을 때 옆자리에 앉은 후로 친해졌거든요."

"상당히 구체적이네요."

"잊을 수가 없어서요."

친척이라 해도 인사 외에는 말을 나눈 적이 없기도 해서 처음에는 별로 대화가 없었다. 변화는 게스트의 연설이 끝나고 신랑, 신부가 옷을 갈아입으러 퇴장했을 때 생겼다.

"제가 오른쪽 귀걸이가 없어진 걸 깨달았는데, 그걸 계기로 이런저런 이야기를 나누었어요. 손님들 얘기, 음식 얘기. 그러고 신부 의상이 디즈니 공주랑 비슷해서 영화 이야기가 나왔는데… 그때 마사코 씨가 신부를 보면서 입혀줄 걸 그랬다고 하시더군요."

응? 가에의 얼굴에 의문이 떠올랐다.

"그건… 저희 엄마 말인가요?"

"아마도요. 이름은 언급하지 않았지만 거의 8년 전 일임을 생각하면 아사미 씨겠지요."

"…할머니가 그런 생각을 하셨었군요."

가에의 표정은 기뻐 보이기도 슬퍼 보이기도 했다. 그 마음을 다마키는 차마 다 헤아릴 수 없었다.

어쨌든 마사코도 아사미도 살아 있을 때 화해했더라면 하는 생각이 들었다.

어쩌면 아사미도 고생하지 않았을지도 모르고, 가에도 쓸쓸함을 품고 지낼 일이 없었을지도 모른다. 그리고… 다마키는 이미 이 세상에 없을지도.

"식이 끝난 다음 저희는 패밀리 레스토랑에서 이야기를 나눴고, 저는 그다음 날 이 집에 찾아왔어요."

"엄청나게 빠른 전개네요."

"잃어버린 제 귀걸이가 마사코 씨의 답례품 봉투 안에서 발견되어 가지러 온 게 계기가 되었어요."

우연히 흘러 들어간 귀걸이에서 동거까지 이야기가 진행된

연유는 당시 다마키가 이혼 직후라 금전적으로 불안해한다는 사실을 알게 된 마사코가 적어도 집세라도 아끼게 해주려고 동거를 제의했기 때문이라고 했다.

"저는… 앞으로는 쭉 혼자서 살아가야 한다고 생각했어요. 누군가와 함께 사는 미래는 전혀 생각지도 않던 때에 제안받은 동거… 정확히 말하면 더부살이였지만 무척 즐거웠답니다. 저도 마사코 씨도 혼자 있는 시간을 좋아해서 함께 살아도 계속 행동을 같이한 것도 아니었지만요."

마사코는 다마키에게 자유롭게 지내라고 했다. 식사도 매끼 같이 안 먹어도 되고, 목욕 시간도 신경 쓸 거 없다고. 화장실은 다 해서 세 개 있으니 각자 전용으로 쓰고 외박할 때는 일정을 알려주면 좋겠다는 정도의 느슨한 규칙이었다.

"셰어하우스 같네요."

"곤란할 때는 그렇다 쳐도 평소엔 각자 자유로운 편이 낫지 않겠냐고 마사코 씨가 말씀하셨어요. 실제로 지내기가 너무 편해서 저는 이 집에서 보내는 생활을 만끽했답니다. 가끔 함께 영화를 보기도 했지만요."

"영화요?"

"네, 제가 빌려온 DVD를 마사코 씨랑 함께 봤어요. 딱히 감상을 나누는 일 없이 그냥 멍하니 보는 게 다였지만요. 다만… 딱 한 번 실수한 적이 있어요."

"실수?"

"네. 〈마이 마더〉라고 해서 엄마와 아들의 갈등을 그린 영화를 봤을 때였어요. 애당초 저는 방에서 혼자 볼 생각으로 빌려왔는데, 깜빡하고 거실 DVD 플레이어에 넣어버려서…."

"어떤 이야기였나요?"

"사춘기인 아들이 엄마에게 반항하다가 결국 원망하게 되는 이야기예요."

내용을 듣자 가에도 다마키가 혼자 보려고 한 이유를 이해한 듯 작게 고개를 끄덕였다.

"영화의 엄마는 행실이 나쁘고 감정적으로 구는 등 마사코 씨랑은 정반대 타입이었어요. 하지만 제가 볼 때는 위로가 되는 부분도 있었어요. 엄마에게도 잘못했다고 여겨지는 구석이 있었으니까요. 그래서 영화 속 아들은 반항할 수 있었고 격렬하게 싸우기도 했어요. 하지만 마사코 씨는 다르잖아요. 냉정하고 객관적으로 봤을 때 이상적인 삶을 사셨어요. 이상적인 게 반드시 옳은지는 모르겠지만요."

적어도 아사미도 히마리도 마음이 편했다면 집을 나가지 않았으리라.

"극 중에 '엄마랑 내가 남이었다면 분명 잘 지냈을 거다'라는 대사가 있었어요. 그건 마사코 씨와 살던 히마리 씨에게도 들어맞는 말이잖아요. 마사코 씨와 함께하는 생활은 히마리 씨가 살아가기엔 답답했을지도 몰라요."

"할머니가 그렇게 말씀하셨어요?"

"아뇨. 영화가 계속될 때는 한마디도 하지 않으셨어요. 하지만 끝났을 때 '나 때문이구나. 아이들이 집을 나간 건'이라고 말씀하셨어요. 감상 공유가 아닌 혼잣말 느낌이긴 했지만요."

가에는 잠시 고개를 숙인 채 침묵했다. 이 집에 살게 된 후들은 마사코의 모습이 형태를 갖추기 시작했는지도 모른다.

다마키의 얼굴을 본 가에는 침울한 표정을 지었다.

"할머니는 왜 자기 자식들에게 엄격하셨을까요?"

"첫 남편분과 사별한 일에 후회가 크셨던 게 원인 같았어요. 아사미 씨가 태어나고 얼마 지나지 않아 남편분이 병에 걸려서 경제적으로 상당히 힘드셨대요. 물론 마사코 씨도 일을 나갔지만 아픈 남편과 어린아이가 있으니 오랜 시간 일하지는 못하셨을 거예요. 그래도 남편분 병환도 호전되고 히마리 씨가 태어나 한동안은 즐겁게 지내셨대요. 하지만 아사미 씨가 초등학교를 졸업하기 직전 남편분이 일하다가 교통사고를 일으켜⋯ 돌아가셨다고 해요. 거기에다가 상대 운전사까지 끼어드는 바람에 그 후 생활이 매우 고됐다고 하셨어요. 마사코 씨는 아직 병이 다 낫지도 않은 남편을 무리하게 해서 그렇게 됐다고 몹시 후회했고, 내가 뭘 잘못했을까, 어떻게 하는 게 좋았을까 생각하기 시작했다고 해요."

"그래서 필요 이상으로 자신에게 엄격해지셨다는 말인가요?"

"그런 것 같아요. 사고 이후 의식적으로 규칙적인 생활을 하고 음식도 직접 만들었다고 해요. 그리고 조미료나 채소의 농약까지 신경 쓰기 시작했다고 하셨어요. 게다가 음식뿐만 아니라 약속 5분 전에는 도착한다, 불이 깜빡일 때는 건널목을 건너지 않는다는 식으로 하나씩 규칙을 정하면서 다음, 또 다음. 그러다 점점 더 확대되면서 어느샌가 규칙은 '청렴하고 올바르게'라는 말로 바뀌었고, 지키지 못했을 때는 자신을 책망하게 되었다고 해요. 그렇게 몰아붙임으로써 어떤 일에도 후회하지 않도록 자신을 지키고 싶었는지도 몰라요. 강박관념에 사로잡혔던 게 아닐까요…."

가에는 복잡한 표정을 지었다.

마사코에 대해 자기 입으로 가에에게 전해도 좋을지 다마키는 고민했다. 아무래도 다마키의 시점은 마사코에게 치우쳐 있다. 물론 거기에는 단 한 톨의 거짓도 없었지만 마사코에 대해 알게 된 가에가 상처받지 않기를 다마키는 바랐다.

"마사코 씨에게 올바르지 않은 일은 잘못된 일. 그렇게 믿어버리면 자기가 있는 세상만이 올바르고 삐져나온 것은 모두 뒤틀려 보인다고 말씀하셨어요."

"그럼 엄마도 히마리 씨도 뒤틀려서 이 집을 나왔다는 말씀이세요?"

"어디까지나 그 당시의 마사코 씨 생각이에요. …단지 그 뒤로 마사코 씨는 자신의 이상과 아이들의 이상은 다르다는 사실을 깨달은 듯해요. 깨달았다고 해도 쉬이 받아들이지는 못한 것 같지만요. 그… 가에 씨의 아버지 일도 있어서."

"…아빠가 할머니한테 돈을 뜯으러 왔군요?"

세세한 내용은 다마키도 듣지 못했지만 그런 일이 몇 번이나 있었던 듯했다. 이혼하고 돌아왔다면 받아들여 줬을 수도 있었겠지만, 그 아버지까지 포용하기는 힘들었을 것이다. "하지만 히마리 씨는요? 히마리 씨는 아빠 같은 짓은 하지 않았잖아요? 그렇다면 할머니가 용서하지 못했던 이유는 여장 때문인가요? 그게 그렇게 안 될 일이에요? 어떤 차림이든 내 자식임에는 변함이 없잖아요?"

가에가 이해하지 못하는 것도 당연했지만, 마사코도 시대적으로 받아들이기 힘들었을 것이다. 지금보다 훨씬 더 남자다움, 여자다움을 요구했으니까. 다만, 그게 다는 아니다. 반지 건은 유언장을 작성할 때 마사코가 마지막까지 고심한 부분이었다. 히마리가 한 번은 손에 껴 보았던 다이아몬드 반지….

"제가 이 집에 살게 되고 몇 년 후 마사코 씨 몸이 안 좋은 적이 몇 번 있었던 모양인데, 참으셨나 봐요. 죄송하게도 저도 전혀 몰랐다가 병원에 갔을 때는 이미 말기여서 의사의 예상보다 훨씬 빠르게 진행됐어요. 그래도 마사코 씨는 흐트러짐 없이 이것이 수명이라며 남은 삶을 받아들이고 준비를 시작하셨답니다."

무슨 준비인지는 가에도 알 터였다.

"제가 더 싫다고 볼멘소리를 냈어요. 치료를 더 받으시라, 포기하지 마시라고. …그런 말을 할 처지는 아니었지만요. 하지만 마사코 씨는 상속 문제만큼은 제대로 하고 싶다고 강하게 바라셨어요. 그때가 돼서야 저도 알게 된 사실인데, 리사코 씨가 애를 먹고 있는 이 집의 권리문제도 마사코 씨는 오랫동안 직접 움직이신 모양이에요. 하지만 병에 걸려 더는 자기 손으로 끝내지 못하게 됐으니 저에게 유언집행자가 되어달라고 부탁하셨습니다."

뼈와 가죽만 남은 마사코는 다마키의 손을 힘주어 잡았다. 어디에 그런 힘이 있었는가 싶었다. 다마키는 거절할 수 없었다.

"상속을 어떻게 원활하게 진행할지가 문제였습니다. 지금 말씀드린 대로 이 집의 등기는 끝나지 않았고, 리사코 씨에게 남겨주려 해도 마지막까지 팽개치지 않고 절차를 밟을지…. 게다가 히마리 씨의 반지. 그리고 가에 씨에게는 아직 보호자가 필요하다는 점과 아버지 문제. 도달한 결론은 모두가 같이 산다는 것이었습니다."

"하지만 다마키 씨는 원래대로면 이렇게 귀찮은 일을 떠맡지 않았어도…. 그야 다마키 씨가 안 계셨다면 죽도 밥도 안 됐겠지만요…."

가에는 송구스러워했지만 다마키는 귀찮다고 생각한 적

이 단 한 번도 없었다.

자신에게는 권리가 없는데 마지막의 마지막까지 이 집과 얽힐 수 있다. 그것만으로도 충분히 감사한 일이었다.

"마사코 씨에게는 수없이 많이 받았으니까요. 이런 걸로 다 갚지는 못하겠지만, 만약 제가 사는 의미가 있다면 지금 이렇게 여러분을 돕는 데에 있다고 생각해요."

3

식사 중에 스마트폰을 만질 땐 일단 자리를 뜰 것.

히마리는 업무 연락이 올 때는 일어섰지만 리사코와 가에는 처음에 반발했다. 식사하면서 SNS를 하는 게 일상이었기 때문이다. 그래도 얼마쯤 지나자 가에는 식사 때는 방에 스마트폰을 두고 왔지만 리사코는 여전했다. 이날도 화면이 밝아지자 표시된 메시지에 눈길을 빼앗겼다.

"식사 중이야."

화면에 눈길이 고정된 리사코에게 히마리가 말했다.

"네, 네."

리사코는 건성건성 대답했다. 아직 스마트폰 화면을 보고 있었다. 바로 답장을 하고 싶었는지 리사코는 자리를 뜨지 않은 채 식탁에서 스마트폰을 만졌다.

"나이가 아무리 들어도 규칙을 못 지키는 사람이 있지."

"시끄러워. 땍땍거리는 건 그 사람이랑 똑같다니까. 그것보다 슬슬 분명히 해두고 싶은데. 반지가 가짜란 건 확실하니까."

그 말에 히마리는 대꾸하지 않았다. 가에는 도움을 요청하는 듯한 시선을 다마키에게 보냈다. 다마키가 대답할 수밖에 없었다.

"그렇네요. 분명 찾아낸 반지는 유언장에 적힌 것과는 달랐습니다. 하지만 유언장과 같은 반지가 없다고 결론이 난 건 아닙니다."

"못 찾았다는 건 없다는 애기잖아? 그만 상속 끝내자. 벌써 2월이야."

"제일 시간이 남아도는 사람이 뭘 그렇게 서둘러? 아… 빚쟁이한테 쫓기고 있지?"

"시끄러워!"

"아니면 애인? 아니, 아닌가. 전 애인이 부추기는 중이었지. 질질 끌지 말고 빨리 유산 받아다가 저한테 바치라고. 혹시 방금 온 연락도 그 사람이 한 건가?"

"입 다물어!"

"하지만 빚도 갚아야 하니까 남는 것도 별로 없지 않나?"

"입 다물라고!"

"그리고 어느 날 돈이 바닥나면 전 애인은 리사코 앞에서 사라지겠지. 돈 떨어지는 날이 인연이 끝나는 날."

"닥쳐!"

리사코는 자리에서 일어나 컵을 던졌다. 큰 소리와 함께 쨍그랑 컵이 깨졌다. 히마리를 향해 던진 컵은 벽에 부딪혀 산산조각 났다.

"아슬아슬하게 피했네."

잽싸게 컵을 피한 히마리는 깨진 컵을 손가락으로 가리키며 '리사코 씨가 치워' 하고 웃었다.

하지만 리사코가 치울 리가 없었다. 몸을 일으키려는 다마키를 가에가 막아섰다.

"제가 나중에 할게요. 다마키 씨, 오늘 안색이 너무 안 좋아요."

"괜찮습니다."

"그래도… 제가 할게요. 시험도 끝나서 지금은 할 일도 없고요."

다마키와 가에 사이만 훈훈했을 뿐 실내에는 험악한 분위기가 감돌았다. 특히 히마리는 얼굴에서 웃음을 지우고 매서운 눈초리로 리사코를 쳐다보았다.

"카페에서 같이 있던 남자지? 그딴 놈이랑 있으면 다 잃을 뿐이야. 적당히 하고 정신 차려."

"나, 나쁜 구석만 있지는 않아. 그 사람도 변하려고 하고 있고! 이번에는 작품을 쓰겠다고… 아니, 썼어. 내가 봤다고.”

"그다음에 어떻게 됐는지는 들었어? 게다가 쓰겠다고 했다니, 여태껏 계속 똑같은 소리를 했다는 거 아냐? 일일이 선언하지 않아도 쓸 사람은 써. 적어도 같은 말을 몇 번이나 했다는 소리는 그만큼 거짓말을 해왔다는 뜻이야.”

"하지만…!"

리사코가 반박하려 하자 가에가 몸을 내밀며 대화에 끼어들었다.

"저희 아빠도 맨날 이번에야말로, 다음에야말로 했지만 여전히 구제불능 그대로예요. 영원히 고쳐지지 않겠다는 사실을 최근에야 간신히 깨달았어요. 왜냐하면 저는 계속 아빠의 다음에야말로!라는 말을 믿었던 게 아니라 믿고 싶었을 뿐이었거든요.”

"뭐?"

리사코의 얼굴에 당혹감이 번졌다. 아니, 정곡을 찔렸을 때의 표정이라고 다마키는 생각했다. 리사코는 고개를 설설 저었다.

"그게 무슨 소리야? 믿었던 게 아니라 믿고 싶었을 뿐이었다니…”

"하지만 그렇잖아요. 리사코 씨도 진심으로 전 애인을 믿으세요?"

리사코는 그 자리에서 멍하니 선 채 대답하지 못했다.

손님이 왔음을 알리는 벨이 울렸다.

이 자리를 뜨고 싶지 않았지만 안 나갈 수는 없었다. 다마키는 몸을 일으켜 현관으로 서둘러 나갔다.

"누구시죠?"

"야마타니 아키히코라고 합니다. 리사코 씨 좀 불러주시죠."

"무슨 용건이신가요?"

현관에는 히마리도 와 있었다. 가에의 아버지? 하고 작은 목소리로 물었다.

다마키가 고개를 저었다. 그럼 누구지?라고 생각하는지 의아한 표정을 짓고 있었다.

"리사코한테 볼일이 있어서 왔습니다. 아, 연락은 했으니까 리사코한테 말하면 알 겁니다."

집 안 사람들이 뭐라 묻기 전에 용건을 말했다. 리사코의 지인인 것 같지만 억세게 밀어붙이는 모양새가 인상이 좋지 않았다.

"들리세요?"

히마리가 퍼뜩 알겠다는 표정으로 현관문을 열었다.

"어디서 들은 적이 있는 목소리다 싶더니만 리사코의 전 애인!"

"리사코가 제 얘기를 했나요? 그런데 너무하네. 전 애인이라니. 전 지금도 사귀고 있다고 생각하는데."

"생각이란 말에 본심이 훤히 보이는 것 같네. 뭐, 지금 애인이든 전 애인이든 상관없지만 그만 가주시죠. 야마타니 씨라고 하셨나? 외부인이잖아요. 상속 문제에 끼어들지 말아줬으면 좋겠습니다만."

"저는 리사코의 애인으로서 조언할 뿐입니다. 당신이야말로 리사코와 저 사이에 끼어들지 마시죠? 그보다 댁 맞죠? 가짜 다이아몬드를 준비한 사람. 그거 명백한 사기예요. 상속 자격 없어요."

다마키는 머리를 감쌌다. 리사코를 통해 정보가 새어나갔다.

어중간한 지식으로 끼어드는 사람이 있으면 일이 복잡해진다. 게다가 히마리의 반지 문제는 민감한 이야기였다.

그러나 다마키의 걱정은 아랑곳없이 히마리는 거침없이 말했다.

"야마타니 씨는 빚쟁이보다 더 날강도네. 아무 상관도 없으면서 싹 가져가려고 드는 게."

"상관이 없긴요. 전 리사코의 애인인데요."

"애인인 야마타니 씨한테 상속 권리는 없어. 외부인이야."

"하지만 리사코의 인생은 소중하니까 조언 정도는 할 수 있습니다."

"그렇게까지 말할 정도면 결혼을 하지. 리사코의 인생은 소중하잖아?"

"에이, 리사코랑 결혼해도 저한테는 상속받을 권리가 없잖습니까?"

해봐야 득 될 것 없으니 결혼은 안 하겠지만 돈은 탐이 나니까 끼어들겠다. 리사코가 받을 몫을 자기가 쓰겠다는 속내를 아키히코는 숨기려 들지도 않았다.

다다닥… 현관으로 발소리가 다가왔다.

리사코와 가에까지 현관으로 나왔다.

"아키히코! 와도 된다고 답장 안 했잖아!"

"네가 영 지지부진한 것 같길래 내가 왔지. 슬슬 끝내는 게 널 위한 길이야."

가에는 아키히코를 검지로 가리키며 외쳤다.

"거짓말! 이 사람 말투, 완전 거짓말쟁이 말투예요!"

아키히코는 짜증 내며 혀를 찼다.

"어린애는 조용히 있어. 이건 나랑 리사코의 일이야."

"아, 진짜 멍청이들만 득실득실하네. 닥쳐."

히마리의 독설에 그때까지 겉으로는 웃음을 띠고 있던 아키히코의 표정이 바뀌었다. 눈을 치켜뜨고 입술 끝을 실룩거렸다.

"댁이야말로 닥치고 있어. 진짜를 못 찾아서 가짜 반지로 상속을 받으려던 욕심쟁이 같으니."

"그러니까 멍청하다는 거야. 내가 준비한 가짜 반지를 상속해서 나한테 무슨 이득이 있는데?"

아… 하고 누군가가 중얼거리는 소리가 들렸다.

"하, 하지만 이유가 있으니까 가짜 반지를 준비했겠지."

"이유랑 이익은 별개의 문제야. 그런 것도 모르나?"

쓸데없이 부채질하지 않았으면. 다마키는 조마조마했다.

외부인은 빨리 내보내고 싶었는데 다마키는 아까부터 어지럽고 답답했다. 어질어질했다. 서 있기도 힘들어서 끼어들 수 없었다.

그래도 다마키는 몸이 안 좋은 티를 내지 않으려고 아무렇지 않은 체했다.

아키히코가 다마키를 쳐다보았다. 아키히코는 히마리 같았으면 '의지도 머리도 나빠 보이는 얼굴'이라고 했을 법한 표정을 짓고 있었다.

"상속을 지휘하는 사람, 당신이지?"

"그렇습니다만."

"당신은 고인의 사촌이지만 육촌이라며. 왜 내 것이오 하는 낯짝으로 여기 있지? 역시 유산이 탐나서?"

"저는 유언집행자에 불과합니다."

"그 유언집행자가 없어지면 어떻게 되나?"

"…무슨 뜻이죠?"

다마키의 얼굴이 굳었다.

아키히코는 섬뜩한 표정으로 히죽 웃었다.

"인간은 언제 어떻게 될지 모르잖소. 매일 이 나라 어딘가에서 교통사고로 죽는 사람도 있고 말이오."

"협박인가요?"

"에이, 그럴 리가. 만약의 이야기지. 단지 만약 당신이 없어지다면, 앞으로 유산상속은 어떻게 되려나?"

쾅! 큰 소리가 났다.

눈을 치켜뜬 히마리가 당장이라도 주먹을 휘두를 기세로 아키히코를 벽에 밀어붙였다.

리사코가 사이에 끼어들려 손을 뻗었다.

"고타로! 그만둬!"

"그만두길 바란다면 둘 다 이 집에서 나가!"

"나가면 유언장대로 할 수 없잖아!"

다마키는 어라? 싶었다.

리사코가 지키고 싶은 건 아키히코가 아니라 마사코가 남긴 유언인가?

아니, 그건 아닐 것이다. 그랬다면 리사코는 얌전히 절차를 진행했겠지. 하지만 유언장대로 할 수 없다고…?

온몸을 덮치는 피로에 다마키의 머리는 평소처럼 돌아가지 않았다. 냉정함을 잃은 히마리도 걱정이었다.

"어차피 리사코 씨는 상속을 받아도 빚 변제에 이 남자한테 털려서 빈털터리가 될걸."

"그건 고타로 너랑은 상관없잖아. 아니면 넌 반지를 찾지 못해 상속을 못 받을 바에야 차라리 어디에 기부라도 돼서 나도 가에도 똑같이 상속을 못 받는 게 낫겠다 이거야?"

"그런 건 바라지 않아!"

"입으로는 무슨 말이든 못 해. 속으로는 사실 나랑 가에를 바보 취급하고 있지?"

"아니야!"

"아니기는! 애당초 너, 뭔가 숨기고 있었어. 특히 그 사람에 대해서는 본인도 이해 못 할 정도로 솔직하게 굴지 못하고, 계속 뭔가에 매달리는 느낌이 들어."

"뭔가가 뭔데?"

"그거야 모르지. 하지만 매달리고 있다는 건 알겠어. 넌 자각이 없니? 살날이 얼마 남지 않았다는 걸 알고 도쿄에서 여기로 돌아왔으면서 죽을 때까지 만나려고 하지 않았잖아. 진짜 싫었다면 죽고 나서 오지 않았겠어? 그런데 살아 있을 때 왔다는 건 사실은 신경이 쓰이고 또 쓰여서 어쩔 줄 몰랐다는 얘기잖아!"

"닥…."

말을 꺼내려는 히마리를 가로막으며 가에가 소리쳤다.

"둘 다 그만하세요! 말싸움할 때가 아니에요!"

리사코가 받아쳤다.

"가에 넌 조용히 있어."

"싫어요! 저도 상속인이에요. 전 할머니 유산을 이런 사람이 쓰게 하고 싶지 않아요. 그럴 바에야 포기하는 게 나아요!"

"잠깐. 포기하면 너도 곤란해지잖아. 너 대학에 못 가게 된다고."

"이런 망나니 같은 사람한테 넘기느니 없는 게 나아요. 대학은 찾아보면 돈이 들지 않는 방법이 있을지도 몰라요. 그러니까 저는 이 사람한테 돈 주기 싫어요!"

가에는 딱 잘라 말했다. 그 말에서 불안이나 망설임은 느껴지지 않았다.

많이 강해졌구나. 다마키는 생각했다.

이 집에 왔을 때는 다 포기한 듯한 분위기였고 자기 의견을 말하지 않았다. 말해도 소용없다고 여겼겠지. 하지만 지금은 자기 마음을 말로 표현하고 앞날을 내다보았다.

하지만 가에는 이미 충분히 고생을 했고, 받을 권리가 있는 것을 내려놓을 필요는 없었다. 그리고 마사코의 유언을 지키는 건 다마키가 할 일이었다.

그렇게 생각한 다마키는 가에 앞으로 나서려고 발을 내디뎠으나 그 순간, 세상이 깜깜해졌다.

*　*　*

마사코와 순조로이 흘러가던 생활에 변화가 생긴 계기는 다마키의 병이었다. 이혼 전부터 병원에 다니며 치료를 계속

받았지만 다마키의 몸은 신장이식이 필요한 지경에 이르고 말았다.

의사에게서 그 이야기를 들었을 때 다마키는 충격과 동시에 이해도 됐다. 몸이 좋지 않다는 사실을 자각하고 있었기 때문이다.

문제는 누구에게서 신장이식을 받느냐였다. 장기이식은 대기자가 많아서 금방 자기 차례가 오지 않는다. 또 죽은 사람에게서 제공받는 신장보다 산 사람에게서 이식받는 편이 생착률도 생존율도 높다.

그 사실을 안 마사코는 당연하다는 듯 말했다.

"내 신장을 쓰면 돼. 육촌 이내라면 생체 신장이식 도너*가 될 수 있지? 연식이 있으니 다마키의 몸에서 언제까지 제 기능을 할지… 애당초 도너 조건에 맞을지 어떨지는 모르겠지만 쓸 수 있다면 내 걸 써."

생체이식은 건강한 사람도 마취와 수술이라는 위험부담이 있었고 게다가 한 번 받으면 돌려줄 수 없었다.

다마키의 부모님도 살아 계시지만 고령자로 도너가 될 만한 나이가 아니었다. 여섯 살 위인 오빠도 있었지만 작년에 큰 병을 앓았다. 아마 도너는 못 될 터였고 설령 된다 해도 아

---

* 신체 기관을 다른 사람에게 대가 없이 주는 사람

직 키워야 할 아이가 있어서 부탁할 수 없었다. 이혼하고 아이도 없는 다마키에게 기댈 만한 피붙이는 어디에도 없었다.

그래도 마사코의 제안에 선뜻 고개를 끄덕일 수 없었다.

"나는 아직 다마키와 더 지내고 싶어."

다마키에게 마사코와 함께 사는 이점은 컸다. 그러나 마사코로서는 다시 혼자 살아도 큰 변화는 없을 터였다.

"저는 마사코 씨한테 아무것도 돌려드릴 수 없어요."

"그렇지 않아. 애당초 내 이기적인 부탁에 여기로 이사와 줬잖아. 다마키랑 우리 딸은 동갑이야. 딸에게는 이미 아무것도 해줄 수 없어. …난 딸의 장례식에도 안 갔으니까."

죽어도 용서받지 못할 거라는 뜻일까.

다마키가 왜 그랬냐고 묻자 마사코는 자신을 비웃는 듯한 웃음을 지었다.

"솔직히 말하면 부고 소식을 장례식이 끝나고 얼마 지난 뒤에 들었어. 딸의 고등학교 동창에게서. 그래서 장례 자체에 못 갔던 건 어쩔 수 없지만… 알고 난 다음에도 움직이려 하지 않았으니 엄마로서 최악이지. 게다가 소식을 받았어도 분명 안 갔을 것 같고."

함께 사는 동안 아사미의 결혼 상대가 품행이 나쁘다는 이야기는 들었다. 몇 번이나 돈을 요구했다는 사실도 알고 있었다.

"손녀분께 연락을 해봐야겠다는 생각은 없으셨어요?"

"있었지. 하지만 나는 자식이 둘 다 도망간 엄마야. 딸은 아이를 낳고서 내 생각을 했는지 한 번은 찾아왔지만… 상대방이 좀 문제 있는 사람인 데다가 딸도 나한테 폐를 끼치기 싫었는지 결국 연을 끊은 모양새가 되어버렸어. 딸이 죽었을 때 손녀를 데려올까도 고민했지. 하지만 자식이랑도 잘 지내지 못했던 내가 손녀를 잘 키울 리가 없어서 손을 못 내밀었지. 손녀는 솔직하고 부모를 생각하는 아이라 곁에 두고 싶긴 했지만. 양녀… 리사코를 집에서 내보낸 건 스스로 생활할 수 있는 사람이 되길 바란다는 남편의 희망에 따랐어."

그렇게 말하고 마사코는 피식 웃었다.

리사코의 방탕함은 친척들 사이에서 다마키의 귀에까지 들려올 정도였으니 같은 지붕 아래에서 지냈던 가족에겐 견딜 수 없는 일도 있었으리라고 상상할 수 있었다.

"딸은 나보다 먼저 가버렸어. 그래서 딸에게 해주고 싶었던 일을 다마키한테 해주고 싶을 뿐이야."

아, 그런가. 이 사람은 나를 지켜줌과 동시에 자기 과거를 수정하고 싶은 거구나.

딸 대신이라는 말을 듣고도 다마키는 조금도 충격받지 않았다. 오히려 호의를 받아들여도 괜찮겠다는 생각이 들었다.

그로부터 얼마 후 마사코는 다마키의 도너로 지정됐다. 이식수술은 전반적으로 의사의 설명대로 진행되었고 수술

후 경과도 양호했다. 다마키도 이식 전보다 건강해져 일상생활은 문제없이 하게 되었고 취직도 고민하기 시작했다.

마사코와의 생활은 새로운 발견과 소소한 자극이 있었다. 많은 것을 바라지 않으면 충분히 행복하다고 생각했다.

그러나 이식한 지 2년 후, 도너 검사 때는 이상이 없던 마사코가 신장암에 걸렸다는 사실을 알게 됐다. 몸이 안 좋다고 느끼면서도 신장이식 때문이라고 여긴 마사코가 다마키에게 몸이 안 좋다는 사실을 들키지 않으려 한 탓에 늦게 발견하고 말았다.

신장이 두 개 있으면 암이 있는 쪽 신장을 떼어낸다는 선택지도 있었겠지만, 마사코에게는 이미 하나밖에 없었다. 다마키는 자기 신장을 마사코에게 돌려줬으면 좋겠다고 의사를 몰아붙였다. 그러나 그건 불가능하다고 했다.

다마키는 자신을 책망했다. 자기가 마사코에게서 이식을 받지 않았다면 마사코는 암을 발견했을 때 수술을 받을 수 있었을지도 모른다. 무엇보다 마사코의 신장을 받지 않았다면 마사코는 분명 더 이른 단계에서 자기 몸의 변화를 알아차렸을 터였다.

하지만 마사코는 단 한 번도 다마키를 원망하지 않았다.

*　　*　　*

"내가 마사코 씨를…."

"왜 그러세요?"

목소리에 이끌리듯 다마키가 천천히 눈을 뜨자 가에의 얼굴이 바로 코앞에 있었다.

괜찮냐고 묻는 가에의 눈물 어린 목소리가 귓가에 아프리만치 울려 퍼졌다.

"…여긴?"

"병원이에요! 다마키 씨, 구급차에 실려 왔어요! 한동안 입원해야 한대요. 쓰러질 때까지 참으시면 어떡해요."

꾸짖는데도 아껴주고 있다는 기분이 드는 까닭은 가에의 필사적인 마음이 전해져서이겠지.

만약 다마키에게 딸이 있다면 이런 느낌일까. 이런 식으로 나를 혼내줄 사람은 이제 없을 줄 알았는데, 신기한 인연으로 함께 지내게 되었다. 마사코 덕분이었다. 잠시나마 부모된 자의 기분을 맛본 느낌이었다.

"미안해요."

"제대로 알려주세요. 다마키 씨, 역시 어디 아프신 거죠?"

"가에. 설명은 나중에 듣고 다마키 씨를 쉬게 해드려야지. 그 상황에서는 몸이 안 좋다고 말도 못 꺼냈을 테니."

히마리도 가에와 나란히 침대 옆에 있었다.

"히마리 씨, 일은요?"

"오늘은 늦는다고 했어요. 다마키 씨는 쓰러져, 리사코는 발작해. 그 멍청한 남자도 있는데 어떻게 일을 가…."

"리사코 씨는?"

"집에서 머리 식히는 중."

피로에 찌든 얼굴로 히마리가 말했다.

"야마타니… 씨였던가요? 그분이랑 나가지는 않았나 보네요."

"이제 정신 차리지 않았겠어요? 그 멍청한 남자랑 같이 있는 게 저를 위한 길이 아니라는 걸. 천생연분이긴 해. 그새를 못 참고 집으로 온 거 봐. 타고난 멍청이야."

병원이라 목소리를 작게 내긴 했지만 히마리는 평소보다 더 신랄했다. 아키히코에게 어지간히 화가 난 모양이었다.

가에도 입술을 삐죽였다.

"그런 말을 듣고도 정신을 못 차린다면 인간으로서 바닥이죠."

"무슨 소리예요?"

"가에."

히마리가 막아섰다. 그러나 분을 삭이지 못한 가에의 입은 멈추지 않았다.

"왜냐하면 그 인간, 쓰러진 다마키 씨를 보고 이제 상속을 진행하기 쉬워지겠는데? 했단 말이에요."

"가에!"

"히마리 씨, 전 괜찮아요."

오히려 그로써 리사코가 정신을 차렸다면 잘된 일이었다. 그 남자가 끼어들면 곤란하다.

진행하려면 지금 해야 했다. 그렇지만 몸이 생각대로 움직이지 않았다. 남에게 부탁할 수밖에 없는데, 분명 마사코도 그걸 바랐을 것만 같았다.

"가에 씨, 갑자기 입원하느라 아무런 준비도 못 했어요. 지금 당장 필요 없는 물건은 나중에 집에서 가져와도 되니까, 매점에서 좀 사다줄 수 있을까요?"

"네, 뭐가 필요하세요?"

다마키가 몇 가지 물건을 말하자 히마리가 지갑에서 만 엔을 꺼냈다. 가에는 병실에서 나섰다.

"죄송해요, 히마리 씨. 나중에 갚을게요."

"그런 건 됐고, 뭔가요?"

"네?"

"할 말이 있어서 가에를 내보낸 거잖아요? 아무리 당장 필요한 거라고 해도 다 집에서 가지고 올 수 있는 물건뿐이던데. 오가는 시간을 포함해도 두 시간 정도면 가지고 올 수 있는걸…. 뭔데요?"

이틀 정도 입원한 후 상태가 나아진 다마키는 일단 퇴원할 수 있었다. 그러나 병이 나은 것은 아니었다. 앞으로 나빠진다면 인공투석이나 재이식을 검토할 필요가 있다는 말을 들었다.

병원에서 돌아온 다마키는 히마리와 가에 그리고 리사코에게 자기 병을 설명했다. 물론 마사코의 장기를 이식받은 이야기도 했다.

히마리가 모든 게 이해된다는 듯 고개를 끄덕였다.

"그랬군요…."

가에도 '그랬던 거군요' 하고 말했다. 리사코만 이해하지 못한 채 '뭐냐고?'를 내뱉었다.

입에 담지는 않았지만 히마리의 눈이 무슨 소리를 하려는지 다마키는 알 수 있었다. 리사코도 느낀 모양이었다.

"또 멍청이 취급하지?"

"자각이 싹트기 시작했네. 좋은 일이야. 그럼 조금 더 생각해. 이식에 대해서."

"어? 내 신장을 주라는 말이야?"

"한 치 앞이 아니라 너무 멀리 가서 어디서부터 설명해야 좋을지 모르겠네…."

"처음부터 하면 돼."

결국 다마키는 마사코와 만난 일부터 함께 살게 된 과정, 두 사람의 생활 그리고 이식수술 이야기를 했다.

이미 어느 정도 들었던 가에는 고개를 끄덕였고, 처음 들은 히마리와 리사코는 놀란 듯 복잡한 표정을 지었다.

히마리가 조심스레 입을 열었다.

"혹시 리사코 씨, 이해가 안 가?"

"이쯤 하면 나도 알아! 그 사람의 신장이 다마키 씨 몸속에 있다는 거잖아? 아무리 생각해도 다마키 씨의 몸이랑 안 맞을 것 같은데. 그래서 다시 이식해야 한다는 얘기 아니야?"

"…그건 아니지만."

생체 신장이식의 도너가 될 수 있는 나이는 스물부터 일흔까지였다. 물론 건강은 당연한 조건이었다.

마사코가 도너가 되어준 시기는 예순을 넘겼을 무렵이었다. 도너가 고령자면 이식한 장기가 젊은 사람에게서 받는 장기에 비해 오래 견디지 못할 수 있다고 의사가 설명했다.

그 이야기를 들은 가에가 손을 들었다.

"그럼 제가 도너가 될게요! 제 신장이라면 분명 더 오래 쓸 수 있을 거예요!"

가에의 손을 히마리가 내렸다. 다정함이 어린 '바보' 소리가 히마리의 입에서 흘러나왔다.

"젊은 만큼 몸을 아껴. 앞으로 한창 멋진 만남도, 다양한 가능성도 기다리고 있을 테니까. 내 걸 써. 가에 정도는 아니지만 처음 것보다는 젊으니까."

"헐, 고타로의 장기가 다마키 씨 몸에 들어간다고? 입이 걸어지는 거 아니야?"

리사코가 관두는 게 낫지 않겠냐고 다마키에게 말했다.

"내 장기가 안 되면 리사코 씨 것도 마찬가지지. 성격도 머리도 나빠지면 너무 불쌍해지잖아."

"뭐? 네 험한 입보다는 낫거든!"

"하지만 리사코 씨는 다마키 씨보다 나이가 많잖아요."

"거의 차이 없어. 사람을 노인네 취급하지 마! 그전에 도너가 된다고도 안 했다고. 난 그저 고타로 건 관두는 게 낫고, 가에에 관해서는 고타로랑 같은 의견이라는 말을 하고 싶을 뿐이야."

"그럼, 다마키 씨의 병이 악화되면 어쩌려고? 본격적으로 이식이 필요해지기 전에 생각해놓는 게 좋을 텐데."

"하지만 내 몸을 째서 신장을 준다니, 쉽게 말할 수 있는 일이 아니잖아."

"저기…."

달아오르는 대화에 다마키가 기진맥진하며 끼어들었다.

"감사드려요. 가에 씨도, 히마리 씨도 그리고 리사코 씨도. 하지만 여러분은 누구도 제 도너가 되실 수 없어요."

"엉?"

셋이 같은 표정을 지었다. "엉?" 하는 소리가 완벽하리만치 딱 맞아떨어졌다.

"무슨 말씀이세요? 할머니는 도너가 되셨는데 저희는 다 안 된다니."

"생체 신장이식에서 도너가 될 수 있는 사람은 가족뿐이에요."

"저희, 같이 살고 있잖아요!"

"여기서 말하는 가족… 친족에 해당하는 사람은 육촌 이내의 핏줄, 배우자, 삼촌 이내의 인척으로 정의되어 있어요. 설령 여러분이 제 도너가 되겠다고 해도 대상 외입니다."

아아…. 히마리가 이해한 듯 고개를 끄덕였다.

다마키와 마사코는 육촌에 해당하지만 다마키와 여기 있는 사람들은 법이 정하는 친족 범위 내에 해당하지 않았다.

이것이 히마리와 가에였다면. 리사코와 히마리였다면. 가에와 리사코였다면.

누구나 도너가 될 조건을 서로 갖추었다. 그러나 다마키만은 그 원 안에 들어가지 않는다.

가에 얼굴이 시뻘게지더니 눈에 그렁그렁 눈물이 맺혔다.

"왜… 왜 그렇게 정해놓은 거죠? 가족이 뭔데요? 아니, 가족이 아니어도 만약 나에게 소중한 사람이 병에 걸려서 이식하지 않으면 죽을 수도 있는데, 도너가 될 수 없다는 말인가요? 그건 이상하잖아요? 혈연이 아니면 가족이 아닌가요?"

히마리는 팔짱을 낀 채 생각을 정리하고 싶은지 외부 자극을 차단하듯 눈을 감았다.

"애당초 생체이식이 가능한 장기는 한정적이긴 하지만… 친척 아닌 사람을 인정하면 문제가 생길지도 몰라서이지 않을까? 예를 들면 누군가를 협박해서 빼앗는다거나. 어쩌면 부자가 자기 살자고 장기를 사들인다거나. 사실인지 아닌지는 모르겠지만 자기 장기를 주고 돈을 받는 일이 해외에서는 있다고도 하고. 물론 리스크가 있으니 어지간히 가난하지 않고야 팔 엄두는 안 내겠지만, 정말 돈이 궁하면… 사람은 악마의 속삭임에 귀를 기울이기도 하지 않을까."

"뭘 다 안다는 척 지껄여. 고타로 넌 머리가 좋으니까 편법을 찾아봐. 좋은 방법 없어?"

리사코의 억지에 히마리는 머리를 싸맸다.

"난 의사가 아니야."

평소 같으면 리사코에게는 동조하지 않았을 가에도 이때만큼은 가세했다.

"히마리 씨, 생각해주세요! 소중한 사람이 사라지는 건 말로 다 할 수 없을 정도로 슬픈 일이라고요. 저는 다신 그런 일을 겪기 싫어요!"

두 사람의 압박에 히마리는 으음… 하며 난처한 소리를 냈다.

"편법이 있다면야 누군가 하고 있겠지만…."

설령 그런 방법이 있다 한들 다마키는 이제 다른 사람에게서 신장을 받을 생각이 없었다.

장기제공 단계에서 마사코의 건강 상태는 문제가 없었다. 그래서 다마키 때문에 마사코가 죽은 것 아니겠냐고 하는 사람이 있을지도 몰랐다.

　다마키도 자기가 마사코의 죽음을 앞당겼다고 생각해왔다.

　그런 후회는 이제 다시 하지 않겠어.

4

　다마키는 한동안 자택 요양에 들어갔고, 그 기간의 집안일은 대부분 가에가 맡았다.

　가에의 요리 솜씨는 날이 갈수록 발전했고 청소도 빠르고 깔끔하게 할 수 있게 되었다. 빨래도 훌륭하게 잘해서 혼자 살기에 충분한 능력을 갖추었다. 이제 사흘 후 있을 지망 대학의 합격 발표만 남았다. 가에는 약한 소리를 내뱉었지만 히마리가 봤을 때 확률은 반반이었다.

　리사코도 상속 절차를 밟아나갔다. 오랫동안 거처를 모르던 한 명은 운 좋게 히마리가 SNS에서 소재지를 알아냈다. 상속인의 사망을 알리는 글을 올린 SNS를 찾아낸 덕에 그분의 자녀와 연락을 취했다. 멀리 살아 전혀 왕래가 없는 친척이었던지라 상속인의 자녀는 유산을 포기한다는 내용에 바로 동의해주었다. 아직 남은 상속인 한 사람에게서 포기를 받아내지는 못했지만 희망이 보이기 시작했다.

"리사코 씨, 그분이랑은 어떻게 됐나요?"

다마키의 병세 설명이 끝난 뒤 가장 먼저 물은 말이었다. '그분'이란 리사코의 전 애인인 아키히코였다.

리사코는 못마땅한 표정을 지으면서도 끊어냈다고 분명히 말했다.

"연락도 못 하게 차단했고, 그 인간네 집에 남겨뒀던 짐도 처분했어. 그 김에 스토커로 경찰에 얘기도 해놨다고 했는데, 그건 거짓말이고. 나쁜 머리는 잘 굴러가는 인간이지만 그걸 확인할 만큼의 배짱도 없거든. 싸움도 못 하고."

"마치 싸워서 이긴 적이 있는 듯한 말투인데."

"응, 한 번. 또 오면 내가 쫓아낼게."

히마리의 검은자가 위아래로 바쁘게 움직였다. 대답에 수긍했는지 '그래'라는 한마디 외에는 더 추궁하지 않았다.

일단 리사코의 남자 쪽 문제는 해결된 듯했다.

나머지는 히마리의 반지였다.

다마키가 쓰러지기도 한 탓에 흐지부지됐다. 리사코의 추궁이 시작됐다.

"야, 가짜 반지, 고타로 네가 준비한 거야?"

"맞아."

"뭣 때문에?"

히마리는 될 대로 되라는 태도로 말했다.

"…이런 상속 문제, 빨리 끝내버리고 싶었으니까."

"무슨 소리야?"

"난 딱히 그 반지가 가짜였어도 괜찮았어."

"넌 한 푼도 득이 없는데 그걸로 괜찮다고?"

"상속이 차질 없이 진행된다면 나는 상관없어. 리사코 씨는 빚을 갚고, 가에는 진학 비용을 받고."

"그게 뭐야. 지금 나랑 가에를 위해서 그랬다고 하고 싶은 거야?"

"아니야. 하지만 둘 다 기한이 다가오고 있잖아? 특히 가에는 정해진 날짜까지 입학금을 내지 않으면 합격해도 취소되어버리니까."

"그런 거야 당장 현금을 못 마련했을 뿐이고, 돈은 나중에 들어오니까 학비 정도는 빌릴 수 있잖아?"

"역시 미스 빚쟁이."

히마리가 코웃음을 쳤다. 리사코는 얼굴이 붉어진 채 성을 냈다.

"비꼬지 마! 잘은 모르겠지만 네 설명은 하나도 이해가 안 돼. 앞뒤가 안 맞아!"

소리 지르는 리사코에 이어 가에가 손을 들었다.

"저도 잘 모르겠어요. 왜냐하면… 가짜 반지를 준비했다는 얘기인즉, 히마리 씨는 진짜 반지를 못 찾을 줄 알았다는 뜻이잖아요? 반지를 진짜 찾아보셨어요?"

"찾아봤어. 많이. 찾아봤지만 없었어…."

히마리의 말에서 거짓은 느껴지지 않았다. 찾았다는 말은
진짜이리라. 그러나 그 의미를 아는 사람은 히마리 말고는
다마키뿐이었다.

가에가 고개를 갸웃거렸다.

"하지만 저는 히마리 씨가 이 집에서 찾는 모습을 거의 본
적이 없는데…. 어딜 찾아보셨어요?"

히마리는 입을 다물었다.

"반지는 이 집 안에 있는 거죠? 확률적으로 가장 높은 곳
은 할머니의 방일 듯한데, 전 히마리 씨가 찾는 모습을 본 적
이 없는데요?"

리사코가 다마키에게 물었다.

"대여금고랑 계약했다는 얘기 들은 적 있어?"

"마사코 씨가 돌아가셨을 때 거래하던 은행 등에 문의해
봤지만 그런 말은 일절 없었어요. 물론 저도 못 들었고요."

"그렇다는 건 역시 반지는 집 안에 있다는 소리 아냐? 혹
시 정원에 묻어뒀다거나?"

다마키는 입을 열고 싶었다. 하지만 지금은 아니었다.

한 번 더, 마사코의 마지막 소망을 이루지 않으면 진실을
말할 수 없었다.

딩동.

현관 벨이 울렸다. 네 사람 사이에 긴장감이 흘렀다.

"제가 나갈게요."

"…혹시 리사코 씨의 전 애인?"

리사코는 설마… 하면서도 부정하지는 않았다.

"액수가 액수이니 포기 못 할 사람도 있겠지."

히마리의 한마디에 온 식구가 현관으로 향했다.

문을 열자 보기 싫은 얼굴이 있었다.

"아이고, 아이고."

부자연스러운 웃음과 노골적으로 다가오는 모습에 다마키는 소름이 끼쳤다.

"아빠…!"

가에의 아버지였다. 전에 이 집에 왔을 때보다 볼이 더 핼쑥했다. 수염도 며칠 동안 깎지 않은 듯했고 머리도 언제 감았을까 싶은 행색이었다.

"오랜만이다. 다들 마중까지 나와 주시다니. 그렇게 날 기다렸니?"

"안… 기다… 렸어."

대답하는 가에의 목소리가 작았다. 아빠 앞에 서면 말을 해봐야 소용없다는 마음이 앞서는 모양이었다.

"일단 안에 좀 들어가도 될까? 배가 너무 고파 죽겠어. 가능하면 목욕도 하고 싶고. 가에랑도 충분히 대화를 나누고 싶은데, 이런 데 서서 얘기하기도 뭣 하잖니."

"…고."

"가에, 잘 먹는 거니? 목소리가 작아서 안 들려. 어어, 누구 더라, 당신?"

가에의 아버지는 다마키를 쳐다보았다.

"곤노 다마키입니다."

"아, 그랬지. 다마키 씨. 우리 귀여운 딸내미, 잘 돌봐주고 있나? 집안일 같은 데에 부려먹진 않았겠지?"

뻔뻔한 가에 아버지는 다마키도 버거웠다. 아니, 싫었다.

자기 딸조차 자기 시점으로밖에 보지 않았다. 가에가 어떤 마음인지, 어떤 생각을 하는지 지금까지 단 한 번도 상상해본 적이 없겠지.

다마키는 가능한 한 감정을 죽이며 대답했다.

"책임지고 잘 데리고 있습니다."

"흠, 정말이려나? 한동안 딸 옆에 있으면서 확인해야겠는데. 음, 그래. 그게 좋겠어."

멋대로 들어오려는 것을 입구에서 가에와 다마키 그리고 리사코와 히마리가 막아섰다. 그런데도 가에 아버지는 아랑곳하지 않고 억지로 들어오려 몸을 들이밀었다.

"아저씨, 냄새나니까 가까이 오지 마. 아니, 집이 썩으니까 들어오지 마."

리사코가 이 자리에 있던 모든 사람이 생각하던 바를 입에 담았다. 이때만큼은 다마키도 리사코의 험한 입을 막을 마음이 들지 않았다.

"한동안 집에 못 들어가서 옷도 못 갈아입었으니 별수 없잖아. 그러니까 욕실 좀 쓰게 해줘."

계속 억지를 부리는 가에의 아버지에게 리사코는 지지 않고 맞받아쳤다.

"집에 가면 되잖아. 이 집에서 욕실 안 써도 되니까 지금 바로 돌아가."

"무슨 소리야! 난 가에의 아버지라고! 아이가 미성년자니까 내가 감독해야 해!"

"지금까지 내팽개쳐놓고 무슨 감독을?"

"당연히 상속이지! 부모에게는 자식의 대리인이 될 권리가 있으니까."

아무래도 이 집에 온 다음 쓸데없는 지식을 익힌 듯했다.

압박감이 흐르는 현관에 히마리의 목소리가 울려 퍼졌다.

"리사코 씨 전 애인 같네."

"이 지경까지는 아니었거든! 그것보다 어떡할 거야? 아키히코랑 달리 이 아빠란 사람은 자기가 외부인이란 자각도 없고, 가에 몫의 유산을 받을 권리는 눈곱만큼도 없으면서 죄 제 것인 양 여기니 여간 성가신 게 아니라고."

"잠깐, 리사코 씨. 본인이 듣고 있어."

"들으라고 한 소리야."

"그렇지?"

심장이 쿵쿵거릴 만큼 긴장했던 다마키는 리사코와 히마

리의 대화에 맥이 풀렸다.

히마리가 가에 아버지 앞에 섰다.

"상속이 아직 안 끝나서."

"아직? 대체 뭘 하는 거야. 가에, 설명해보렴."

가에보다 먼저 히마리가 대답했다.

"외부인에게 대답해줄 필요는 없어."

"몇 번이나 말하지만 난 가에 아버지야!"

"그래서 어쩌라고."

히마리가 가에 아버지와 코끝이 맞닿을 만큼 가까이 얼굴을 들이밀었다. 떨어져 있어도 냄새가 나는데 히마리의 표정은 그대로였다. 마치 가에를 지킬 사람은 나야 하는 듯한 태도였다.

"자식에게는 부모를 부양할 의무가 있어!"

"부모 역할도 다 못 했으면서 자식이 치다꺼리해줄 거라 생각해? 자식을 돌보지도 않았으면서? 용케도 그런 더러운 낯짝으로 딸 앞에 나서다니."

"당신이야말로 조용히 해. 부모가 곤경에 빠졌을 때는 자식이 돕는 거야. 가에가 곤경에 빠졌을 때는 내가 도…울 예정이고."

아버지는 가에의 팔을 잡아끌었다.

"가에, 아빠랑 같이 살자. 이제는 잘될 거야."

히마리가 바로 둘을 떼어놓았다.

"이거 봐. 역시 가에의 유산이 목적이지. 안됐지만 가에를 데리고 여길 나가면 가에의 상속 권리는 사라져버려. 그래도 괜찮아?"

"뭐?"

"유산상속 조건 중 하나야. 모든 상속이 끝날 때까지는 여기서 다 같이 살아야 해."

"그럼 나도 여기서 지내야겠군."

"이 집은 상속 권리가 있는 사람만 살 수 있어."

"잠깐 정도는 뭐 어때. 부모 자식 사이인데."

부모 자식이라는 말을 들은 리사코와 히마리의 눈초리가 매서워졌다.

이 집에서 부모 자식이라는 말은 그리 가볍지 않았다. 리사코도 히마리도 그리고 가에도 그 관계에 고뇌했다.

"얘, 가에. 엄마가 자란 이 집에서 같이 지내자. 좋지? 아무 말도 없다는 건 좋다는 뜻이지?"

아버지는 히마리의 방어를 뚫으려 했다. 이대로 가에 아버지를 안으로 들이면 귀찮아지니 아무튼 지금은 돌려보내고 싶었다. 원만하게 끝내고 싶었으나 어려울 듯했다.

"아빠랑 같이 살고 싶지? 아빠는 가에랑 같이 살고 싶은데 말이야."

사정하는 아버지를 보는 가에의 표정은 변함없었다. 마치 아빠 목소리는 들리지도 않는다는 듯 눈을 깜빡이는 것 외에는 꼼짝하지 않았다.

아버지도 딸 표정을 보았을 텐데 가에를 걱정하는 말은 없었다. 어디까지나 제 주장만 늘어놓았다.

"부모가 자식이랑 사는 건 당연한 일이란다."

그 순간, 감정 없는 차디찬 가에의 목소리가 날카로운 칼날처럼 공기를 갈랐다.

"지금까지 내팽개쳐둔 주제에?"

"…가에?"

순간 현관이 조용해졌다. 누군가의 침 삼키는 소리가 울린 듯한 기분마저 들었다.

다음 순간 가에가 봇물 터진 듯 내뱉었다.

"자기 아쉬울 때는 내가 모아놓은 아르바이트비까지 가져가 놓고, 할머니의 유산을 받게 됐다는 걸 알게 되니 같이 사는 게 당연해? 그래서 이번엔 유산이 손에 들어오면 뭐 하려고? 빚 변제? 도박? 술집? 아… 또 새로운 여자한테 갖다 바치게? 어차피 돈이 없어지면 또 나를 버릴 거잖아. 나도 어른이 되니까 이제는 빚까지 떠넘기려고? 난 평생 당신을 위해 살아야 해? 싫어. 어디로든 가버려. 다신 내 앞에 얼굴 내밀지 마!"

"가에, 부모한테 무슨 말버릇…."

"시끄러워! 당신 같은 사람은 부모도 아냐! 내 가족은 죽은 엄마랑 여기 있는 사람들이야! 이상한 사람들뿐이지만 이

쪽이 훨씬 더 좋아! 더 빨리 여기 오고 싶었어. 할머니는 왜 살아 계실 때 날 데리러 와주지 않으신 거야!"

가에는 지금까지 포기하는 마음에 눌려 터뜨리지 않았던 감정을 분노와 함께 아버지에게 쏟아냈다.

분명 계속 참았을 것이다.

그 마음을 느낀 다마키는 그날 데리러 간 것을 후회했다. 좀 더, 좀 더 빨리 데리러 갔으면 좋았을 텐데.

"가에, 그쯤 해둬."

히마리가 가에를 말렸다.

"싫어요! 이 인간은 이 정도로는 절대로 이해 못 해요. 내가 어릴 때 몇 번이나 애원했는데도 바뀌지 않았어. 늘 내 발목을 잡았어. 지금도 돈 아니었으면 날 찾아오지도 않았을 거야. 이젠 싫어. 날 놔줘. 내 앞에서 평생 사라져!"

가에는 온몸으로 부르짖었다. 지금까지 가에의 어디에 그런 말들이 숨어 있었는지 놀랄 정도로 외쳐댔다.

설마 이렇게까지 저항할 줄은 몰랐던지 가에의 아버지는 어깨를 축 늘어뜨렸다.

"가에, 말이 지나쳐."

히마리가 말리자 고개를 수그리고 있던 아버지의 표정이 확 밝아졌다.

"그래, 난 부모라고."

"댁은 상관없어."

히마리는 가에 아버지를 가차 없이 쳐냈다. 시끄러우니까 닥치고 있으라는 덧붙임도 잊지 않았다.

"말해봐야 소용없는 인간한테는 무슨 소릴 해도 안 먹혀. 말하는 건 괜찮지만 네가 망가질 정도로 하지는 마."

흥분한 가에의 눈에 눈물이 고였다.

그러나 냉정함을 완전히 잃지는 않은 듯했다.

"그건… 히마리 씨 본인 이야기인가요?"

"음, 뭐… 글쎄…. 그럴듯하게 얘기는 했지만 나도 잘 모르겠어. 집을 나온 것이 잘못이었다고 생각하진 않지만."

"저도 잘못하기 싫어요. 어떻게 하면 잘못하지 않고 끝낼 수 있어요? 돌아가시고 돈만 남겨주시니 어떡해야 좋을지 모르겠어요. 다마키 씨, 네? 대체 왜예요? 난 이 사람이랑 계속 같이 있기 싫었는데!"

가에의 왜냐는 질문에는 다마키도 답할 수 없었다. 답해줄 수 없었다.

"분명 똑같은 잘못을 하기 싫어서였겠지."

히마리의 눈빛은 부드러웠다. 이 집에 왔을 때는 냉소적인 표정을 짓던 히마리가 봄날의 햇살처럼 보드라운 미소를 지었다.

"그 사람… 엄마는 서툰 양반이었다고 생각해. 이상이 너무 높았는데, 그걸 낮추지를 못했어. 하지만 언젠가부터 자신이 서툴다는 사실, 올바름에 매여 있다는 사실을 자각했을 거야. 그래서 만약 가에를 데리러 갔어도 누나나 나처럼 또 같은 실패… 가에가 집을 뛰쳐나가게 된다면 하는 생각을 하지 않았을까."

가에는 잘 이해가 가지 않는다는 듯 고개를 갸웃했다.

"유언장 내용을 떠올려봐."

"리넨 돌보기요?"

"물론 그것도 있지만 그게 가장 중요하지는 않을 거야. 아무도 따르지 않는 고양이니 누가 돌봐줘도 괜찮았겠지. 그런데도 네게 리넨을 맡겼어."

"…제가 고양이를 좋아하는 걸로 오해하셨던 게 아니라요?"

"응, 분명… 가에를 가장 자유롭게 해줄 방법을 생각한 것 같아."

"저를 자유롭게요?"

"그 사람 나름대로라는 조건이 붙지만. 그 외에 더 좋은 방법이 있었을 것 같거든."

가에는 히마리의 말을 다 이해하기 어려웠다. 그러나 히마리는 스스로 해답을 찾은 듯했다.

"그보다 이걸 먼저 해결하자. 끝나면 나도 모두에게 하고 싶은 말이 있으니까."

이거 하고 말한 히마리의 엄지손가락은 가에의 아버지를 향하고 있었다.

"하고 싶은 말?"

"그 전에 리사코 씨도 가에의 아버지 좀 붙잡아."

리사코와 히마리는 가에 아버지 팔을 양쪽에서 동시에 붙들었다.

"뭐, 뭐 하는 짓이야! 놔!"

어른 둘에게 붙잡힌 가에 아버지는 도망치려 몸을 뒤틀었다. 그러나 리사코도 히마리도 팔을 꽉 붙들었다.

"가에, 현관문 잠가. 다마키 씨, 내 핸드폰 거기에 있으니까 전화 좀."

가에를 병실에서 내보냈을 때 다마키는 가에 아버지가 오면 빚쟁이에게 연락하라고 히마리에게 말해두었다. 시험 전에 쓸데없는 일을 생각하게 하고 싶지 않아서였다.

"끌고 가라고 하게."

다마키가 연락한 곳은 가에 아버지가 빚을 진 금융기관이었다. 물론 썩 신사적인 회사는 아니었다.

지난번 가에 아버지와 바통 터치하듯 온 그들의 연락처를 다마키가 물어봐 두었다. 또 나타나면 우리가 연락하겠다면서 말이다.

물론 이게 시간 벌기에 불과하다는 사실은 알지만 그걸로 괜찮았다.

그것이야말로 마사코가 남긴 뜻이었으니까.

가에 아버지를 뒤쫓고 있었는지 빚쟁이는 비교적 가까이 있던 듯 전화를 걸자 십여 분 만에 찾아왔다.

보기에도 험상궂게 생긴 남자 둘에게 가에 아버지를 넘겼다. 그러나 바로 돌아가지 않고 다시 안으로 들어오려 했다.

"약속대로 이 남자는 그쪽 마음대로 하셔도 괜찮으니 돌아가 주시지요."

다마키가 침착하게 말했지만 상대는 표정 하나 변하지 않았다. 타입은 달라도 가에 아버지와 비슷한 세계에 있는 사람들이었다.

"아이가 유산을 상속받는다는 이야기를 들었는데."

"그 건과 이 사람의 빚 변제는 전혀 상관없습니다."

"그렇긴 해도 부모 자식인데 부모 빚은 아이가 갚아야지. 가족이니까 서로 도와야 하잖아?"

"그런 법률은 들은 적이 없습니다. 뭣 하면 지금 바로 변호사 선생님을 부를까요?"

"허엉?"

상대가 위협적인 태도를 내보였다. 무서웠지만 다마키도 물러날 수는 없었다. 지금은 가에를 지켜야 했다. 다마키는 두려운 마음을 감추고 상대를 노려보았다.

"댁이 노려봐야 하나도 안 무섭네요. 게다가 그쪽이 그렇게 나온다면 우리도 생각이 있어. 부모가 죽으면 아이가 상속을 받는 건 흔한 일이지만, 간혹 아이가 먼저 죽으면 부모가 상속을 받기도 하거든. 아가씨 신변에 무슨 일이 생기면 아버지가 상속받아도 되지?"

"계속 안 가고 있을 거라면 변호사가 아닌 경찰에 연락할까요?"

"민사불개입이라는 말 몰라? 경찰은 개인의 빚 문제에는 관여하지 않아."

"빚 문제는 그럴 수도 있겠지만, 불법 침입이나 공갈 협박이라면 올 겁니다."

다마키는 어정쩡한 지식으로 어디까지 받아칠 수 있을지 불안했다. 물론 히마리도 가까이 있었지만 가에 곁에 바짝 붙어 있었다.

"저기…"

한 발짝 물러난 곳에서 리사코의 목소리가 들렸다.

"이 아이의 할머니가 용의주도하게 준비해놨어. 이런 아빠가 있다는 사실도 당연히 알고 있었고. 그러니까 상속을 받아도 분명 아빠가 쉽게 돈을 굴리지 못하게 해뒀을 거야."

가에 아버지를 붙잡고 있던 남자들이 서로 얼굴을 바라보았다.

"애당초 아이한테 부모 빚을 갚을 의무가 없다는 것쯤은 알잖아? 그래도 억지로 가져가겠다면 그에 상응하는 일을 해주든가. 안 그래요, 다마키 씨?"

"네, 네에…"

히마리가 응수했다.

"맞아. 우리가 할 수 있는 건 빚을 진 당사자를 넘겨주는 게 다야. 그다음 일은 몰라. 한마디 덧붙이면 지금 상황은 모두 녹화했으니까 앞으로 이 아이에게 무슨 짓을 할 생각이라면 진짜로 경찰을 부르겠어."

"…녹화?"

남자들은 현관을 두리번거리며 둘러보았다.

있는 것이라고는 도자기로 된 우산꽂이와 신발장 그 위에는 목각 장식물과 꽃을 꽂아둔 꽃병뿐 카메라 비슷한 것은 보이지 않았다.

"딱히 감춰두진 않았는데."

히마리의 시선이 향한 곳을 보자 꽃병 옆에 스마트폰이 세워져 있었다.

"지금이야 있는 게 당연한 물건이라 시야에 들어와도 그러려니 하니까. 그래서 이제 어쩔래?"

히마리가 노려보며 남자들에게 한 발짝 다가섰다. 다만 가에에게는 손가락 하나도 대지 못하게 하려는 듯 뒤쪽으로 감싸고 있었다.

아주 약간이지만, 남자들은 뒤로 물러났다.

다마키는 든든한 가족과 함께 말했다.

"물러가 주십시오."

가에가 처음 이 집에 왔을 때 히마리 일행과 얼굴을 마주했던 응접실에 모두 모였다.

테이블 위에는 다 먹을 수 없을 정도의 요리가 즐비했다. 평소 식사는 부엌과 이어진 다이닝룸에서 했지만 오늘은 축하하는 자리라 이 방으로 정했다.

방 한쪽 구석에는 리넨도 있었다. 가에 쪽으로 다가오지는 않았지만 나가려는 낌새도 없었다.

"리폼을 한 다른 방도 있지만 여기는 창도 천장도 벽도 바닥도 싹 다 리폼해서 서양식으로 만들었지."

"잘 아시네요, 리사코 씨."

가에는 흥미로운 표정을 지었다.

"그야 나에겐 태어난 집이니까. 손님을 초대할 호화로운 방이 필요하다고…. 아직 우리 엄마가 건강하실 때의 이야기지만."

"이런 집에 살았다니. 리사코 씨, 귀족 같아요."

"어머, 나 귀족 맞아."

리사코가 빙그르르 돌자 스커트가 바람에 나부끼며 펼쳐졌다.

"왕년의 귀족님, 그런 데서 포즈 취하지 마시고 빨리 음식 고르시죠. 가에도. 아, 다마키 씨는 쉬어요."

히마리가 앞접시를 가져왔다.

"괜찮아요. 오늘 음식은 거의 배달시켰고 가에 씨가 애써

췄어요. 게다가 주역은 가에 씨예요. 제가 이런 데서 쉬고 있기도…."

"가에는 젊으니까 움직여도 돼요. 다마키 씨는 그동안 계속 집안일을 해주셨으니 앉아 계세요. 감사 파티라는 의미도 담아서."

"하지만 오늘은 가에 씨의 생일과 합격 축하 자리인걸요."

"한번에 다 축하하면 뭐 어때서."

"고타로 넌 진짜 칼 같다니까. 그나저나 역시 그 옷차림에 고타로란 이름은 위화감밖에 안 든다."

"그럼 히마리라고 불러."

"그것도 좀…. 나한테는 고타로야. 치마 입는 거야 딱히 상관없는데 인제 와서 히마리라니, 다른 사람 같아."

"그래?"

"그래."

"그럼 어머니가 못 받아들였던 것도 어쩔 수 없었으려나…."

"글쎄. 그냥 용서가 안 됐던 것뿐 아닐까?"

"조금쯤은 듣기 좋은 소리 해줄 마음도 없어?"

"없어. 죽은 사람이 뭘 생각했는지 내가 어떻게 알아."

"아아…."

"바보라서 생각해봤자 몰라. 듣기 전에 먼저 말해둔다."

부엌 쪽으로 간 히마리와 리사코는 복도에서도 아옹다옹

했다. 시끌벅적한 목소리가 들려왔다.

'가에의 열여덟 번째 생일을 모두 함께 축하할 것.'

유언장은 한 장이 더 있었다. 부언 사항이 기재된 그 페이지는 이번 상속과는 직접 연관이 없었기에 다마키는 일부러 공개하지 않았다.

원래 예정대로라면 모든 문제가 해결된 다음 가에의 생일 파티를 열려고 했다.

리사코의 상속은 아직 한 명이 남아 있었다. 그리고 히마리는 아직 다 끝나지 않았다.

가에 아버지가 금융회사에 끌려간 다음, 히마리는 모두의 앞에서 열여덟 살에 가출할 때 반지를 훔쳐다 팔았다는 사실을 고백했다. 공동생활을 시작한 후로 그 반지를 도로 사들이려고 찾았지만 찾아낼 수 없었다. 그래서 가짜 반지를 준비했다고.

유언장 내용을 들었을 때 히마리는 있을 턱이 없는 그 반지를 남겨주려 했다고는 생각지 않았다. 반지가 없다는 사실은 어머니가 가장 잘 알 터였다. 애당초 뭘 남겨주든 포기할 작정으로 집에 왔다. 나는 이미 받았어. 이후로는 원만하게 상속을 잘 끝내고 싶었고. 경찰에 신고하지 않은 것만으로도 감사해야겠지. 그러니까 이걸로 끝이야.

쓸쓸해 보이는 표정으로 히마리는 그렇게 말했다.

거기에는 분명 자업자득이라 해도 죽을 때까지 마사코에게 인정받지 못했던 설움이 있으리라고 다마키는 생각했다.

"이게 마지막이에요!"

가에가 케이크를 가지고 왔다. 리사코와 히마리가 잔과 음료를 손에 들고 뒤따라왔다.

미성년자인 가에에게는 주스를, 리사코와 히마리에게는 샴페인을 따랐다. 다마키도 가에와 똑같이 주스를 골랐다.

"그럼 다마키 씨, 뭔가 한 말씀."

"다마키 씨. 인사는 짧게 해줘. 영감탱이 손님들은 꼭 건배 전에 말이 길어서 샴페인 거품이 다 날아간 적도 있으니까."

길고 자시고 애당초 다마키에겐 할 말이 없었다.

"저는 딱히… 아! 그러고 보니 제 건강 문제로 이런저런 폐를…"

사과의 말을 시작하는 다마키를 히마리가 가로막았다.

"그건 들을 만큼 들었어. 먹자고."

딩동.

손님이 왔음을 알리는 벨이 울렸다.

방 안 공기가 순간 얼어붙었다. 서로 얼굴을 쳐다보며 히마리가 의자에서 몸을 일으켰다.

"내가 갈게. 리사코 씨도 따라와."

"왜 나까지? 너 혼자 가면 됐지."

"만에 하나 그 멍청한 남자가 또 오면 리사코 씨가 내쫓겠다며."

"…네, 네."

리사코는 떨떠름해하며 히마리와 현관으로 향했다.

남겨진 가에와 다마키 사이에 긴장감이 감돌았다.

리사코의 전 애인이라면 차라리 낫지만, 가에 아버지라면. 아니면 가에 아버지를 데려간 빚쟁이가 다시 가에에게 빚을 갚으라고 압박한다면.

그렇게 생각하자 다마키의 심장 박동이 빨라졌다.

의외로 두 사람은 금방 다시 돌아왔다.

"누구셨나요?"

리사코가 A4 크기의 봉투를 팔랑팔랑 흔들었다.

"우체국. 서류라 인감이 필요해서 벨을 누른 게 다였어. 그런데 이거 이와타 씨가 보낸 서류 같아. 전에 돈을 주겠다는 걸로 결판을 냈거든."

"그럼 제가 가위를 가지고 올게요."

방을 나서려는 가에를 리사코가 막아섰다.

"필요 없어."

리사코는 손으로 봉투를 찢었다.

말릴 새도 없이 봉투를 연 리사코는 안에서 종이를 꺼냈다. 봉투는 너덜너덜해졌지만, 다행히 안에 든 종이는 찢어진 곳이 없는 듯했다.

"뭐래요?"

하얀 이를 드러내며 웃은 리사코가 짠 하는 소리와 함께 종이를 다마키 쪽으로 들이밀었다.

"열여섯 명, 모두 종료! 다른 사람들도 도장 찍어줬으니 이로써 상속 절차 완료 축하 자리도 되겠네."

"아, 하지만…."

가에는 당혹해하며 히마리 쪽을 돌아보았다. 리사코는 상속 절차를 끝내면 이 집 매각에 나서겠지. 이미 몇 군데 부동산 회사에 말을 해둔 듯했다.

"가에. 날 신경 쓸 것 없어."

"하지만 반지는 소중한 추억이잖아요…."

"뭐…."

히마리는 부정하지 않은 채 모호한 태도로 말을 흐렸다.

다마키는 마음속으로 물었다.

‒ 마사코 씨, 지금인가요?

그때 다마키의 질문에 대답하듯 방 한구석에 있던 리넨이 작게 울었다.

다마키는 치마 주머니에서 작은 반지를 꺼내 테이블 위에 놓았다. 뚜껑을 열자 안에는 반짝이는 반지가 들어 있었다.

"서류상 수속은 아직 남아 있긴 합니다만 상속은 이로써 모두 완료되었네요."

"다마키 씨, 아무리 가짜라지만 왜 주머니에 반지 같은 걸 넣어놨어?"

건배 전인데도 리사코는 이미 취한 모습으로 웃었다. 상자를 들어 반지를 꺼내 딴딴따단 하고 결혼식 노래를 흥얼거리며 가에의 왼손 약지에 끼웠다.

"무겁…."

가에는 왼손을 눈높이까지 들었다.

"평소에 끼기에는 크네요. 진짜라면 가격 생각에 손가락에 못 끼울 것 같아요."

"그건 진짜입니다."

"나 참, 다마키 씨도. 농담을 다 하네."

"아니, 진짜예요."

"진짜는 못 찾았잖아요."

시험에 합격해서인지 아니면 이 생활이 끝난다는 쓸쓸함을 얼버무리기 위해서인지 가에는 들떠 있었다. 리사코가 손을 뻗어 가에에게서 반지를 빼앗아 제 손가락에 끼웠다.

"…그 상자."

그렇게 중얼거린 히마리만 얼굴이 굳어 있었다.

"어떻게…?"

히마리가 리사코의 손가락에서 반지를 빼냈다.

"야, 아프잖아!"

"…진짜다."

"뭐? 너까지 다마키 씨의 농담에 맞장구… 어라? 전의 반지랑은 백금 링 부분의 흠집이 다른 것 같은데…."

"그야 그렇겠지. 전의 반지는 새 백금 링이었으니까. 하지만 이건 몇 군데 흠이 있어."

"게다가 보석도 다른 것 같고…. 기분 탓일 수도 있겠지만…."

이번에는 리사코가 히마리의 반지를 빼앗아 들었다.

"그러니까 그 반지는 진짜 다이아몬드예요. 유언장에 첨부되어 있던 감정서의 보석입니다."

히마리의 얼굴이 점점 더 굳었다. 마치 유령이라도 본 양 믿을 수 없다는 듯한 표정이었다.

"어떻게…? 이건 내가 도쿄의 전당포에 팔아… 설마!"

아무래도 정답에 도달한 모양이었다.

"네. 반지를 팔았던 날, 히마리 씨와 헤어진 직후 아사미 씨가 마사코 씨에게 연락했다고 해요. 이대로 둬도 괜찮겠냐고요. 마사코 씨는 바로 전당포에 연락해 다음 날 도로 사들이려고 상경했다고 하셨어요."

"할머니에겐 무척 소중한 반지였군요."

가에는 리사코의 손가락에 있는 다이아몬드 반지를 가만히 바라보았다. 다마키는 고개를 저었다.

"아니요. 마사코 씨 말씀으로는 애당초 자기가 산 것이 아닌 이 집에 있던 물건이라 반지 자체에 추억은 없었다고 해요. 오히려 너무 커서 끼고 다니면 신경이 쏠려 이걸 끼고 나간 적은 한 번도 없었대요. 저희가 참석했던 결혼식에서도 마사코 씨는 이 다이아몬드 반지는 끼고 있지 않으셨어요. 이만큼 커다란 다이아몬드는 손가락에 끼면 눈에 띄니까요."

"그럼 왜 나한테 이걸?"

"바보니? 그런 것도 몰라? 당연히 고타로 너한테 남겨주고 싶어서지. 너, 짚이는 거 없어?"

히마리는 침묵했다.

다마키도 그 추억에 대해서는 마사코에게 듣지 못했다. 다시 사 왔다는 이야기를 들었을 때도 마사코는 자세히 말해주지 않았다.

다마키는 리사코에게서 반지를 받아 케이스에 넣은 다음 히마리에게 건네주었다.

"반지를 도로 사 온 마사코 씨는 처음엔 예전처럼 장롱 안 천장 널빤지 안쪽에 숨기셨던 모양인데, 유언장을 쓸 때 저한테 맡아줬으면 좋겠다고 하셨습니다. 하지만 숨길 곳이 마땅찮았어요. 방을 뒤지면 발견되니까요. 그렇다고 대여금고 같은 곳에 부탁하면 혹시 제 신변에 무슨 일이 생길 경우 못 찾게 되니까 곤란하고요. 그렇다면 제가 늘 갖고 다니면 되지 않을까 싶었죠. 평소에는 더 작은 상자에 넣어서 주머니에 넣고 다녔답니다."

리사코가 소리 질렀다.

"아무리 그래도 그건 너무 위험하잖아! 천장 안쪽도 좀 그런데."

"마사코 씨는 금고는 거기에 귀중품이 있다고 알려주는 꼴이라 오히려 위험하다고 하셨어요."

"그야 그런 측면도 있긴 하지만…"

"제가 가지고 다녔던 이유도 그거랑 비슷해요. 설마 치마 주머니에 천만 엔 넘는 다이아몬드가 있을 거라고는 아무도 생각 못 하셨잖아요?"

히마리도 리사코도 가에도 동시에 끄덕였다. 가에가 중얼거렸다.

"그래서 다마키 씨의 주머니가 늘 불룩했군요…."

"마사코 씨는 완벽한 사람은 아니었어요. 살아생전 해결할 방법을 찾지 못하셨다는 게 그 증거죠. 그러나 이 반지는 히마리 씨에게 남겨주고 싶다고, 그 의미를 분명 히마리 씨는 알 거라고 말씀하셨어요."

"바… 바보 아니야? 너무 빙빙 돌려서 잘 모르겠잖아. 그 사람이 한 일이니 뻔해. 도둑질에 대한 책임 운운하며 내가 자백할 때까지 다이아몬드를 꺼내지 말라고 했겠지."

히마리 눈에서 눈물이 흘렀다. 그러나 이때만큼은 리사코도 놀리지 않았다. 가에가 살며시 휴지를 건넸다.

"역시 부모 자식이네요."

다마키가 쓴웃음을 지었다. 딱 그 말대로였으니까.

용서하고 싶었다. 용서할 수 없는 관계를 만들어버린 것은 내 책임이다. 하지만 도둑질은 반성했으면 좋겠다.

마사코는 히마리가 한 말을 그대로 남겼다.

이로써 모든 것이 갖춰졌다. 이제 이 집에 있을 수 있는 시간이 끝나가고 있었다.

"자, 너무 여유 부리면 밥 먹을 시간이 없어져요. 두 시간 있다가 변호사님이 오실 예정이거든요."

"변호사는 왜? 설마 요전의 빚쟁이 일로 상담이라도 한 거야?"

기다릴 수 없었는지 리사코는 샴페인 잔을 입에 댔다. 아니, 벌써 두 잔째였다.

"아뇨, 그 사람들이 오기 전부터 약속했던 거예요. 그러고 보니 리사코 씨. 빚쟁이들한테 가에 씨가 상속받아도 쉽게 돈을 융통할 수 없게 돼 있다고 말씀하셨는데, 그게 가능한가요?"

"나야 모르지."

"네?"

히마리가 웃었다.

"그냥 막 던진 소리지. 나도 처음엔 놀랐는데, 그에 상응하는 일을 해주든가 하는 말에 그냥 한 소리구나 싶었어.

말이 다 모호했으니까. 그래서 나도 거들었지."

"히마리 씨가 한 말도 그냥 한 소리였나요?"

"뭐, 그렇지. 빚쟁이한테 전화했을 때 스마트폰을 신발장 위에 그냥 뒀었으니까 그걸로…."

"질린다. 너도 나랑 비슷한 짓 했네."

"동급 취급은 좀 싫은데…."

히마리는 불만스러운 듯 입을 삐죽였지만, 진심으로 불쾌해 보이지는 않았다.

"변호사 선생님께는 여태까지도 상의를 드렸습니다만, 최종적인 체크와 신청 문제 등에 미흡한 점이 없게끔 처리하고 싶어서 이제부터는 전문가와 함께 진행하려 합니다."

"그럼 처음부터 다 맡겼으면 될 것을."

"누구 씨가 받을 몫이 줄어들 걸 걱정해준 게 아닐까? 변호사한테 부탁하면 비용이 드니까."

불평하는 리사코에게 아직 눈물이 덜 마른 히마리가 한 소리 했다.

"그런 점도 있지만… 이것도 마사코 씨의 유지였어요. 너무 순조롭게 진행되면 가에 씨가 나중에 귀찮아질지도 모른다고요."

"저요?"

"네. 오늘은 열여덟 살 생일이죠? 오늘부터 공식적인 어른이에요."

"그럼 가에도 샴페인 마셔도 돼?"

리사코가 들고 있던 잔을 가에에게 내밀었다.

"아뇨. 술과 담배는 스물부터예요. 하지만 열여덟은 성인이죠. 어른이 되면 보호자의 동의가 필요 없어져요. 그 말인 즉… 부모에게서 독립할 수 있다는 뜻입니다."

등받이에 몸을 기댄 히마리가 천장을 올려다보았다.

"여기서 같이 지내라 했던 건 그 아버지한테서 가에를 지켜주려고 했던 거였군."

"네. 물론 성인이라고 해서 부모 자식의 연이 끊기지는 않죠. 쫓아다닐 가능성도 있어요. 하지만… 지금까지보다는 자유로워질 수 있을 겁니다. 그러기 위해 할 수 있는 모든 일을 할 생각이고요."

가에가 열여덟 살이 될 때까지 함께 있으면서 지켜줘. 그리고 자유를 줘.

그것이 마사코의 마지막 바람이었다. 결과적으로 오늘 그 바람은 모두 이루어졌다.

"저는 마사코 씨에게서 귀한 선물을 많이 받았어요. 너무 많이 받았지요. 아무리 해도 다 갚지 못해요. 하지만 이로써 조금은… 아주 조금은 갚은 것 같아요."

다마키가 이 이상 더 마사코를 위해 할 수 있는 일은 없으리라.

앞으로 가에에겐 히마리와 리사코도 조금은 힘이 되어줄

것이다. 무엇보다 가에 본인이 장차 더 힘을 기를 것이다. 그저 흘러갈 수밖에 없었던 가에도 본인 의지로 걸어갈 것이다.

"건배할까요?"

"다마키 씨. 뭘 혼자서 다 끝난 기분 내고 있어. 끝내지 않을 거야."

아직 술도 안 마셨을 텐데 히마리가 빠르게 말했다.

"…무슨 말씀이시죠?"

"다마키 씨의 병. 일단은 더 좋은 치료법이 없는지 의사랑 상의해서 다른 치료법을 찾을 거야. 돈이 필요하다면 그때야말로 내 반지를 팔면 되고."

"안 됩니다!"

"왜?"

"왜냐뇨. 그건 히마리 씨와 마사코 씨의 소중한 반지…"

"그래, 내 거지. 그러니까 내 마음대로 해도 돼. 엄마도 다마키 씨의 치료비용으로 쓴다면 기뻐할 거라 생각해. 그리고 최종적으로는 재이식도 염두에 두자고. 전에 말한 대로 내 신장을 써서."

"친족이 아니면 무리라고 말씀드렸습니다."

"그렇지. 하지만 양자 결연을 하면 가능하지 않나? 심사가 여러모로 까다로워 하나씩 클리어해야 하겠지만 다마키 씨가 다음에 이식이 필요해질 때까지만 끝내면 되겠지."

가에가 갑자기 벌떡 일어나더니 다마키 곁으로 다가가 두 손을 꼭 쥐었다.

"저도 다마키 씨의 자녀가 될래요."

"저기… 분명 도녀는 스무 살 이상이었던 것 같은…."

"2년 뒤에는 스물이에요. 다마키 씨는 지금 당장 이식이 필요하신 게 아니잖아요?"

"어… 뭐…."

"그럼 됐어요!"

히마리와 가에의 압력에 눌린 다마키는 도움을 요청하듯 리사코를 쳐다보았다.

리사코가 헐 하며 미간에 주름을 지었다.

"난 딱히, 됐어…."

"괜찮아, 리사코 씨한테는 기대 안 했어."

히마리가 딱 잘라 말하자 리사코가 쨍쨍거렸다.

"왕따는 싫은데."

리사코의 목소리가 거슬렸는지 방구석에서 자던 리넨이 갑자기 일어났다.

리사코 쪽을 보며 하악 하고 위협하는 듯한 소리를 냈다.

가에가 리넨에게 다가갔다.

"미안, 놀랐니?"

가에가 손을 뻗자 리넨은 얌전히 안겼다. 가에는 리넨의 몸에 얼굴을 대었다.

"다마키 씨, 할머니께 리넨이 왜 리넨인지 들으셨나요?"

"아뇨…."

"그러셨군요."

가에는 기분 탓인지 기운이 없어 보였다. 그러나 다마키는 영문을 알 수 없었다.

히마리가 리넨의 등을 쓰다듬었다.

"가에 네 상상대로 아닐까?"

"…히마리 씨도 눈치채셨어요?"

"아마 그렇지 않을까 하는 정도로만."

가에도 히마리도 구체적인 이야기는 하지 않았다. 그러나 다마키는 두 사람이 무슨 말을 하고 싶어 하는지 알았다.

리넨은 식물 중 麻의 한 종류다. 죽은 딸의 이름… 아사미麻美의 이름에서 한 글자 따다 고양이에게 붙인 것이 아니냐는 얘기다. 마사코에게서 듣지는 못했지만, 분명 그럴 것이라고 다마키도 생각했다.

"잠깐, 뭔데? 무슨 이야기냐고?"

리사코가 다시 저만 따돌리지 말라며 쨍쨍거렸다. 그걸 본 히마리도, 가에도 웃었다.

처음으로 얼굴을 마주한 날의 일이 거짓말 같았다. 방 안은 활기찬 대화 소리로 가득했다. 리넨도 같은 방에 있었고 지금은 모두 웃고 있었다.

가에가 리넨의 귓가에 속삭였다.

"모두 살아 있었다면 좋았을 텐데…."

에필로그

벚꽃 전선이 일본 열도를 북상하며 완연한 봄날을 맞이한 4월 초. 니이가타의 벚꽃 봉오리는 아직 단단했지만 날이 갈수록 포근해지고 있었다.

정원에는 가에, 리사코, 히마리, 다마키 넷이 모여 있었다.

히마리가 원망스러운 눈으로 집을 올려다보았다.

"상속 절차엔 그렇게 애를 먹었는데 팔 때는 초스피드네. 난 조금 더 시간을 들여서 집을 구하려고 했는데."

"고타로 넌 따지는 게 너무 많아. 욕실이랑 화장실은 별도여야 한다느니, 주차장은 부지 내가 아니면 싫다느니."

"하루 이틀 묵는 비즈니스호텔도 아닌데 화장실이랑 욕실

은 당연히 따로 있어야지. 게다가 여기 살 거면 차는 필수라
고."

"집세에도 깐깐하게 구니까 그렇지. 돈도 있으면서."

"리사코 씨는 수입 범위 내에서 생활하는 법을 좀 배워. 그
렇지 않으면 모처럼 청산한 빚이 또 쌓일 테니까."

"알아. 그래서 이번에는 일도 할 거고, 아파트도 다마키 씨
랑 같은 데로 했어."

"그건 그것대로 다마키 씨가 안됐는데…."

툇마루에 앉아 있던 다마키가 살짝 쓴웃음을 지었다.

"괜찮아요. 저도 급할 때는 가까이에 아는 분이 있는 게
안심이니까요. 요즘에는 컨디션이 좋아서 그럴 일은 없을 것
같지만요."

다마키는 약을 바꾸고 컨디션을 꽤 많이 회복했다. 그래
도 언제까지 지금 상태로 지낼 수 있을지는 모른다.

"셋이서 같이 살자고 했더니 고타로가 싫어했잖아."

"당연히 싫지. 집은 휴식 공간이라고. 난 그저 조금 더 이
사 갈 곳을 찬찬히 알아보고 싶었을 뿐이야."

"앞으로 열흘은 더 있을 수 있으니 고마운 줄 알아. 생각
보다 비싸게 사준다는 업자가 있는데 안 팔 수 없잖아?"

리사코가 상속받은 토지 가옥은 작은 맨션을 세울 업자
가 사들였다. 내년 봄에는 입주를 시작할 수 있도록 가까운
시일 안에 집을 부수고 새 건물을 짓기 시작한다고 했다.

"리사코 씨에게는 생가잖아? 쓸쓸하다거나 아쉽다거나 하는 생각은 안 들어?"

"딱히. 집은 언젠가 부서지는 거잖아? 난 고정자산세 계속 못 내."

아무렇지 않게 말하는 리사코를 보고 히마리는 작게 한숨을 내쉬었다.

"…의외로 정상적인 소리를 하는 바보네."

삼각대 앞에 선 가에는 미간을 잔뜩 찌푸린 채 카메라의 각도를 조절했다.

"여고생은 촬영의 프로 아니었어?"

히마리가 다가가자 가에는 카메라에서 얼굴을 떼고 바꿔 달라고 부탁했다.

"늘 셀카만 찍어서 삼각대는 안 써봤어요. 게다가 이제 여고생도 아니라고요."

"그렇지. 대학생이지. 이사하면 집 근처 사진 보내줘."

가에가 뭔가를 호소하듯 히마리를 쳐다보았다. 버려진 고양이 같은 눈이었다.

"불안해?"

가에는 냉큼 고개를 위아래로 끄덕였다.

"솔직하구나. 하지만 할 수 있는 일은 다 했어. 호적도 정리했고 구청에 주소를 알려주지 말라는 신청도 넣었고. 물론 완벽하다고는 할 수 없겠지만 무슨 일이 있으면 우리도 달려갈게."

"그건 그렇지만…. 저만 멀어져서요."

히마리 일행은 세대는 다 달라도 같은 시내에 사는데 가에는 다른 시로 간다. 합격한 제1지망 대학에 다니기 위해서이기도 했고, 아버지에게서 멀어지려면 아무런 연고가 없는 지역에서 살아봐야겠다 싶었다.

그러니 이사가 다가오자 모두와 헤어진다는 사실이 실감났다. 보고 싶어도 바로 돌아올 수 없었다.

어깨를 축 늘어뜨린 가에의 온몸에서 외로움이 뿜어져 나왔다.

"대학생이 자취를 시작하는 건 드문 일이 아닌 데다가 가에가 여기서 산 건 고작 반년 남짓이잖아. 그전까지는 거의 자취나 마찬가지였잖아? 괜찮아."

"네…."

"일단은 대학 공부에 전념해. 열심히 하다보면 외로움 따위는 생각할 틈도 없을 테니까. 게다가 리넨도 있잖아."

정원 여기저기를 스마트폰으로 찍던 리사코가 신기하다는 듯 말했다.

"그 붙임성 없는 고양이가 있어 봤자지. 게다가 공부하면 안 외로워질 거라니 무슨 소린지 모르겠네. 그보다 왜 변호사야?"

"변호사가 아니라 법학부예요. 법률공부를 한다고 해서

다 변호사가 되는 건 아니에요. 단지 법률 지식이 있으면 제 몸을 지킬 수 있지 않을까… 싶어서요."

"그게 다야?"

"뭐… 지금으로서는 관심 가는 게 법률이었던지라."

"헐, 역시 이해가 안 간다. 그런 귀찮은 건 전문가한테 맡기면 될 텐데."

리사코 씨는 이해 못 하겠지. 히마리가 능청을 떨었다.

"리사코 씨도 주류매장에서 일한다며?"

"일단은 시간제로. 딱히 관심이 있는 정도까진 아니지만 제일 익숙한 곳이라."

그렇군 하면서 리사코를 제외한 나머지 셋은 고개를 끄덕였다.

"자, 이사 준비도 아직 덜 끝났으니 사진 촬영이나 하자."

히마리가 한 사람, 한 사람에게 설 위치를 정해주었다. 툇마루에 앉은 다마키의 옆자리엔 가에, 그 양옆으로 히마리와 리사코가 섰다.

"앞으로 5초!"

5, 4, 3… 카운트다운을 시작한 그때 가에가 아! 하고 큰소리를 냈다.

"왜 그래?"

"리넨도 같이!"

찰칵.

당황한 가에는 등을 돌렸고 리사코는 눈을 감았다. 카메라를 멈추려던 히마리는 앞으로 뛰쳐나와 제대로 렌즈를 바라본 사람은 다마키뿐이었다. 그 근처에서 따뜻한 햇볕을 쬐며 리넨이 자고 있었다는 사실은 사진을 확인하면서 알았다.

에필로그

오늘 ,
가족이
되었습니다

초판 인쇄	2024년 1월 10일
초판 발행	2024년 1월 20일

지은이	사쿠라이 미나
옮긴이	현승희
기획	조성근, 권진희, 최미진, 명선효, 손영은
편집	최미진
디자인	권진희
표지그림	박시현
마케팅	조성근, 명선효
SNS 마케팅	손영은

펴낸이	엄태상
펴낸곳	빈페이지
등록번호	제2022-000159호
등록일자	2022년 11월 30일
주소	서울시 종로구 자하문로 300 시사빌딩
전화	1588-1582
이메일	emptypage01@sisadream.com

ⓒ사쿠라이 미나

ISBN   979-11-982882-4-0   03830